Schamlos

Sebastian H. Tofall

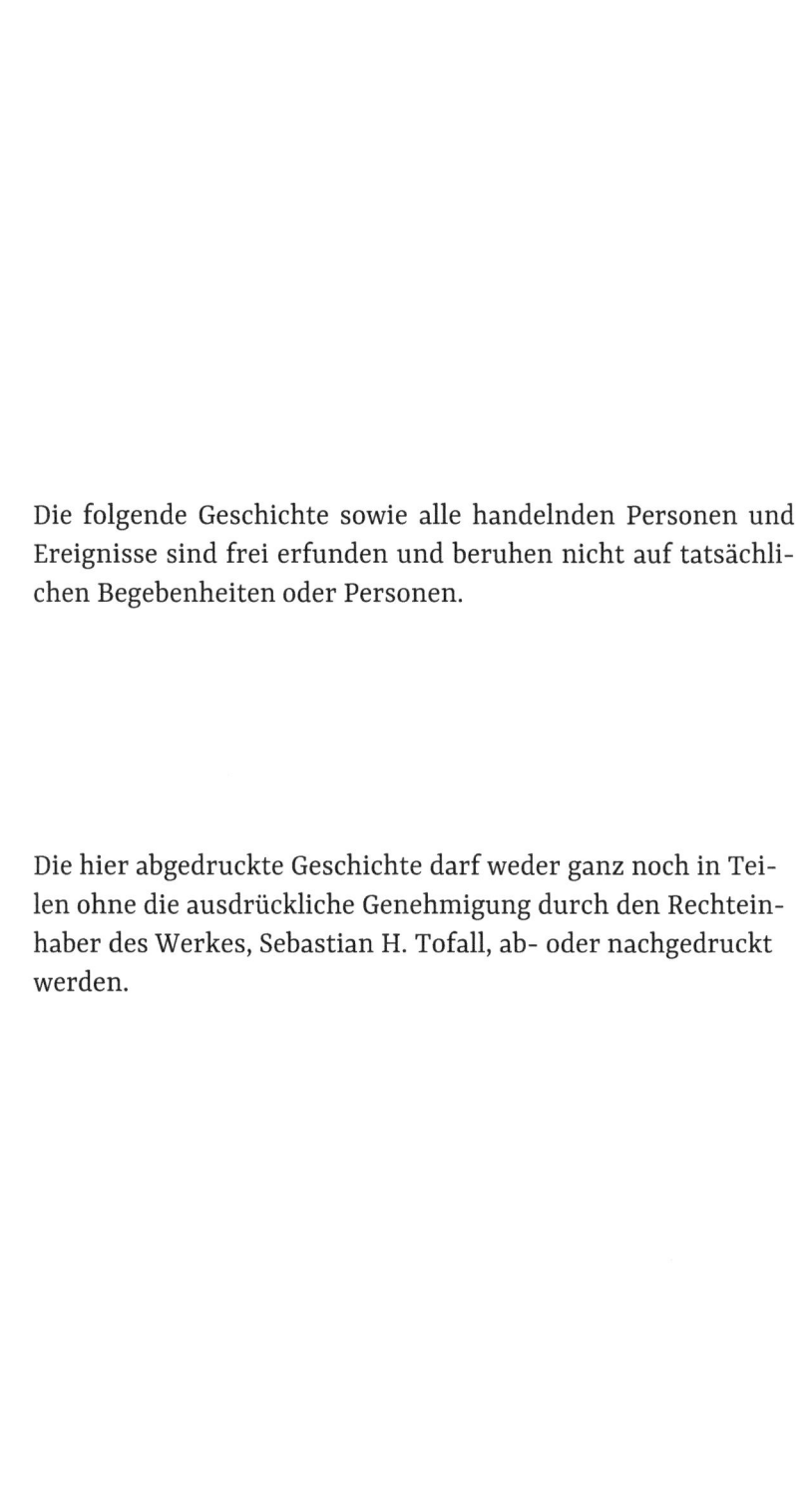

Die folgende Geschichte sowie alle handelnden Personen und Ereignisse sind frei erfunden und beruhen nicht auf tatsächlichen Begebenheiten oder Personen.

# Schamlos

Sebastian H. Tofall

Bibliografische Information der Deutschen Nationalbibliothek:
Die Deutsche Nationalbibliothek verzeichnet diese Publikation
in der Deutschen Nationalbibliografie; detaillierte bibliografische Daten sind im Internet über http://www.dnb.dnb.de abrufbar.

3. Auflage 2023
Herstellung und Verlag:
BoD – Books on Demand, Norderstedt

ISBN: 978-3-744-83898-6

*Für alle, die dabei waren.*
*Also für Dominik, Fabian, Hendrik,*
*Rebekka und Lars*
*und die Gütersloher,*
*aber vor allem*
*für 15.*

# Prolog

Ein Jahr zuvor:

Thomas, Andreas und Philipp saßen im Freibad ihrer kleinen Stadt auf ihren Handtüchern, die sie nebeneinander auf der großen Liegewiese hinter dem Schwimmbecken ausgebreitet hatten, und genossen den ersten wirklich warmen Sommertag des Jahres. Es war ein Dienstagvormittag Anfang Juni und sie hatten schulfrei, da an ihrem Gymnasium gerade mündliche Abiturprüfungen abgehalten wurden.

Die Uhr am Eingang des Freibads zeigte 9:50 Uhr an. Außer einigen Rentnern, die unter der Aufsicht eines wachsamen Bademeisters ihre allmorgendlichen Bahnen im Becken zogen, waren nur wenige vereinzelte Schüler, die an diesem Tag ebenfalls schulfrei bekommen hatten, im Schwimmbad. Die meisten lagen, so wie Andreas, Thomas und Philipp auch, faul auf ihren Handtüchern und genossen die morgendlichen Sonnenstrahlen, die bereits jetzt für Temperaturen von über zwanzig Grad sorgten.

Nur einige jüngere Kinder tummelten sich schon im Nichtschwimmerbecken und veranstalteten dort unter lautem Johlen und Quieken eine turbulente Wasserschlacht.

Andreas, der gedankenverloren das Treiben im Nichtschwimmerbecken beobachtete, sagte zu seinen Freunden: »Wisst ihr was? In genau einem Jahr haben auch wir unser Abitur. Ich finde, das sollten wir feiern, indem wir danach gemeinsam in den Urlaub fliegen.«

Thomas, auf seinem Handtuch links neben Andreas sitzend, nickte zustimmend, ergänzte aber nach kurzem Überlegen: »Aber ein einfacher Urlaub ist langweilig. Wir sollten dem ganzen irgendwie noch einen gewissen Reiz geben.«

»Was genau schwebt dir denn da vor?«, hakte Philipp, auf der anderen Seite neben Andreas sitzend, nach, während er mit seinem Blick einer besonders langsam im Schwimmbecken treibenden Rentnerin folgte. Thomas zuckte mit den Achseln: »Keine Ahnung. Andreas, hast du eine Idee?«

Erwartungsvoll blickte er zu dem Gefragten hinüber, der sich grübelnd am Kopf kratzte.

»Wie wäre es mit einer Art Mutprobenwettbewerb. Wir stellen uns gegenseitig Aufgaben, die erledigt werden müssen«, antwortete Andreas schließlich nachdenklich.

Thomas gab zunächst ein zustimmendes Brummen von sich, fragte dann jedoch: »Aber wie willst du gewährleisten, dass die Aufgaben erfüllt werden und wir nicht direkt sagen, dass wir keinen Bock haben?«

Andreas spann den Faden weiter: »Wir geben einen Anreiz, die Aufgaben zu erfüllen.«

Jetzt war es Philipp, der Andreas kritisch ansah. Als dieser jedoch keine Anstalten machte, seine Idee weiter zu erläutern, erkundigte Philipp sich mit leicht gereiztem Tonfall: »Und was schwebt dir da so vor? Was willst du uns für einen Anreiz geben, nicht zu kneifen?«

Andreas grinste breit: »Derjenige, der als erstes eine Mutprobe nicht besteht, muss den gesamten Urlaub bezahlen. Von uns allen.«

Thomas und Philipp warfen sich an Andreas vorbei einen Blick zu, der sagte, dass sie beide dachten, er sei verrückt geworden. Doch dann wurde Philipp nachdenklich. Schließlich stimmte er der Idee zu: »Ich denke, das könnte in der Tat lustig werden. Ich bin dabei. Aber damit es fair bleibt, sollten wir eine Reihenfolge festlegen, in der die Aufgaben gestellt werden, sodass klar ist, dass wir alle gleich oft dran waren.«

Thomas zögerte deutlich länger, schloss sich jedoch, nachdem er noch einige Male schwer geschluckt hatte, ebenfalls der Idee an.

Philipp erhob sich von seinem Handtuch und stellte fest: »Dann haben wir jetzt genau ein Jahr Zeit, um uns zu überlegen, wie wir die anderen zum Aufgeben bringen wollen.«

Er drehte seinen beiden Freunden den Rücken zu und lief über die Wiese hinunter zum Schwimmbecken. Beim Hineinspringen bespritzte er mehrere Senioren mit Wasser, die zunächst nur missbilligend die Köpfe schüttelten und, als Andreas und Thomas Philipp folgten und sie erneut bespritzten, anfingen, lauthals über die verzogene Jugend von heute zu schimpfen.

# Guten Flug

Der schon etwas ältere, silberne Kleinwagen rollte an einem verregneten Mittwoch um kurz nach fünf Uhr morgens am Hauptterminal des Flughafens vorbei. Vor genau einer Woche hatten die drei Freunde ihre Schullaufbahn mit den mündlichen Abiturprüfungen beendet und waren jetzt auf dem Weg in den ihrer Meinung nach wohlverdienten Urlaub.

Andreas, der auf dem Beifahrersitz saß, hatte kurze helle Haare und ein Gesicht mit teilweise recht groben Zügen. Seine Nase wirkte viel zu groß für den Rest seines Kopfes und ließ die von dicken Augenbrauen umrahmten braunen Augen winzig wirken. Dafür hatte er aber ein freundliches Lächeln, das von einem Ohr zum anderen reichte.

Hinter ihm saß Philipp. Er war etwa 1,80 Meter groß, schlank und trug eine Frisur aus mittellangen dunkelbraunen Haaren, die er mittels Haargel zu einer schneidigen Igelfrisur hochgestylt hatte. Er hatte eine flache Stirn, die in zwei sehr dünnen Augenbrauen endete. Die darunter liegenden, haselnussbraunen Augen strahlten eine gewisse Wärme aus. Abgeschlossen wurde das Gesicht von einem Mund mit schmalen Lippen und einem ebenso schmalen Kinn.

Auf der anderen Seite der Rückbank des Wagens hatte es sich Thomas bequem gemacht. Er hatte kurze schwarze Haare, war aber kleiner, als seine beiden Freunde und hatte im Gegensatz zu diesen auch einen leichten Bauchansatz. Sein Gesicht mit den grünen Augen und einer auffallend spitzen Nase war bereits vor dem Urlaub braun gebrannt und fiel durch ein sehr eckiges Kinn auf.

Alle drei trugen, dem eisigen Regenwetter zum Trotz, bereits jetzt Sonnenbrillen, kurze Hosen und T-Shirts.

Andreas' Mutter, die den Wagen fuhr, hielt nun vor dem Haupteingang des Regionalflughafens an. Sie blickte die drei Jungs der Reihe nach an und sagte: »Ich weiß, ihr fliegt an den Ballermann und wollt euer Abitur feiern, aber bitte übertreibt es nicht. Passt gut auf euch auf, macht keine Dummheiten, trinkt nicht zu viel und kommt gesund zurück.«

Die Jungs brummten ein paar zustimmende Worte und verabschiedeten sich. Dann öffneten sie die Türen des Wagens, stiegen aus und holten ihr Gepäck aus dem Kofferraum.

»Bis in einer Woche dann« rief Andreas seiner Mutter zu, als er die Autotür zuschlug.

»Warum hast du zwei Rucksäcke dabei?« fragte er Thomas, als er sich vom Wagen zu den anderen umdrehte.

»Weil ich nicht alle Sachen in einen bekommen habe« antwortete Thomas. Er streckte Andreas einen der beiden schwarzen Rucksäcke entgegen und sagte: »Hier, halt den mal eben, ich hole unsere Reiseunterlagen aus dem anderen.«

Andreas nahm ihm die Tasche ab und während Thomas anfing, in seinem anderen Rucksack zu kramen, gingen die drei in das Flughafengebäude und zogen ihre Koffer hinter sich her. In der kalten Morgenluft hatte sich auf ihren Armen bereits eine Gänsehaut ausgebreitet.

Im Flughafengebäude angekommen, drehte sich Andreas noch einmal zu dem Wagen um, den sie gerade verlassen hatten, und winkte seiner Mutter flüchtig zum Abschied.

Sie standen im rustikalen Eingangsbereich, der eine ganze Reihe kleinerer Reisebüros auf der Seite des Eingangs mit den Schaltern für die Gepäckaufgabe und den Sicherheitsschleusen auf der anderen Seite verband, ansonsten aber einer hohen

Lagerhalle, deren Dach von mehreren stabilen Betonpfosten gehalten wurde, glich.

Zeitgleich mit dem Flug nach Mallorca sollten noch zwei weitere Maschinen nach Istanbul und Lanzarote abfliegen, sodass trotz der frühen Uhrzeit schon ein reges Treiben in der Halle herrschte.

Thomas hatte die Reiseunterlagen in seinem Rucksack gefunden und überreichte nun Philipp und Andreas ihre Flugtickets. Andreas steckte es, ohne auch nur einen Blick darauf zu werfen, in die Hosentasche, während Philipp seins hochhielt und begutachtete. Schließlich ließ er es wieder sinken und verkündete feierlich: »Unser Urlaub gilt hiermit offiziell als angetreten. Lasset die Spiele beginnen...«

»Gut«, fiel ihm Thomas augenblicklich ins Wort, »dann stelle ich dir, Andreas, direkt mal die erste Aufgabe: Stell den Rucksack, den ich dir vorhin gegeben habe, da vorne an den Pfeiler und komm dann unauffällig zu uns zurück.«

Andreas sah Thomas ungläubig an: »Bist du bescheuert? Die verhaften mich doch sofort. Was soll ich denen denn sagen? ›Entschuldigen Sie bitte vielmals, wir hielten das für einen lustigen Streich‹? Wohl kaum!«

Thomas erwiderte boshaft lächelnd: »Du bezahlst also den Urlaub? Dann haben wir das ja schon mal geklärt. Sehr schön.«

Andreas sah ihn wütend an, dann setzte er sich mit energischen Schritten in Bewegung. Während er auf den Betonpfeiler, auf den Thomas bei der Formulierung der Aufgabe gezeigt hatte, zuging, schüttelte er den Rucksack. Das aus dem Inneren dringende Klappern hatte einen dumpfen, hohlen Ton.

Andreas blieb auf halben Weg zwischen seinen Freunden und dem Pfeiler stehen, nahm sein Handy aus der Tasche und schrieb seiner Mutter eine SMS mit dem Inhalt: »Du musst noch mal zurück kommen und den schwarzen Rucksack mitnehmen, der an dem Pfeiler links vom Eingang liegt. Ich erkläre es dir später. Und beeil dich bitte.«

Nachdem er sein Handy wieder in seiner Hosentasche hatte verschwinden lassen, ging er extra langsam weiter, blickte flehentlich gen Himmel und flüsterte leise: »Bitte, lass Mama die SMS lesen und zurück kommen, bevor es zu spät ist.«

Als er den Pfeiler schließlich erreicht hatte, stellte Andreas den Rucksack besonders umständlich ab und öffnete ihn aus Neugierde sogar.

In dem Rucksack befanden sich zwei Plastikboxen. Er nahm eine heraus und öffnete sie interessiert. In der Box waren einige kleine Steine, die dem Rucksack sein Gewicht verliehen.

Dort, wo Andreas sie zurück gelassen hatte, standen Thomas und Philipp beisammen und beobachteten ihn.

»Der lässt sich aber ganz schön Zeit« sagte Thomas missbilligend zu Philipp, der zur Antwort mit den Schultern zuckte.

Als Andreas die herausgenommene Box zurückpacken wollte, rutschte hinter der anderen Box ein Buch hervor. Er zog es aus dem Rucksack und begutachtete es:

Es handelte sich um einen knapp einhundert Seiten umfassender Reiseführer mit dem Titel ›Mallorca – Urlaubsspaß für Groß und Klein‹. Andreas schüttelte den Kopf und steckte das Buch zurück in den Rucksack. Anschließend rückte er diesen noch einmal zurecht. Dann erhob er sich und trabte zu seinen Freunden zurück.

»Und jetzt?« fragte er mürrisch in die Runde.

»Jetzt gehen wir unsere Koffer aufgeben« antwortete Philipp mit deutlich hörbarer Vorfreude auf den kommenden Urlaub in der Stimme.

Die drei stellten sich am Ende der langen Schlange ungeduldig wartender Menschen an, die sich vor dem Gepäckabgabeschalter ihrer Fluggesellschaft bereits gebildet hatte. Während sie langsam in der Schlange weiter vorrückten, warfen alle drei in regelmäßigen Abständen verstohlene Blicke auf den herrenlosen Rucksack am Fuße des unscheinbaren Betonpfeilers links von ihnen. Mit plötzlich entsetztem Gesichtsausdruck machte Andreas die beiden anderen auf eine von der Decke des Gebäudes hängende Überwachungskamera aufmerksam, die direkt auf den Pfeiler gerichtet war.

Sein Auftritt war also auf jeden Fall vom Sicherheitspersonal beobachtet worden. Er schaute sich, nicht in der Lage, eine gewisse Furcht aus seinem Gesicht zu verbannen, um, ob man bereits auf dem Weg war, um ihn in Gewahrsam zu nehmen. Es waren jedoch weit und breit keine Polizisten oder anderen Sicherheitskräfte zu entdecken. Plötzlich fragte Thomas entrüstet: »Was soll das denn?«

Andreas schaute ihn zuerst fragend an, sah dann aber an ihm vorbei zu dem Pfeiler, an dem seine Mutter gerade den schwarzen Rucksack einsammelte. Er lachte leise, als er die Miene von Thomas bemerkte, die eine Mischung aus Verärgerung und Enttäuschung ausdrückte.

Die Freude von Andreas hielt jedoch nicht lange an, da sich nur wenige Augenblicke später eine Hand auf seine Schulter legte und eine tiefe Stimme hinter ihm freundlich, aber bestimmt, sagte: »Junger Mann, dürfte ich Sie wohl bitten, mich zu begleiten?«

Andreas drehte sich um und blickte direkt auf den Polizeistern der Uniform des Mannes, der ihn an der Schulter gepackt hatte. Panik blitzte in seinen Augen auf. Er sah hilfesuchend seine Freunde an. Als diese jedoch nur ratlos zurückblickten, ließ er den Blick niedergeschlagen zu Boden sinken und folgte dem Polizisten schließlich mit hängenden Schultern aus der Schlange der Wartenden, an den Terminals vorbei, durch das gesamte Gebäude bis hin zum Büro der Flughafenpolizei.

»Einer weniger«, stellte Thomas trocken fest.

Philipp merkte an: »Aber er hat seine Aufgabe ja bestanden.«

»Das ist richtig«, erwiderte Thomas, »aber er kann keine Aufgaben mehr stellen und das heißt, dass wir das jetzt unter uns ausmachen.«

»Ich hätte nicht gedacht, dass wir so weit gehen, dass einer von uns verhaftet wird« stellte Philipp mit einem leicht missbilligenden Blick auf Thomas fest.

Dieser antwortete entschuldigend: »Ich bin auch eigentlich davon ausgegangen, dass er es nicht machen würde und wir damit direkt geklärt hätten, wer am Ende für den Spaß blechen muss.«

Das Gespräch der beiden wurde durch die freundlich lächelnde Dame am Schalter beendet, die sie aufforderte, ihre Koffer auf die Waage zu stellen und die Flugtickets vorzulegen.

Nachdem sie ihre Koffer aufgegeben und sich in der Wartehalle des Flughafens niedergelassen hatten, um darauf zu warten, dass ihre Maschine bereit zum Boarding war, sagte Philipp: »Da Andreas jetzt damit dran wäre, mir eine Aufgabe zu stellen, aber leider nicht hier ist, bin ich jetzt wohl damit an der Reihe, dir eine Aufgabe zu stellen.«

Thomas nickte und sah ihn erwartungsvoll an.

»Gedulde dich noch etwas, Thommy, du bekommst deine Aufgabe schon noch früh genug.«

Mit einem Lächeln auf den Lippen lehnte sich Philipp entspannt zurück, verschränkte die Arme vor der Brust und schlug die Beine übereinander.

Vor der großen Panoramascheibe der Wartehalle hatten sich einige Kinder versammelt, die fasziniert auf die an den Gates stehenden Flugzeuge herabblickten und sich gegenseitig auf immer neue spannende Details hinwiesen. Ein scheinbar besonders schwer von den Flugzeugen beeindruckter Junge zog seinen Vater am Arm herbei, um ihm die tollen Flugmaschinen zu zeigen. In der Sitzreihe direkt vor der Panorama-scheibe veranstaltete währenddessen ein etwa drei Jahre altes Mädchen einen größeren Tumult, indem sie ihre gesamte Familie mit dem Inhalt einer Safttüte bespritzte und dabei vergnügt lachte.

Philipp und Thomas ließen sich von dem Chaos um sie herum nicht beeindrucken. Schweigend saßen die beiden nebeneinander, bis ihr Flug aufgerufen wurde. Sie erhoben sich und bahnten sich gelassen ihren Weg durch die Menschenmenge hin zur Warteschlange für ihren Flieger. Stück für Stück rückte die Schlange weiter vor und schließlich betraten Philipp und Thomas die Maschine. Sie hatten ihre Plätze in der Reihe fünfzehn. Thomas saß am Gang, Philipp daneben. Der Platz am Fenster war für Andreas reserviert und blieb frei.

Nachdem sie es sich in ihren Sitzen gemütlich gemacht hatten, reichte Philipp Thomas einen Zettel und sagte: »Wenn sich der Flieger gleich in Bewegung setzt, dann ließt du den Text hier laut vor.«

Dann zwinkerte er ihm verschmitzt zu und nahm das Board-magazin zur Hand.

Schließlich waren alle Plätze in der Maschine – bis auf den am Fenster neben Philipp – besetzt und der Flugzeugkapitän ließ die Triebwerke starten. Der Flieger bebte schon, als noch ein letzter Passagier in die Maschine stieg: Andreas.

Thomas hatte gerade den Text, den Philipp ihm gegeben hatte, gelesen und sagte zu diesem »Also ich persönlich finde diese Informationen sehr interessant, aber glaubst du nicht, dass unser näheres Umfeld hier eventuell etwas angespannt reagieren könnte?«, als er den Neuankömmling bemerkte.

Er stieß Philipp an und deutete mit einem Kopfnicken in Richtung der Kabinentür, durch die Andreas gerade getreten war. Philipp ließ das Boardmagazin sinken und blickte mit offenem Mund auf Andreas. Als dieser sich an den beiden anderen vorbei quetschte, um zu seinem Fensterplatz zu gelangen, erkundigte sich Philipp: »Wie hast du es geschafft, da wieder raus zu kommen?«

Noch bevor Andreas antworten konnte, warf Thomas ein: »Du weißt, dass das nichts Persönliches war? Ich hatte sowieso nicht damit gerechnet, dass du das durchziehen würdest.«

Andreas tat dies mit einer Handbewegung ab und antwortete Philipp: »Ich habe denen erklärt, dass ich erst hier im Flughafen das Schild gesehen habe, auf dem steht, dass man nur ein Handgepäckstück mitnehmen darf, sodass ich alles in einen Rucksack gequetscht habe und den anderen dort ablegte, damit meine Mutter ihn wieder mitnimmt. Ich hätte ihn ihr ja auch persönlich übergeben, aber, da ihr beiden euch unbedingt schon bei der Gepäckaufgabe anstellen wolltet, musste ich zu dieser Notlösung greifen.

Dann habe ich die netten Menschen von der Flughafenpolizei gebeten, sich das Video der Überwachungskamera anzuschauen, auf dem ja auch zu sehen war, wie meine Mutter den Rucksack nimmt und wieder geht. Es ging dann noch ein paar Minuten hin und her und sie haben mir erklärt, dass ich das nicht mehr machen soll und sie den Rucksack für gefährlich hielten und so weiter...«

Philipp stieß Thomas an und sagte: »Wir rollen. Jetzt wäre ein guter Zeitpunkt, den Text vorzulesen. Und die Turbine da draußen macht so einen Lärm, dass ich mir nicht sicher bin, ob ich alles verstehe, wenn du so leise sprichst wie sonst.«

Thomas räusperte sich und fing mit erhobener Stimme an vorzulesen: »Du, Philipp, sag mal, wusstest du, dass in so einem Flugzeug sechsundzwanzigtausend Liter Kerosin sind? Wenn wir also aus den elftausend Metern Reiseflughöhe abstürzen sollten und das wider Erwarten überleben, dann würden wir bei lebendigem Leibe verbrennen, wenn das Flugzeug Feuer fängt. Und was auch interessant ist, ist, dass bei einer

Notwasserung nur etwa drei Prozent der Fluggäste überleben, weil die meisten anderen es nicht aus dem Flugzeug schaffen oder im Wasser erfrieren, bevor ein Schiff da ist, dass sie an Bord nehmen könnte.«

Die Fluggäste auf den umliegenden Sitzplätzen begannen schon, ihn komisch anzusehen und untereinander zu tuscheln, als eine angespannt wirkende Stewardess vorbei kam und Thomas den Zettel aus der Hand riss. Mit den Worten »das können wir jetzt nicht gebrauchen« knüllte sie das Papier zusammen und steckte es in die Tasche ihres Blazers. Dann ging sie weiter den Gang entlang und setzte sich schließlich auf ihren Platz direkt hinter dem Cockpit.

Das Flugzeug erreichte seine Startposition auf dem Rollfeld und begann zu beschleunigen. Nachdem die Maschine abgehoben hatte, ergriff Andreas das Wort: »Ihr beiden habt mich ja jetzt übersprungen. Ich denke, es ist das Beste, wenn ich jetzt Philipp eine Aufgabe stelle und wir danach zur ursprünglichen Reihenfolge zurückkehren. Also, dass Philipp dir dann wieder eine Aufgabe stellt, denn ich denke, du hast dir mit der Aktion am Flughafen eine vorübergehende Auszeit verdient.«

Bei dem letzten Satz sah er Thomas eindringlich an. Dieser hatte bereits tief Luft geholt und den Mund geöffnet, um zu protestieren, sah dann aber ein, dass er es zu Beginn etwas übertrieben hatte und so nickte er nur und schloss seinen Mund wieder.

Dann fuhr Andreas fort: »Ich hatte mich allerdings auf harmlosere Sachen eingestellt, als eine Verhaftung zu riskieren. Ich denke, ich muss dann auf Malle noch mal kräftig nachrüsten. Aber vorerst darf ich dir das hier überreichen.«

Er gab Philipp ein Vampirgebiss aus Plastik, wie es kleine Kinder an Halloween verwenden.

»Deine Aufgabe, Philipp, wird es sein, dieses Gebiss zu tragen, bis wir gelandet sind und wenn die Stewardess nachher fragt, was du trinken willst, antwortest du ›Blut‹ «, erklärte Andreas die Aufgabenstellung.

Philipp nahm das Gebiss in Augenschein, dann nickte er. Er entnahm das Gebiss seiner Plastikverpackung und steckte es sich testweise in den Mund. Zu Andreas sagte er: »Es dürfte nur nachher schwierig werden, mit dem Teil im Mund das Brötchen zu essen, das uns später gereicht wird.«

Anschließend wandte er sich an Thomas: »Aber während wir auf die Verpflegung warten, kann ich dir schon mal deine nächste Aufgabe mitteilen: Du wirst der Stewardess, wenn sie das nächste Mal hier vorbei kommt, einen kräftigen Klaps auf den Arsch geben.«

Thomas sah den schelmisch grinsenden Philipp verdutzt an, dann erwiderte er: »Die kann mich wegen sexueller Belästigung anzeigen. Das willst du doch nicht, oder?«

Darauf antwortete Philipp mit hochgezogener Augenbraue: »Du hast riskiert, dass Andreas noch vor Reiseantritt verhaftet wird. Ich denke, du solltest der Letzte sein, der hier mit Grenzen argumentiert.«

»Na gut, aber ich finde es nicht in Ordnung, andere in die Sache mit hinein zu ziehen« versuchte Thomas sich zu wehren. Jetzt mischte sich auch Andreas ein: »Ich bin mir ziemlich sicher, dass wir, um einen Verlierer zu ermitteln, noch wesentlich härtere Geschütze auffahren müssen und dann wird es sich nicht umgehen lassen, andere mit einzubeziehen.«

Thomas nahm die Aufgabe an und die drei lehnten sich in ihren Sitzen zurück. Philipp hörte Musik von seinem MP3-Player, Thomas sah sich den im Flugzeug ausgestrahlten Film an und Andreas schaute auf die faszinierenden Wolkenformationen, die sich durch das Fenster erblicken ließen.

Als ein konstantes Klappern ankündigte, dass sich das Bordpersonal mit dem Speisewagen näherte, legten Thomas und Philipp ihre Kopfhörer beiseite und Andreas wünschte ihnen mit hämischem Grinsen viel Spaß bei der Erfüllung ihrer Aufgaben.

Der Wagen, der sich vom hinteren Teil des Flugzeugs näherte, wurde von zwei Stewardessen begleitet. Die erste ging vor dem Gefährt her, fragte, die Passagiere, was diese gerne essen und trinken würden, und reichte anschließend die bestellte Mahlzeit, bestehend aus einem eingepackten Sandwich mit wahlweise Wurst oder Käse als Belag. Ihre Kollegin, die den Wagen vor sich her schob, schenkte währenddessen die bestellten Getränke ein und reichte diese, sobald sie das Vehikel an der jeweiligen Sitzreihe vorbei geschoben hatte, den Reisenden.

Das Gespann erreichte Reihe fünfzehn und die vordere Stewardess – dieselbe, die Thomas bereits vor dem Abflug seinen Zettel abgenommen hatte – fragte die drei Jungs mit deutlich besserer Laune, als noch am Boden: »Möchtet ihr ein Sandwich mit Wurst oder lieber mit Käse?«

Alle drei entschieden sich für ein Sandwich mit Käse. Die Stewardess reichte die bestellten Mahlzeiten und erkundigte sich nach ihren Getränkewünschen. Andreas orderte zuerst: »Ich hätte gerne eine Cola.«

Dann bestellte Thomas: »Ich nehme einen Kaffee.«

Schließlich drehte sich Philipp zu der Stewardess um und knurrte, sein Vampirgebiss offenbarend, in einem düsteren Tonfall: »Blut!«

Die Stewardess ließ sich davon nicht beeindrucken und sagte ihrer Kollegin, sie solle eine Cola, einen Kaffee und einen Tomatensaft fertig machen. Ergänzend fragte sie bei Philipp nach: »Soll der Tomatensaft mit Tabasco und Pfeffer sein, oder lieber ohne?«

Philipp antwortete mit seiner düsteren Stimme und finsterem Blick: »Mit allem, bitte.«

Die Stewardess erkundigte sich bei den Fluggästen auf der anderen Seite des Gangs nach den Speise- und Getränkewünschen, dann zog sie den Wagen weiter. Die zweite Bedienung gab Thomas die Getränke an, der diese  an seine Sitznachbarn weiterreichte.

Anschließend widmete sie sich der nächsten Reihe, während Thomas seinen Kaffee auf den Klapptisch stellte, der an dem vorderen Sitz hing, und mit seiner nun freien Hand ausholte. Er ließ seine Hand auf das Hinterteil der Stewardess klatschen, die erschrocken aufschrie und den Becher, den sie gerade mit Wasser füllte, umschmiss.

Als sie sich entrüstet zu ihm umdrehte, deutete Thomas, bemüht eine Unschuldsmiene aufzusetzen,  mit dem Finger auf den älteren Herrn, der auf der anderen Seite der Sitzreihe den Platz am Gang hatte und sagte: »Er war's.«

Die Stewardess ließ sich dadurch nicht beirren und gab Thomas eine saftige Ohrfeige. Dann schob sie den Wagen so weit nach vorne, dass sie außerhalb seiner Reichweite war, ehe sie sich wieder den anderen Passagieren widmete.

Thomas, der sich seine schmerzende Wange hielt, drehte sich freudestrahlend zu seinen Freunden um. Andreas hielt den Daumen in die Luft und Philipp stellte fest: »Ich würde mal sagen, du hast die Aufgabe bestanden.«

Andreas fügte noch hinzu: »»Er war's‹. Echt genial!«

Nachdem die beiden ihre Anerkennung geäußert hatten, begann Philipp, Thomas aufzuziehen: »Ich hoffe, du hast es genossen. Das war nämlich das erste und letzte Mal, dass du eine Frau in Hüftgegend berührt hast.«

Thomas entgegnete kühl: »Das ist immer noch einmal mehr, als du es je getan hast. Und wenn ich das richtig sehe, bin ich jetzt wieder an der Reihe. Also Andreas: Ich lasse dich noch ein bisschen zappeln, aber ich denke, ich verrate nicht zu viel, wenn ich dir sage, dass du dich schon mal auf die Landung freuen kannst.«

Den Rest des Fluges verbrachten die drei damit, sich gegenseitig mitzuteilen, mit welchen Aufgaben sie die anderen verlieren lassen wollten. Dabei wurden Dinge genannt, wie »Thomas muss aus dem dritten Stock in den Hotelpool springen« oder »ich lasse Andreas mit einem Jetski bis nach Ibiza fahren«

Dann ertönte aus den Lautsprechern in der Kabine die Stimme des Piloten, der mitteilte, dass die Maschine nun zum Landeanflug ansetze und sich alle wieder anschnallen und die Tische hochklappen müssten.

Nachdem diese Ansage auch auf Englisch erklungen war, erkundigte sich Andreas bei Thomas, was denn nun tatsächlich seine nächste Aufgabe sei.

»Nun«, sagte Thomas, »ich habe das Gefühl, ich habe mir nicht genug Dinge für eine ganze Woche mitgenommen, jetzt, da mein zweiter Rucksack weg ist. Deshalb fände ich es wirklich nett von dir, wenn du mir noch ein paar Kleinigkeiten besorgen könntest. Mit anderen Worten: Schnapp dir neben deinem eigenen Koffer gleich am Gepäckband noch mindestens zwei weitere und versuch, diese aus dem Terminal zu schaffen.«

Andreas fragte nach: »Das ist alles? Sonst nichts, nur zwei Koffer, die nicht mir gehören?«

Leicht irritiert erwiderte Thomas: »Ja, das ist alles.«

Andreas grinste siegessicher, dann blickte er aus dem Fenster und sah die Küste unter dem Flugzeug hinweggleiten. Der Küste folgten einige Touristenorte mit großen Hotels und Parkanlagen sowie üppigen Golfplätzen, doch je weiter die Maschine ins Inselinnere flog, umso mehr verdorrte die Landschaft. Nur hin und wieder wurde das schon fast wüstenähnliche Gelände von einem mit Plastikfolie abgedeckten Gewächshaus gespickt.

Schließlich überflogen sie einen hohen Maschendrahtzaun und unter dem Flugzeug breitete sich die Landebahn des Flughafens wie ein breites Band aus Teer aus. Mit einem Ruck setzten die hinteren Reifen der Maschine wieder auf dem Boden auf und die ersten Passagiere begannen bereits zu applaudieren, als mit einem weiteren Ruck auch die vordere Achse aufsetzte. Der Pilot bremste stark und ließ das Flugzeug das Rollfeld entlang auf seine Halteposition rollen.

Noch während die Maschine in Bewegung war, standen die meisten Fluggäste auf, suchten ihr Handgepäck zusammen und drängten in den Gang in der Flugzeugmitte.

Auch Andreas kämpfte sich durch die Menschen auf dem schmalen Gang bis er eine Position direkt vor der verschlossenen Kabinentür erreicht hatte. Sobald diese von der Stewardess geöffnet worden war und er das Flugzeug verlassen hatte, hetzte Andreas durch das Terminal zum Kofferband, an dem er sich einen Platz direkt neben der Kofferausgabe sicherte.

Thomas und Philipp, die das Flugzeug gemächlicher verlassen hatten, mussten feststellen, dass das Kofferband bereits von zahlreichen Fluggästen belagert wurde, als sie dieses erreichten. Sie stellten sich relativ mittig an das Band, denn dort war noch eine Lücke in der wartenden Menschenmasse.

»Hast du diese Aufgabe jetzt nach dem Motto ›wenn er nicht von der deutschen Polizei verhaftet wird, dann halt von der spanischen‹ gestellt?«, fragte Philipp Thomas, der ihn nur schelmisch angrinste.

Als sich das Gepäckband nach einer gefühlten Ewigkeit in Bewegung setzte, musterte Andreas jeden Koffer, der an ihm vorbei fuhr. Bereits den dritten Koffer erkannte er als Philipps und nahm ihn vom Band. Danach kam lange Zeit kein ihm bekannter Koffer mehr aus der Ausgabe gerutscht. Doch schließlich kam der Koffer von Thomas, direkt gefolgt von seinem eigenen. Andreas ergriff den Vorderen und war nicht schnell genug, um sich seinen eigenen auch noch zu schnappen, bevor dieser an ihm vorbei gefahren war. Er lehnte sich entspannt gegen die Koffer von Philipp und Thomas und wartete, bis sein eigener eine Ehrenrunde gedreht hatte und wieder bei ihm ankam. Dann schnappte er sich auch diesen und machte sich auf den Weg, einen Kofferwagen zu suchen, da er große Schwierigkeiten hatte, drei Koffer gleichzeitig fort zu bewegen.

Nachdem er einen Kofferwagen gefunden hatte, suchte er seine beiden Freunde und gemeinsam verließen sie das klimatisierte Terminal.

Im Freien schlug ihnen die Hitze Mallorcas entgegen und sorgte augenblicklich dafür, dass sich auf der Haut der drei Jungs erste Schweißperlen bildeten.

Noch im Schatten des Flughafengebäudes sagte Thomas: »Es ist ja sehr nett von dir, dass du unsere Koffer auch geholt hast, aber die Aufgabe hast du anscheinend nicht bestanden.«

»Das sehe ich anders. Du sagtest nur, ich solle zwei Koffer mit nach draußen nehmen, die nicht mir gehören. Diese hier gehören euch und nicht mir, ergo habe ich meine Aufgabe gemeistert. Du musst die Aufgaben einfach präziser formulieren«, entgegnete Andreas.

Philipp fügte, während er Thomas aufmunternd auf die Schulter klopfte, mit einem Grinsen hinzu: »Das kann ja jedem mal passieren.«

Während Thomas und Andreas sich noch kabbelten, hatte Philipp den für ihr Reiseunternehmen zuständigen Reiseleiter entdeckt und sich erkundigt, welcher Transferbus sie zu ihrem Hotel bringen würde. Er kehrte zu den anderen beiden zurück, die inzwischen auch aus dem kühlen Schatten des Flughafens getreten waren, und eröffnete ihnen: »Wir müssen den Bus mit der Nummer einundfünfzig nehmen, der steht ganz am Ende des Parkplatzes.«

Andreas blickte über das weitläufige Gelände und sagte: »Das ist ja ein ganz schönes Stück und es ist hier ziemlich warm. Das ist mir mit dem Koffer jetzt zu anstrengend. Philipp, deine nächste Aufgabe ist es, unsere Koffer, also auch den von Thomas, zu unserem Bus zu schaffen und zwar ohne Hilfsmittel.«

Philipp kommentierte diese Aufgabe mit den Worten »Du Sack!«, dann nahm er seinen Koffer in die rechte und den von Thomas in die linke Hand und zog sie in Richtung des Busses. Über die Schulter rief er Andreas zu: »Mehr als zwei Koffer kann ich nun mal nicht gleichzeitig schleppen, du musst wohl hier warten, wenn du deinen Koffer nicht alleine lassen willst.«

Thomas bedankte sich bei Andreas, dass er auch ihm die Mühe abgenommen hatte, den Koffer zum Bus bringen zu müssen, und gemeinsam warteten sie im Schatten einer Palme auf Philipp. Dieser kam einige Minuten später schweißgebadet zurück und griff mit einem vernichtenden Blick nach dem letzten Koffer. Auf dem gemeinsamen Weg zum Bus feuerten Andreas und Thomas ihren Freund an, sich doch ein wenig zu beeilen, da der Bus sonst womöglich noch ohne sie führe.

Philipp quittierte diese Anfeuerungen mit der Aufforderung: »Haltet doch einfach mal beide die Fresse!«

Die drei erreichten als die Letzten den Bus und sowohl der Busfahrer als auch der Reiseleiter erwarteten sie schon ungeduldig. Nachdem auch der letzte Koffer verstaut war und die drei ihre Plätze im Bus eingenommen hatten, hielt der Reiseleiter eine kurze Ansprache, dann verließ er den Bus wieder und der Fahrer startete den Motor.

# Club Dolce Vita

Der Bus hielt vor einem Hotel, das äußerlich allen anderen glich, an denen er zuvor auch schon Fahrgäste hatte aussteigen lassen. Es war ein mehrere Etagen hoher Betonklotz in heller Farbe mit einer fast durchgängigen Glasfassade im Erdgeschoss, durch die man schon aus dem Bus in die Lobby und den Speisesaal sehen konnte. In den oberen Etagen reihte sich dann ein Balkon an den anderen, wobei an einigen der dunklen Balkongeländer Handtücher und Badesachen zum Trocknen hingen.

Der Busfahrer nuschelte etwas Unverständliches in das Mikrofon und stieg aus, um die Gepäckklappe des Fahrzeugs zu öffnen. Als im Bus kein Fahrgast Anstalten machte, auszusteigen, stieß Andreas Thomas, der am Fenster saß, in die Seite und sagte: »Guck doch mal raus, ob das nicht vielleicht unser Hotel ist.«

Widerwillig drehte Thomas seinen Kopf zum Fenster und sah hinaus. Mit plötzlich hektischen Bewegungen schnappte er sich seinen Rucksack und drängte seine beiden Freunde, es ihm gleich zu tun und den Bus zu verlassen. Draußen nahmen sie von dem ungeduldig wirkenden Busfahrer ihre Koffer entgegen und zogen diese auf die gläserne Schiebetür zu, über der in goldenen Lettern der Name des Hotels prangte: Club Dolce Vita.

Als sie diese erreichten, trat eine Gruppe – bestehend aus sieben Mädchen ihres Alters – in knappen Bikinis aus der Lobby und lief an ihnen vorbei in Richtung der Straße, auf der der Transferbus gerade wieder verschwunden war.

Philipp meldete, kaum, dass sie außer Hörweite waren, Besitz an: »Leute, die im pinkfarbenen Bikini gehört mir.«

Thomas schnaubte verächtlich und erwiderte: »Wovon träumst du eigentlich nachts? Du hättest nicht mal eine Chance bei denen, wenn du der letzte Mann auf der Erde wärst.«

»Dazu müsste er erst einmal zum Mann werden«, ergänzte Andreas schnippisch.

Sie betraten die große, mit Marmor ausgelegte Lobby. An der Wand zu ihrer Rechten ging es durch eine Flügeltür in den Speisesaal, auf der linken Seite führte eine breite Treppe in die oberen Stockwerke. Neben der Treppe warteten einige Hotelgäste – ebenfalls mit Koffern – auf die Fahrstühle.

Die Rezeption befand sich auf der dem Eingang gegenüberliegenden Seite. Neben der langen Theke, hinter der ein Hotelangestellter die Jungs willkommenheißend anlächelte, führte ein Gang in den hinteren Bereich des Hotels. Von dort drangen die gedämpften Rufe spielender Kinder und das leise Spritzen von Wasser.

Ihre Schritte hallten leicht von den Wänden wieder, als Andreas, Philipp und Thomas auf dem Weg zur Rezeption die Lobby durchquerten. Der Hotelangestellte reichte ihnen die Zimmerkarten für ihr Doppelzimmer mit Zustellbett im vierten Stock, legte ihnen die All-Inclusive-Bänder an und wünschte einen schönen Aufenthalt.

Die drei Jungs quetschten sich mit ihren Koffern in einen der beiden Aufzüge des Hotels und fuhren auf ihre Etage. Philipp erreichte die Tür zu ihrem Zimmer, auf der in goldenen Ziffern die Nummer 415 angebracht worden war, als Erster. Er zog seine Schlüsselkarte durch das als Türschloss fungierende Kartenlesegerät und als ein grünes Lämpchen aufleuchtete, stieß er die Zimmertür auf.

Ein warmer Luftzug wehte ihm entgegen. Er blickte in ein geräumiges Zimmer, in dessen Mitte ein hohes Doppelbett sowie ein kleiner runder Tisch mit zwei Stühlen standen. An der Wand rechts von ihm war ein einzelnes Beistellbett aufgebaut worden. Gegenüber der Tür befand sich eine durch einen feinen Seidenvorhang bedeckte Fensterfront, die auch eine gläserne Schiebetür hatte, durch die man auf den dahinterliegenden Balkon gelangte. Diese Tür war offen und durch den dort hindurch dringenden Luftzug wehte der aus dünnem Stoff gewebte weiße Vorhang sanft in das Zimmer hinein.

Auf der linken Seite neben der Zimmertür war ein verhältnismäßig kleines Badezimmer baulich abgetrennt.

Hinter Philipp drängelten die anderen beiden, sodass er in das Zimmer trat, um ihnen den Weg frei zu machen. Andreas stieß einen anerkennenden Pfiff aus, als er das Zimmer betrat und auch Philipp und Thomas gaben Worte der Begeisterung von sich.

Thomas ließ seinen Koffer am Zimmereingang stehen und trat direkt auf den Balkon. Dieser war sehr schmal, aber die Aussicht dafür umso besser. Man blickte vom Balkon aus direkt auf den Strand und das Meer hinunter.

Während Thomas den Blick über den Strand schweifen ließ, erkannte er die Gruppe Mädchen wieder, die ihnen bereits am Eingang entgegen gekommen war, und rief in das Zimmer: »Hey, Philipp, da unten ist deine Freundin wieder!«

Auch Philipp betrat nun, gefolgt von Andreas den Balkon. Die drei mussten auf dem schmalen Balkon eng aneinander gedrängt stehen, als sie hinunter blickten.

»Nach der Nummer mit den Koffern brauche ich jetzt erst einmal eine Dusche«, verkündete Philipp und verließ den Balkon wieder. Er warf seinen Koffer auf das einzelne Bett und kramte darin nach seinem Duschzeug. Nachdem er dieses gefunden hatte, verschwand er im Badezimmer.

Thomas steckte seinen Kopf durch die Balkontür und sah Philipps Koffer auf dem Zustellbett liegen.

»Tja Andreas, sieht aus, als müssten wir beiden uns das Ehebett teilen«, rief er auf den Balkon hinaus.

Andreas folgte ihm zurück ins Zimmer und fragte mit wenig Begeisterung in der Stimme: »Kann man die Betten nicht auseinander ziehen?«

»Sieht nicht so aus, aber wir können es gerne versuchen.«

Sie zogen geräuschvoll an den Betten, mussten jedoch einsehen, dass diese nicht auseinander zu bekommen waren, und so ließen sie sich schließlich auf das Doppelbett fallen und gaben auf.

Philipp trat mit Badeshorts bekleidet aus dem Bad, sah Andreas und Thomas schwer atmend auf dem Bett liegen und sagte heiter: »Da habe ich doch direkt eine Idee für eine schöne kleine Aufgabe, aber das hat noch Zeit. Jetzt lasst uns erst mal eine Runde im Meer planschen gehen.«

Thomas meinte: »Dann will ich aber vorher noch meine Luftmatratze aufblasen.«

»Jetzt, wo du das Thema ansprichst, kann ich dir eine freudige Nachricht überbringen: Du wirst deine Luftmatratze gar nicht brauchen!«, antwortete ihm Philipp freudestrahlend.

Thomas sah ihn argwöhnisch an, dann fragte er nach: »Was genau meist du damit?«

»Naja«, antwortete Philipp, »ich habe da etwas mitgebracht und wann immer wir, also Andreas und ich, von diesem Moment an etwas mit Luftmatratzen machen, wirst du meine *Ersatzluftmatratze* verwenden. Das ist deine nächste Aufgabe.«

Jetzt war auch Andreas neugierig geworden: »Was meinst du denn mit Ersatzluftmatratze?«

Philipp musste mehrmals lachen, ehe er antworten konnte. Er ging zu seinem Koffer und zog daraus eine weiße Plastiktüte hervor, durch die sich eine eckige Verpackung abzeichnete. Mit den Worten »Thomas, ich präsentiere feierlich: Deine neue Luftmatratze!« zog Philipp die Verpackung aus der Tüte.

Andreas klappte die Kinnlade herunter und auch Thomas verschlug es kurzzeitig die Sprache. Als er sie wiedergefunden hatte, sagte er entsetzt zu Philipp: »Das ist nicht dein Ernst!«

Philipp konnte sich ein breites Grinsen nicht verkneifen, als er erwiderte: »Doch, das ist mein voller Ernst.«

Auch Andreas hatte sich wieder gefangen und meinte begeistert: »Das ist ja der Hammer! Geile Idee!«

Philipp warf Thomas das Päckchen zu und sagte: »Hier, bitte sehr, deine Luftmatratze.«

Thomas fing das Päckchen und las die Aufschrift auf der Verpackung laut vor: »Die geile Uschi. Mit ihrer neuen elastischen Haut ist sie die lebensechteste Sexpuppe auf dem Markt. Ihre drei heißen Löcher warten nur darauf, von dir erforscht zu werden.«

Dann blickte Thomas Philipp tief in die Augen und fragte ihn: »Sag mal, hast du sie noch alle? Ich kann doch nicht mit der ›geilen Uschi‹ am Strand herumlaufen!«

»Entweder, du kannst das, oder du kannst zahlen. Deine Entscheidung« war Philipps Antwort.

»Der Vorteil ist auf jeden Fall, dass Uschi dir keine klatscht, wenn du ihr an den Arsch fasst« versuchte Andreas Thomas aufzumuntern.

»Und sie gibt keine Widerworte« fügte Philipp hinzu.

Thomas starrte noch einige Sekunden fassungslos auf die Verpackung, dann resignierte er: »Ich habe ja keine Wahl. Dann wollen wir mal loslegen.«

Er riss den Karton auf und zog eine zusammengefaltete Latexpuppe hervor. Diese entfaltete er und begann sie aufzublasen. Andreas und Philipp versuchten derweil, ihre normalen Luftmatratzen aufzublasen, was sich jedoch als nicht ganz unproblematisch herausstellte, da die beiden fast jedes Mal, wenn sie Luft holten und ihre Münder an die Ventile setzten, erneut loslachen mussten.

Andreas und Thomas verschwanden, nachdem schließlich doch alle Schwimmhilfen aufgeblasen waren, jeweils kurz im Bad, um sich ebenfalls ihre Badeshorts anzuziehen. Dann warfen sich alle drei jeweils ein Handtuch über die Schulter, setzten ihre Sonnenbrillen auf, zogen ihre Badelatschen an und verließen mit ihren Luftmatratzen das Zimmer.

Thomas blickte erst nach links, dann nach rechts den langen mit Teppichen ausgelegten Flur entlang, ehe er sich mit der geilen Uschi aus dem Zimmer traute und mit seinen Freunden den Weg zum Fahrstuhl antrat.


Die Aufzugtüren öffneten sich klappernd und gaben den Blick auf die Lobby frei. An der Rezeption stand eine Gruppe von zwölf Leuten mitsamt Koffern. Ein kleines Mädchen, etwa sieben Jahre alt, drehte den Kopf in Richtung des Aufzugs und sah die Jungs an. Thomas schüttelte, den Blick auf das Mädchen gerichtet, leicht den Kopf, doch es war zu spät. Das Mädchen zog seiner Mutter an der Bluse und fragte lauthals mit auf Thomas gerichtetem Finger: »Mama, warum trägt der Junge eine nackte Frau spazieren?«

Noch bevor sich alle Leute in der Lobby erst zu dem Mädchen und dann, ihrem gestrecktem Finger folgend, zu Thomas umgedreht hatten, lief dessen Gesicht dunkelrot an. Andreas und Philipp, die etwas weiter hinten im Aufzug standen, konnten sich vor Lachen nicht mehr halten. Es schüttelte sie so heftig, dass sie sich an den Fahrstuhlwänden stützen mussten.

Schließlich verließen sie den Aufzug und durchquerten, immer noch von neugierigen Blicken verfolgt, die Lobby. Sie gingen den Gang neben der Rezeption entlang und betraten zum ersten Mal die Außenanlage des Hotels.

Ihren Blicken boten sich zwei Pools, ein größerer, in dem gerade eine Gruppe älterer Hotelgäste, angeleitet von einem jungen Animateur, einen Wassergymnastikkurs abhielt, und ein kleinerer, der als Kinderbecken fungierte. Hinter den von Plastikliegestühlen umringten Pools befand sich in einer runden Hütte, deren Wände mit Schilf und Bambus dekoriert waren, die Poolbar. Umschlossen wurde der Außenbereich von einem mit Grün bewachsenen Gitterzaun.

Ihr Weg führte die drei Jungs zwischen den beiden Pools hindurch auf ein Tor in ebendiesem Zaun zu, welches sich mithilfe der Zimmerschlüsselkarten öffnen ließ. Jetzt mussten sie nur noch eine Straße überqueren, dann standen sie mitten auf der Strandpromenade.

Auf ihrem Weg folgten ihnen zwar einige verständnislose Blicke, aber Thomas sagte – mehr zu sich selbst, als zu den anderen: »Schlimmer als in der Lobby kann es nicht mehr werden.«

Andreas entgegnete: »Da bin ich anderer Meinung. Noch trägst du die geile Uschi ja nur mit dir herum. Wenn wir gleich im Wasser sind und du dich auf sie legst, wird sich die Wahrnehmung der Leute nochmal ein bisschen ändern.

Vielleicht ist es besser, wenn du dir einen Liegestuhl etwas abseits von uns suchst, wir wollen nicht mit dir und deiner Uschi zusammen gesehen werden.«

Thomas erwiderte darauf trotzig: »Ich respektiere deinen Wunsch natürlich, aber dir sollte klar sein, dass ich mich dafür rächen werde.«

Andreas hob abwehrend die Hände in Richtung Thomas und entgegnete: »Uhuh, da habe ich jetzt aber Angst.«

»Das müsst ihr unter euch ausmachen, ich habe ja jetzt erst mal Ruhe vor der nächsten Aufgabe«, mischte sich Philipp ein.

»Mit dir bin ich auch noch nicht fertig. Wenn ich eine teuflische Idee habe, wie ich mich für die liebe Uschi hier rächen kann, dann werde ich es Andreas wissen lassen«, antwortete Thomas Philipp und zwinkerte Andreas zu.

Philipp erwiderte darauf mit missbilligendem Gesichtsausdruck: »Wir sollten mal ein paar Regeln für dieses Spiel festlegen. Das Verbrüdern gegen einen ist irgendwie nicht fair.«

Andreas ließ daraufhin verlauten: »Da bin ich anderer Meinung, immerhin sind wir jung und brauchen das Geld. Nein, Spaß. Was wären das denn für Regeln, die du da ins Auge gefasst hast?«

»Zunächst einmal, dass jeder nur selbst erdachte Aufgaben stellen darf und keine Bündnisse geschlossen werden. Und als zweites, dass wir ein Spesenkonto einrichten: Also quasi alle Urlaubsausgaben, wie die geile Uschi oder das Vampirgebiss und alles, was jetzt noch kommt, auf eine Liste schreiben und diese Liste wird dann am Ende mit dem Urlaub zusammen vom Verlierer bezahlt«, erörterte Philipp seinen Vorschlag.

Unterdessen hatten sie die Liegestühle am Strand erreicht und mit ihren Handtüchern drei Stück reserviert.

»Ich finde die Idee gut« willigte Andreas ein. Auch Thomas nickte zustimmend. Philipp beendete die Konversation mit den Worten: »Gut, dann ist das ja geklärt. Und jetzt ab ins Wasser!« Dann lief er los den Strand hinab in die Wellen. Thomas und Andreas folgten ihm.

Während sich Andreas und Philipp auf ihren Luftmatratzen treiben ließen und zwischen den zahlreichen anderen Badenden nicht weiter auffielen, wurde laut gelacht und mit Fingern auf Thomas gezeigt, der große Schwierigkeiten damit hatte, sich im leichten Wellengang nahe dem Strand auf der Puppe zu halten.

Nach etwa einer Stunde im Wasser rief Thomas die anderen beiden zu sich und sagte: »Ich habe seit heute Morgen außer dem Sandwich im Flugzeug nichts gegessen. Ich bekomme langsam Hunger. Lasst uns die Matratzen weg bringen und sehen, ob wir etwas Essbares finden.«

Darauf antwortete Andreas: »Ich weiß zwar nicht genau, wie spät es jetzt ist, aber ich denke mal, das Mittagsbuffet dürfte bereits abgeräumt sein. Wir können uns also nur zur Snackbar am Pool begeben, aber keine Sorge: Dafür musst du dich nicht extra von deiner Uschi trennen.«

Mit dieser Idee waren alle einverstanden und so machten sie sich auf den Weg zurück zum Pool. Gerade als sie das Meer verlassen hatten, schüttete ein kleiner Junge im Alter von etwa vier Jahren nur wenige Meter entfernt seiner sich sonnenden Mutter einen Eimer Sand über den Bauch. Die besandete Dame schreckte hoch und rief mit sehr lauter Stimme: »LAURENZ!«

Nachdem sich gefühlt jede Person am Strand zu Laurenz und seiner Mutter umgedreht hatte, schrie sie weiter: »So was macht man aber nicht! Stell den Eimer weg, du spielst heute nicht mehr im Sand!«

»THOMAS! Stell die Uschi weg, du spielst heute nicht mehr mit Puppen!«, rief Andreas, Laurenz' Mutter nachahmend, seinem Freund zu, während die drei die Straße zu ihrem Hotel überquerten.

An der Poolbar bedienten sich Andreas, Philipp und Thomas am reichhaltigen Kuchenbuffet und unterhielten sich darüber, was Laurenz für ein merkwürdiger Name sei und was für ein Fluch eine so sehr die Aufmerksamkeit auf sich ziehende Mutter doch war. Mit vollgeschlagenen Bäuchen legten sie sich danach auf ihren Liegen, um erst einmal eine kurze Verschnaufpause einzulegen.

Etwa eine halbe Stunde später waren die drei ausgeruht genug, um wieder aktiv zu werden. Doch jetzt trennten sich ihre Wege. Philipp folgte dem Animateur des Hotels zum Strand, um dort Beachvolleyball zu spielen, Andreas schwamm im Pool einige Bahnen und Thomas nahm sich Philipps Luftmatratze, um auch einmal im Meer auf den Wellen zu treiben, ohne, dass er alle paar Sekunden ins Wasser fiel oder schief angeguckt wurde.

Strand und Pool leerten sich bereits, als sie sich wieder an ihren Liegen trafen. Thomas kam mit der Luftmatratze als letzter der drei Jungs wieder dort an.

»Hatten wir nicht gesagt, anstatt einer Luftmatratze benutzt du die geile Uschi als Schwimmhilfe?«, begrüßte ihn Andreas.

Thomas erwiderte: »Hattest du mir nicht gesagt, ich muss besser auf meine Formulierungen achten? Ich bin da anscheinend nicht der Einzige. Philipp sagte, ich soll das Püppchen immer dann benutzen, wenn *ihr* mit den Luftmatratzen unterwegs seid. Soweit ich das beurteilen kann, war das jetzt nicht der Fall.«

An dieser Argumentation konnten weder Philipp noch Andreas einen Fehler finden und sie gaben nach. Gemeinsam begaben sie sich zu ihrem Zimmer, um sich für den Abend fertig zu machen. Vor der Zimmertür angekommen fragte Philipp: »Wer geht zuerst duschen?«

Thomas antwortete ihm: »Du warst ja heute schon einmal. Ich denke, jetzt bin ich dran, danach Andreas und du kannst dann zum Schluss ins Bad.«

Mit dieser Lösung kamen alle Beteiligten überein. Thomas verschwand im Badezimmer und die beiden anderen gingen auf den Balkon und besprachen den weiteren Verlauf des Abends.

Während sie auf dem Balkon redeten, beobachteten Philipp und Andreas, wie unten auf der Straße eine Mutter mit einem kleinen Kind das Tor zur Poolanlage öffnen wollte. Dabei ließ sie die Hand des Kindes kurz los, woraufhin dieses sofort in Richtung des Strandes davon lief. Die Mutter eilte hinter ihm her.

34

»Ich wette, das war wieder der LAURENZ«, mutmaßte Philipp.

Thomas verließ das Bad und Andreas trat vom Balkon zurück ins Zimmer, um als Nächster unter die Dusche zu hüpfen. Thomas setzte sich auf seine Hälfte des Doppelbettes und begann, sich anzuziehen.

Auch Philipp kam nun vom Balkon herein, setzte sich ebenfalls auf sein Bett und klärte Thomas über das auf, was er und Andreas zuvor besprochen hatten: »Wir wollten es heute erst mal noch langsam angehen lassen und nach dem Abendessen an der Hotelbar einen trinken. Danach wollten wir dann los und die Stadt erkunden. Also schon mal gucken, wo wir ab morgen dann feiern gehen. Was hältst du davon?«

Thomas dachte kurz nach, dann fragte er: »Wollen wir uns denn dann heute auch schon den einen oder anderen Club von innen angucken?«

»Nein. Heute Abend treten hier im Hotel als Animationsprogramm orientalische Tänzerinnen auf, die sich Andreas gerne ansehen wollte. Aber morgen Abend wollen wir dann feiern gehen« antwortete ihm Philipp.

Die Badezimmertür öffnete sich und Philipp ging duschen, während Andreas sich auf seinem Bett niederließ und sich ankleidete. Thomas nutzte diese Gelegenheit, um seinen Kumpel schon mal mental in die nächste Aufgabe einzuführen: »Du weißt ja, dass ich jetzt damit dran bin, dir eine Aufgabe zu stellen?«

Andreas antwortete mit einem zustimmenden Brummen, während er versuchte, eine widerspenstige Socke über seinen Fuß zu streifen.

»Die Idee dazu ist mir vorhin gekommen, als du mich auf dem Weg zum Strand aufgefordert hast, Abstand von dir zu halten« fuhr Thomas fort, »und ich mich dafür rächen wollte. Ich denke, mir ist da etwas Passendes eingefallen.«

»Und das wäre…?«, fragte Andreas erwartungsvoll nach.

Thomas lächelte verschmitzt: »Gedulde dich noch ein wenig. Ich will, dass Philipp auch hört, was ich sage, damit du dich nicht rausreden kannst.«

Andreas musterte Thomas nun mit leicht besorgtem Blick.

Kurz darauf trat Philipp aus dem Bad und Thomas sagte, sich die Hände reibend: »Jetzt können wir loslegen.«

»Womit können wir loslegen?«, fragte Philipp etwas irritiert in die Runde.

»Er wollte mir gerade seine tolle neue Aufgabe erklären«, antwortete Andreas.

Thomas nickte, dann setzte er an: »Da ich die geile Uschi ja nur benötige, wenn wir baden gehen, was abends vermutlich nicht der Fall sein wird, und ich nicht möchte, dass sie jeden Abend alleine hier auf unserem Zimmer hocken und auf uns warten muss, habe ich mir überlegt, es wäre doch nett, wenn du, lieber Andreas, die geile Uschi wie einen Menschen behandeln würdest. Genauer gesagt, wie deine Freundin. Deine Aufgabe lautet: Wenn wir abends raus gehen, nimmst du die Puppe als deine feste Freundin mit und behandelst sie auch so. Darüber hinaus tust du auch gegenüber anderen Menschen so, als wäre sie ein echter Mensch.«

Schlagartig war Andreas' gute Laune verschwunden. Er saß mit versteinerter Miene auf seinem Bett und blickte Thomas finster an. Dieser blickte ebenso ernst zurück während Philipp auf seinem Bett lag und vom Lachen Tränen in den Augen hatte.

# Der erste Abend

Es dauerte einige Zeit, bis sich die drei wieder beruhigt hatten. Dann gingen sie – Andreas zunächst ohne die geile Uschi – zum Abendessen in den Hotelspeisesaal.

Dieser war ein großer Raum mit vielen kleinen Tischen, die für zwei bis sechs Personen eingedeckt waren. Mittig im Raum standen zwei große Gruppentische, an denen bis zu zwölf Personen Platz fanden. An der Wand gegenüber der Eingangstür war das Buffet aufgebaut. Am rechten Ende des Buffets befand sich eine Theke, hinter der ein Hotelangestellter die Getränkewünsche der Gäste entgegennahm und erfüllte.

»Wie wäre es, wenn Thomas und ich schon mal einen Tisch für uns freihalten und du holst in der Zeit die Getränke?« fragte Andreas Philipp, als sie den Saal betraten. Dieser willigte ein und machte sich, nachdem Andreas und Thomas jeweils ein Bier bei ihm bestellt hatten, auf den Weg zu der Theke am anderen Ende des Raumes.

Andreas sah Thomas an und sagte: »Guck mal: Da vorne ist Philipps Freundin von vorhin. Sie und ihre Freundinnen haben zwei Tische zusammengeschoben. Lass uns doch einen Platz in der Nähe suchen. Schließlich bin ich damit dran, Philipp eine Aufgabe zu stellen und das würde dem Ganzen eine pikante Würze verleihen.«

»Der Gourmet hat gesprochen« stimmte Thomas zu und folgte Andreas durch das Meer aus Tischen und Stühlen in Richtung der Mädchengruppe.

Sie setzten sich an einen Tisch, der für vier Personen eingedeckt war, direkt hinter dem Mädchen, das am Nachmittag den pinkfarbenen Bikini getragen hatte. Jetzt, am Abend, trug sie ein orangenes Top mit Spaghettiträgern und einem sehr tiefen Ausschnitt.

Thomas und Andreas setzten sich einander gegenüber und Andreas räumte das vierte Besteck vom Tisch, sodass Philipp sich nach seiner Rückkehr auf dem Platz niederlassen musste, der dem Mädchen am nächsten war. Philipp hatte inzwischen die Getränke geholt und seine Freunde an ihrem Tisch erspäht. Er kämpfte sich von der anderen Seite des Saals durch die Tische und Stühle hindurch zu ihnen herüber und stellte die drei Gläser schließlich auf ihrem Tisch ab. Dann sah er kurz zum Nachbartisch herüber, blickte die beiden anderen Jungs finster an und fragte: »Ist das euer Ernst?«

Thomas, nicht um einen Spruch verlegen, antwortete: »Nein, das ist unser Klaus, er hat nur die Mütze vom Ernst auf.«

Philipp beendete das Gespräch: »Toll. Ich gehe mir etwas zu Essen holen.«

Andreas und Thomas standen auf und folgten ihm. Am Buffet angekommen merkte Andreas an: »Ich habe meiner Mutter versprechen müssen, dass ich jeden Abend einen Salat esse. Mal sehen, wie lange ich das durchziehe, aber heute fange ich auf jeden Fall erst mal gesund an.«

Thomas gab daraufhin zu bedenken: »Aber übertreib es nicht, du weißt ja: Von Salat schrumpft der Bizeps.«

Auch die anderen beiden nahmen ein bisschen Salat, füllten ihre Teller aber auch mit gegrilltem Schweinefleisch und einem Spieß mit Hühnerfleisch.

Während die drei sich am Buffet ihre Teller beluden, füllte sich der Speisesaal allmählich und der Lautstärkepegel in dem großen Raum nahm rapide zu.

Wieder am Tisch angekommen verkündete Andreas: »Philipp, hiermit unterbreite ich dir feierlich die nächste Aufgabe: Beim Essen bist du fortan Linkshänder. Das heißt, du kannst Messer und Gabel, die du gerade in die Hand genommen hast, direkt mal tauschen. Viel Spaß beim Schneiden des Fleisches.«

»Das ist ja verhältnismäßig human. Ich hatte mit etwas Schlimmeren gerechnet«, kommentierte Philipp seine Aufgabe.

Zwar war zwischen ihren Tischen ein etwas breiterer Durchgang, sodass der Abstand zwischen ihrem und dem Tisch der Mädchen etwas mehr als einen Meter betrug, dennoch drangen immer wieder Fetzen des Gesprächs vom Nachbartisch durch den allgemeinen Lärm im Speisesaal an ihre Ohren, sodass vor allem Philipp, der mit dem Rücken zu den Mädchen saß, den eine oder anderen verstohlen Blick zu ihnen herüber warf.

Während des Essens kam Thomas noch einmal auf die von ihm an Andreas gerichtete Aufgabe zu sprechen: »Also, Andreas, wenn du die geile Uschi jetzt wie eine menschliche Freundin behandelst, wäre es doch auch sinnvoll, wenn wir ihr einen vernünftigen Namen geben. Was denkst du?«

Philipp mischte sich ein, noch bevor Andreas darauf antworten konnte: »Ich denke, wir sollten das später in aller Ruhe auf dem Zimmer besprechen.«

Andreas sah ihn zunächst belustigt an, dann fragte er mit gespielter Besorgnis nach: »Hast du etwa Angst, *jemand*«, bei diesem Wort schaute er vielsagend auf die Mädchen am Nebentisch, »könnte uns belauschen und für verrückt halten?«

»Nein Quatsch, ich habe doch kein Problem damit, wenn ihr euch über eure aufblasbare Freundin unterhaltet. Ich dachte nur, ihr wolltet euer armseliges Liebesleben vielleicht nicht gerade beim Essen näher erörtern, da dabei möglicherweise der Appetit abhandenkommen könnte« erwiderte Philipp.

»Ihr beiden lenkt vom Thema ab«, gab Thomas zu bedenken.

»Dann nenn sie doch Doreen oder Jaqueline«, sagte Philipp in die Runde, »oder warum nicht gleich Chantal?«

»Nein«, sagte Thomas, »nicht solche Asinamen. Wir wollen doch nicht, dass Uschi Minderwertigkeitskomplexe bekommt.«

Philipp erwiderte: »Na gut, ich kann auch ohne Asinamen: Brunhilde, Matilda, Gudrun.«

Thomas entgegnete: »Wenn du nichts Produktives vorschlagen willst, dann halt dich doch einfach da raus! Es soll doch alles Hand und Fuß haben hier.«

»Dann mache ich jetzt mal einen ernsten Vorschlag, auch wenn es dadurch langweilig wird: Da ich davon ausgehe, dass unsere liebe Uschi am Ende darüber entscheiden wird, wer die ganze Veranstaltung hier letztendlich gewinnt, geben wir ihr doch einfach den lateinischen Namen für den Sieg und nennen sie Viktoria. Dann kann der Gewinner die Viktoria auch gleich als Pokal mit nach Hause nehmen«, gab Philipp zurück.

»Das finde ich auch gut«, meldete sich Andreas zu Wort, »und da es hier schließlich um meine Freundin geht, sollte ich auch das letzte Wort haben. Nennen wir sie also Viktoria und lassen die Sache damit ruhen.«

Während die drei sich nach diesem Gespräch ausgiebig ihrem Essen widmeten, drangen vom Buffet die Klänge eines mittleren Tumultes zu ihnen herüber. Was genau passiert war, konnten sie sich zusammenreimen, als eine Frau schrie: »LAURENZ! Wenn du das Essen nicht vernünftig auffüllen kannst, dann lass die Mama das machen und schmeiß nicht alles auf den Boden!«

Nachdem sich jeder der Jungs noch zweimal Nachschlag geholt hatte, widmeten sie sich dem Nachtisch. Dieser bestand aus verschiedenen Kuchen- und Puddingsorten. Andreas und Thomas entschieden sich für roten Wackelpudding, Philipp hingegen nahm ein Stück Mokkatorte.

Wieder am Platz machten sich Andreas und Thomas über ihren Pudding her, während Philipp versuchte mit der linken Hand eine Mokkabohne, die von seinem Kuchen auf den Teller gefallen war, auf seine Gabel zu spießen. Als er meinte, die Bohne fixiert zu haben und nur noch aufspießen zu müssen, stach er mit der Gabel fest zu.

Dabei rutschte er ab und die Bohne schoss von seinem Teller. Durch den gewölbten Tellerrand hob sie ab und flog mit hoher Geschwindigkeit unter Philipps Arm hindurch auf den Nachbartisch mit der Mädchengruppe zu. Die Blicke der drei Jungs folgten wie hypnotisiert der Bohne, die sich zielstrebig auf den Kopf des Mädchens zubewegte, welches dem, das am Tage im pinkfarbenen Bikini herumgelaufen war, gegenüber saß.

Die Mokkabohne traf sie genau zwischen die Augen und fiel mit einem dumpfen Geräusch vor ihr auf den Tisch.

Andreas und Thomas prusteten in ihren Pudding vor Lachen, das Mädchen fasste sich ins Gesicht und betastete die Stelle, an der die Bohne sie getroffen hatte. Ihre Freundin im orangenen Top drehte sich zu den Jungs um und fragte: »Geht's noch?«

Sie versuchte dabei entrüstet zu klingen, doch auch sie konnte ein Lachen nicht gänzlich unterdrücken.

»Tu- tut mir leid, war keine Absicht«, stammelte der dunkelrot angelaufene Philipp, während er ihr Gesicht erstmals aus der Nähe betrachten konnte.

Sie hatte ein rundes Gesicht mit spitz zulaufendem Kinn, leichte Grübchen hinter den Mundwinkeln und eine kleine Stupsnase. Ihre Augen waren braun und strahlten etwas freundliches aus. Umschlossen wurde ihr Gesicht von glatten, dunkelbraunen Haaren, die unterhalb ihrer Schultern endeten.

Sie drehte sich wieder zu ihren Freundinnen um und erkundigte sich bei der Getroffenen, ob es sehr weh tun würde. Andreas und Thomas musterten derweil Philipp, der immer noch auf den Rücken des Mädchens starrte.

Schließlich sagte Thomas: »Alter, dich hat's ja voll erwischt.«

Andreas ergänzte: »Das werden wir ja so was von ausnutzen.«

»Du wirst dich wohl entscheiden müssen: Sie oder das Spiel«, fügte Thomas noch hinzu.

Philipp wendete den Blick von ihr ab und entgegnete: »Ihr spinnt doch! Und wenn ich mich entscheiden muss, dann für das Spiel. Schließlich bin ich der Einzige, der nicht mit einem aufblasbaren Spielzeug für Erwachsene durch die Gegend laufen muss.«

»Das kann sich auch noch ändern«, antwortete Andreas.

»Wo wir schon gerade bei Änderungen sind«, griff Thomas das Thema auf, »sollten wir noch eine kleine Änderung bei den Aufgabenstellungen einführen.«

Philipp sah ihn neugierig an und forderte: »Dann lass mal hören!«

Thomas nickte und fuhr fort: »Ich habe mir überlegt, dass es doch lustig wäre, wenn wir nicht nur die ›normalen‹ Aufgaben an den jeweils Nächsten stellen, sondern auch noch eine weitere Runde machen, in der wir den jeweils anderen *beiden* eine Aufgabe stellen. Quasi so eine Art Bonusrunde für noch mehr Spaß.«

»Den Spaß hat dann aber auch nur derjenige, der die Aufgabe gestellt hat, nehme ich an?«, entgegnete Andreas wenig begeistert.

Philipp antwortete: »Das kann sein, aber die Idee finde ich trotzdem gar nicht mal so schlecht. Ich bin dabei.«

Auch Andreas schloss sich widerwillig an: »Von mir aus. Sonst heißt es wieder, ich würde mich nicht trauen.«

»Und wo wir das jetzt geklärt haben, können wir endlich los und die Stadt unsicher machen«, beendete Philipp das Gespräch und erhob sich.

Andreas, der es ihm gleich tat, fragte Philipp: »Kann es sein, dass du einer gewissen Person hier möglichst schnell entschwinden willst?«

Philipp ignorierte diese Provokation und ging stur weiter in Richtung des Ausgangs. Vor der Speisesaaltür wartete er auf die anderen beiden und nachdem auch Thomas den Saal verlassen hatte, wurde Andreas auf das Zimmer geschickt, um Viktoria abzuholen, denn schließlich ging es jetzt gemeinsam in die Stadt und das sollte sie doch nicht verpassen.

Als Andreas mit seiner aufblasbaren Freundin aus dem Fahrstuhl stieg, folgten ihm prompt wieder die Blicke der anderen Hotelgäste. Thomas und Philipp nutzten die Gelegenheit, um ein Foto von ihrem Freund und seiner Abendbegleitung zu schießen, welches sie direkt mithilfe der sozialen Netzwerke an ihre Freunde in Deutschland übermittelten.

»Wollten wir nicht eigentlich noch einen Drink an der Hotelbar nehmen?«, fragte Andreas, als die drei auf die Straße traten.

Thomas widersprach: »Das können wir besser machen, wenn wir zurück sind, jetzt tut uns allen ein Verdauungsspaziergang ganz gut, glaube ich. Außerdem wolltest du dir ja die Tänzerinnen später noch zu Gemüte führen. Das könnte eventuell sonst zeitlich etwas eng werden, je nachdem, wie lange wir uns im Ort aufhalten.«

Auf ihrem Weg durch die Stadt lachten viele andere Touristen über sie, einige zeigten auch mit dem Finger auf Andreas und seine Puppe. Manche gingen sogar soweit, zu fragen, ob sie nicht ein gemeinsames Foto machen könnten. Obwohl Andreas dies jedes Mal verneinte, schossen zahlreiche Passanten dennoch im Vorbeigehen Fotos von ihm, was zur Folge hatte, dass Andreas' Blick sich im Laufe des Spaziergangs zunehmend verfinsterte. Schließlich schnauzte er einen jungen Mann, der ihn nach einem Bild fragte, so lautstark an, dass ein Kleinkind, welches von seiner Mutter gerade in einem Kinderwagen vorbeigeschoben wurde, vor Schreck anfing zu schreien.

Philipp warf der jungen Mutter, die Andreas vorwurfsvoll ansah, rasch einen entschuldigenden Blick zu, ehe sie weitergingen.

»Ich denke, wir haben jetzt die wichtigsten Ecken und Clubs der Stadt gesehen und können dann langsam zum Hotel zurückgehen«, meldete sich Thomas zu Wort, nachdem sie um eine Häuserecke gebogen waren und das Geschrei des von Andreas geweckten Kindes nicht mehr hören konnten. Philipp nickte und auch Andreas gab ein zustimmendes Brummen von sich.

Als der Hoteleingang wieder in Sicht kam, erkundigte sich der noch immer miesepetrig dreinschauende Andreas bei seinen Freunden: »Muss ich die Viktoria denn auch im Hotel mit mir herumschleppen oder kann sie gleich zurück aufs Zimmer?«

»Wo denkst du hin?«, fragte Thomas, ehe er auf die Frage antwortete: »Es wäre doch wirklich gemein, wenn du deine Freundin auf unserem Zimmer einsperrst, während du alter Lustmolch orientalische Tänzerinnen begaffst. Viktoria bleibt schön hier bei uns.«

»Dann muss ich gleich erst einmal Frustsaufen. Was bietet sich dazu denn hier auf Malle an?«, fragte Andreas in die Runde.

»Standard ist es ja, hier Sangria zu trinken, aber wenn du Frustsaufen willst, bietet sich Hierbas eher an«, antwortete Philipp.

Auf Andreas' fragenden Blick ergänzte er noch: »Das ist ein grünlicher Kräuterschnaps.«

Thomas gab noch den Rat von sich: »Wir sollten gleich erst einmal in die Getränkekarte sehen, was denn an Getränken in unserem All-Inklusive-Paket mit drin ist.«

Mit einem Blick auf die Uhr stellte Philipp fest, dass es noch knappe dreißig Minuten dauern würde, bis die Tänzerinnen auftraten und teilte diese Erkenntnis mit seinen Freunden: »Hey, Leute, wir haben noch eine halbe Stunde bis Andreas seine Tänzerinnen zu sehen bekommt. Weiß einer, wo die auftreten? Wenn ja, würde ich sagen, wir sollten uns schon mal Plätze sichern.«

»Auf dem Plakat stand, die treten auf der Showbühne im Außenbereich auf. Ich habe allerdings keine Ahnung, wo das ist«, antwortete Andreas.

»Ich schon«, wartete Thomas auf. »Ich habe heute Nachmittag, bevor ich mit der Luftmatratze los war, mal das Gelände erkundet. Am Pool vorbei auf der Rückseite des Hotels ist die Bühne. Da stehen auch einige Tische und Stühle. Ist eigentlich ganz gemütlich, aber eine Bar gibt es da leider nicht. Das heißt, wir müssen immer die paar Meter bis zur Poolbar laufen, wenn wir etwas trinken wollen. Ich schlage deshalb vor, wir machen es wie vorhin und ich und Andreas suchen einen Tisch und du, Philipp, holst derweil etwas zu trinken.«

Philipp sah Thomas skeptisch an: »Damit ihr mich wieder mit einem netten Nachbartisch überraschen könnt? Nein, danke. Dieses Mal holt einer von euch die Getränke.«

Thomas antwortete: »Ich weiß als Einziger, wo wir hin müssen. Andreas, dann wirst du wohl die Getränke holen müssen.«

Dieser erwiderte: »Ich kann keine drei Gläser tragen, wenn ich Viktoria mit mir herum schleppe. Die muss dann wohl einer von euch nehmen.«

»Will deine Viktoria gar nichts trinken? Die muss doch auch mal Durst haben und du hast nur von drei Gläsern gesprochen«, erkundigte sich Philipp bei Andreas.

Er bekam keine Antwort, also sagte er: »Ich nehme ein Bier.«

Thomas schloss sich dem an und orderte ebenfalls ein Bier. Andreas machte sich auf den Weg zur Bar, drehte sich aber nach einigen Schritten noch einmal um und rief seinen Freunden zu: »Aber begrabscht mir nicht meine Freundin.«

Diese nickten und riefen: »Jaja«

An der Bar hatte sich bereits eine Warteschlange gebildet, als Andreas dort ankam. Er stellte sich an und betrachtete den Himmel. Hinter den Hotels, die in Bodennähe das Blickfeld säumten, ging gerade die Sonne unter. Noch bevor Andreas an der Reihe war, war das restliche Tageslicht verschwunden und die Außenbeleuchtung des Hotels schaltete sich ein.

Auf dem Dach der runden Poolbar erstrahlte zwischen dem Schilf und Bambus das Licht hunderter kleiner Lämpchen einer Lichterkette. Die Lampen unter Wasser im Pool neben der Bar tauchten diesen in ein bläuliches Licht, während sich an der Wasseroberfläche die Beleuchtung einiger Balkone des Hotels spiegelte. Das meiste Licht jedoch spendeten zahlreiche Lampen, die in etwa einem Meter Höhe entlang der Wege und an den Wänden des Hotels angebracht waren. Die Lampen waren so unscheinbar angebracht, dass man sie bei Tage kaum bemerkte, doch jetzt, wo es dunkel war, spendeten sie ein gemütliches Licht, gerade hell genug, um zu sehen, wo man hintrat.

Andreas bestellte drei Bier, mit denen er sich auf die Suche nach dem Tisch machte, den seine Freunde reservieren wollten. Er erblickte sie schließlich an einem Tisch unmittelbar vor der Showbühne und machte sich auf den Weg zu ihnen. Dabei ging er über einen Patt, der aus Natursteinen gelegt worden war, von denen einige Risse hatten oder sich von den anderen abhoben, sodass Andreas öfter hängen blieb und aufpassen musste, dass er nicht stolperte und die Getränke verschüttete. Unfallfrei am Tisch angekommen, setzte er sich zu seinen Freunden und sie plauderten und tranken ihr Bier.

Gerade als der Animateur, mit dem Philipp am Nachmittag schon Volleyball spielen war, auf die Bühne trat, um den Auftritt der Tänzerinnen anzukündigen, hatten die drei Freunde ihre Gläser geleert. Philipp, der nicht sonderlich interessiert an der Darbietung war, erklärte sich bereit, Nachschub zu holen. Er nahm die drei leeren Gläser und begab sich auf den mit Stolpersteinen bestückten Weg zur Bar.

Ihm kamen einige Leute mit vollen Gläsern entgegen, an denen er sich auf dem schmalen Pfad vorbeiquetschen musste. Einer der Entgegenkommenden sagte leicht verärgert: »Den Weg hätten die auch mal breiter bauen können.«

Philipp hatte etwa die Hälfte der Strecke hinter sich gebracht, als ihm zwei Mädchen mit einigen vollen Gläsern in den Händen entgegen kamen. Das vorangehende Mädchen war jenes, welches beim Abendessen Opfer seines Mokkabohnenangriffs geworden war.

Er wandte, leicht errötend, den Blick von den beiden ab und lenkte seine Schritte an den rechten Rand des Patts, als die, die er mit der Bohne abgeschossen hatte, ins Stolpern kam und das Gleichgewicht verlor. Sie fiel direkt auf Philipp zu, der sofort reagierte und sie auffing. Dabei entglitten die vier Gläser, die sie trug, ihren Händen und verteilten ihren Inhalt auf Philipps Hemd, ehe sie klirrend auf dem Boden zerschellten.

Kalt und klebrig liefen Philipp die Drinks den Rücken und die Brust herunter.

»Oh, das tut mir leid«, sagte das Mädchen sich immer noch an Philipp festhaltend.

Dieser erwiderte zwischen Scherben und Eiswürfeln in einer Pfütze aus verschütteten Cocktails stehend: »Ich denke, damit sind wir dann quitt.«

Das Mädchen sah Philipp erst etwas verwirrt an, dann erkannte sie ihn und sagte lächelnd: »Ja, aber leid tut es mir trotzdem«

Sie ließ den Jungen los, der nun wie ein begossener Pudel dastand und entschuldigte sich noch einmal. Dann sammelte sie die Scherben der Gläser, die sie fallen gelassen hatte, auf und Philipp machte sich auf den Weg zu seinem Zimmer, um sich umzuziehen.

Dort angekommen, versuchte er, sich die durchtränkten Klamotten auszuziehen. Diese klebten jedoch so sehr auf seiner Haut, dass er damit erhebliche Schwierigkeiten hatte.

Nachdem er sich schließlich doch erfolgreich aus dem Stoff gepellt hatte, duschte Philipp sich kurz ab und zog frische Klamotten an. Dann spülte er die alten Sachen aus und hing sie zum Trocknen auf den Balkon. Von dort aus konnte man zwar die orientalische Musik hören, zu der die Tänzerinnen auf der Bühne vor Andreas und Thomas gerade tanzten, zu sehen war die Bühne jedoch nicht. Philipp schloss die Balkontür und ging wieder herunter. An der Bar holte er drei Bier und kehrte dann zu seinen Freunden zurück.

Im Dunkeln und abgelenkt von den sich immer noch auf der Bühne räkelnden Tänzerinnen, bemerkten diese nicht, dass er sich umgezogen hatte, und fragten nur nach, wo er so lange gewesen sei. Er antwortete knapp: »Es war voll an der Bar.«

Nachdem die Tänzerinnen sich wenig später von der Bühne verabschiedet hatten, gingen die meisten Hotelgäste auf ihre Zimmer. Andreas, Philipp und Thomas blieben noch eine Weile sitzen und besprachen, welchen Club oder welche Disko, die sie bei ihrem Stadtspaziergang gesehen hatten, sie am nächsten Abend besuchen wollten. Dann leerten auch sie ihre Gläser und gingen auf ihr Zimmer.

Andreas legte Viktoria auf den Balkon, bemerkte dabei Philipps nasse Sachen und fragte, als er wieder in das Zimmer trat: »Warum hängen da nasse Klamotten auf dem Balkon? Bist du etwa vorhin in den Pool gefallen, Philipp, als du so lange weg warst?«

»Nicht ganz«, antwortete dieser, »ich habe eine spontane Dusche bekommen.«

Andreas schloss die Balkontür wieder und die Jungs verschwanden nacheinander im Bad, um sich endgültig fertig für ihre Betten zu machen.

Nachdem alle drei in diesen lagen, eröffnete Philipp seinen Freunden: »Wie ihr wisst, bin ich jetzt dran mit Aufgabenstellen und dank der von Thomas neu eingeführten Regel richtet sich diese Aufgabe an euch beide und ich wünsche euch jetzt schon mal ganz viel Spaß damit.«

»Wenn er schon so anfängt, kann da nichts Gutes bei herauskommen«, kommentierte Andreas die noch ungestellte Aufgabe.

»Du weißt gar nicht, wie recht du hast« antwortete Philipp grinsend, ehe er fortfuhr: »Eure Aufgabe ist es, diese Nacht wie ein frisch verliebtes Pärchen zu verbringen. Konkret heißt das, ihr werdet euch jetzt ein Gutenachtküsschen geben und dann die ganze Nacht in der Löffelchenstellung schlafen. Aber bitte nur schlafen, nicht mehr.«

Nach der Verkündung der Aufgabe musste Philipp schnell abtauchen, denn sowohl Thomas als auch Andreas hatten ihre

Kopfkissen nach ihm geworfen. Den Kopfkissen folgten noch einige böse Worte und ein Paar Schuhe. Dann wurde es ruhig in Zimmer 415 und die drei schliefen ein – Philipp entspannt in seinem Einzelbett, Andreas und Thomas eng aneinander gekuschelt im Doppelbett.

# Unangenehmes Erwachen

»Oh Gott, bitte sag mir, dass du gestern Abend noch gelesen hast und dann mit einer Taschenlampe im Bett eingeschlafen bist, die ich jetzt an meinem Bein spüre«, wurde Thomas, der den großen Löffel gab, am nächsten Morgen von Andreas lautstark geweckt.

Er antwortete darauf nicht minder laut: »So eine große Taschenlampe gibt es gar nicht. Richtige Jungs in unserem Alter haben so etwas eben. Man nennt das ›Morgenlatte‹. Aber keine Sorge, du kommst irgendwann bestimmt auch noch in die Pubertät.«

»Könnt ihr zwei Kasperköppe euch nicht leiser kabbeln?«, mischte sich der ebenfalls wach gewordene Philipp gähnend in das Streitgespräch ein.

Andreas antwortete: »Zunächst einmal wünsche ich auch dir einen wunderschönen guten Morgen und nein, wir können uns nicht leiser kabbeln, denn Thommy hier reibt seinen Penis an meinem Bein.«

»Meine Morgenlatte zeigte zufällig in deine Richtung, da brauchst du nicht gleich so ein Fass aufmachen. Es sei denn, du stehst drauf, aber dann kannst du dir ab sofort ein Bett mit Philipp teilen«, entgegnete Thomas entnervt.

»Ich schlage vor, du, Thomas, gehst erst einmal kalt duschen und du, Andreas, drehst dich einfach im Bett um und dann lasst mich weiterschlafen«, versuchte Philipp das Problem zu lösen.

Thomas stand auf und ging mit einer deutlichen Beule in der Hose ins Bad. Auch Andreas stand auf, allerdings ging er in die Gegenrichtung und trat auf den Balkon. Nach einigen Augenblicken steckte er den Kopf ins Zimmer und rief Philipp zu: »Da sind schon fast alle Liegen reserviert. Ich schnappe mir mal eben drei Handtücher und mache uns auch welche klar. Macht es dir etwas aus, wenn du die Liege in der Mitte nimmst, ich brauche erst mal Abstand zu Thomas nach dieser Nacht. Wir treffen uns dann im Speisesaal zum Frühstück. «

Philipp brummte zur Antwort in sein Kissen und drehte sich mit dem Gesicht zur Wand. Kurze Zeit später trat Thomas angezogen aus dem Bad und fragte ihn: »Ist die Dramaqueen gerade gegangen? «

Als er keine Antwort bekam, trat Thomas näher an Philipps Bett und stellte fest, dass dieser wieder eingeschlafen war. Er ging zu seinem eigenen Bett, nahm sein Kopfkissen und warf es auf Philipp. Vom Kissen am Rücken getroffen schreckte dieser erneut aus dem Schlaf hoch und sah Thomas verschlafen an. Er gähnte einige Male, dann fragte er: »Wird das Kissenwerfen jetzt zum Running Gag, oder wie? «

»Nein, mir fiel nur gerade nichts Besseres ein, um dich zu wecken. Wo ist Andreas hin? «

»Der reserviert Liegen und wollte danach frühstücken gehen«, antwortete Philipp und stand auf, während Thomas das Zimmer verließ.

Nachdem auch Philipp sich angezogen hatte, folgte er den anderen nach unten. Im Speisesaal stellte er erleichtert fest, dass seine Freunde dieses Mal einen Tisch gewählt hatten, der sich weit ab von dem befand, an dem die Mädchen am Abend zuvor gesessen hatten. Als er den Tisch erreicht hatte, begrüßte ihn Andreas: »Du hast Glück: Pinky war noch nicht da, als wir uns den Tisch gesucht haben. «

»Wer ist Pinky? « fragte Philipp argwöhnisch.

»Deine Freundin. Wegen des pinken Bikinis. Du verstehst schon: Pink, Pinky...«, antwortete Andreas.

Philipp nickte, dann entfernte er sich wieder von dem Tisch, um sich sein Frühstück am Buffet zusammenzustellen.

Mit gut gefülltem Teller zurück am Tisch fragte er beiläufig: »Und, wie war eure Nacht?«

Andreas warf ihm einen finsteren Blick zu und Thomas trat Philipp unter dem Tisch vor das Schienbein, dann sagte er: »Unsere Rache wird vernichtend für dich ausfallen.«

Philipp zuckte unbeeindruckt mit den Schultern: »Wenn es mehr nicht ist...«

Nach dem Frühstück kehrten die drei auf ihr Zimmer zurück, zogen sich Badesachen an und rieben sich mit Sonnenmilch ein. Zunächst cremte Andreas Thomas den Rücken ein. Philipp saß, die beiden beobachtend, auf seinem Bett und sagte: »Und immer schön dran denken: Auftragen, polieren. Auftragen, polieren...«

Danach widmete sich Andreas Philipps Rücken und als Philipp die Sonnencreme auf Andreas' Rücken verteilen wollte, unterbrach ihn Thomas: »Warte mal, Philipp. Ich bin ja jetzt wieder mit Aufgabenstellen dran und ich habe mir gerade überlegt, dass dem Andreas ein Sonnenbrandtattoo bestimmt gut stehen würde.«

Andreas und Philipp sahen ihn irritiert an. Er gab jedoch keine Erklärung ab, sondern nahm Philipp einfach stumm die Flasche mit der Sonnencreme aus der Hand und verteilte davon eine ordentliche Menge auf dem Rücken seines Opfers.

Nachdem er den Sonnenschutz gleichmäßig verteilt hatte, kratzte er mit dem Fingernagel auf Schulterhöhe wieder einen Teil davon ab, sodass dort drei Symbole entstanden: Ein ›I‹, ein Herz und ein Penis. Philipp begutachtete das von Thomas geschaffene Werk und sagte: »Wie originell.«

Andreas, der seinen Rücken nicht sehen konnte, mutmaßte: »Wenn ich raten müsste, würde ich sagen, ich habe einen Penis auf dem Rücken.« Mit Sarkasmus in der Stimme ergänzte er noch: »Das ist wirklich wahnsinnig einfallsreich.«

»Nun« sagte Philipp, »ich kann dich beruhigen, es ist nicht nur ein Penis.«

»Deine Aufgabe ist es, dieses Kunstwerk auf deinem Rücken jetzt eine Stunde einwirken zu lassen. Erst danach kannst du ins Wasser oder neue Sonnencreme auftragen oder was auch immer. So lange musst du mit dem Rücken in der Sonne liegen bleiben« formulierte Thomas seine Aufgabe für Andreas.

Dann wandte er sich auch an Philipp: »Da zumindest Andreas das Wasser vorerst meiden wird, schlage ich vor, wir lassen die Luftmatratzen zunächst einmal auf dem Zimmer.«

Philipp stimmte zu: »Während Andreas sich einen Sonnenbrand holt, können wir ja schwimmen gehen.«

Thomas nickte zustimmend, während Andreas deutlich weniger begeistert brummte: »Mir bleibt ja keine große Wahl.«

Am Pool angekommen, verabschiedeten sich Thomas und Philipp von ihrem zurückbleibenden Kumpel und gingen weiter zum Strand. Auf dem Weg dorthin fragte Thomas Philipp: »Wo willst du denn hinschwimmen?«

»Wir sind hier an einem wunderschönen Strand mit wunderschönen Mädels. Ich finde, wir sollten ein paar Meter ins Meer gehen, dann parallel zum Strand schwimmen und die Aussicht genießen« antwortete dieser.

Die beiden schwammen im entspannten Bruststil im flachen Wasser am Strand entlang. Jedes Mal, wenn sie am Strand eine oberkörperfreie Dame entdeckten, grinsten sie sich gegenseitig an wie zwei kleine Kinder, denen man ein Stück Schokolade geschenkt hatte.

Immer der so früh am Tag noch tief stehenden Sonne entgegen schwammen die beiden parallel zum Ufer. Die seichten

Wellen trieben sie immer wieder in Richtung des Strandes, wogegen sie stets anschwammen. Schließlich näherten sie sich einer weitläufigen Landzunge, die sie dazu veranlasste, umzukehren und zum Hotel zurück zu schwimmen.

Sie waren schon wieder in Sichtweite des Clubhotels Dolce Vita, als Thomas am Strand eine Gruppe junger Mädchen entdeckte und Philipp fragte: »Sind das da drüben nicht die Freundinnen von Pinky?«

Neugierig nahm Philipp die Gruppe, auf die Thomas wies, in Augenschein. Nach kurzem Zögern antwortete er: »Nein, ich glaube nicht, dass die das sind. Zum einen sind da nur fünf Mädchen und zum anderen trägt keine von ihnen einen pinken Bikini.«

Thomas entgegnete: »Die müssen ja nicht immer alle zusammen los. Wir sind ja jetzt auch ohne Andreas unterwegs.«

Darüber diskutierend, ob es nun die Mädchen aus ihrem Hotel waren, oder nicht, schwammen Philipp und Thomas, den Blick nicht von ihnen abwendend, weiter. Schließlich kollidierte Thomas, der ein kleines Stück vor Philipp her schwamm, mit einer rothaarigen jungen Dame. Während Thomas zu einer überstürzten Entschuldigung ansetzte, baute sich das Mädchen vor ihm im Wasser auf und offenbarte ihm und Philipp dabei, dass sie oben ohne unterwegs war.

Das Ende seiner gestammelten Entschuldigung ging in einem regelrechten Schwall an Beleidigungen in englischer Sprache unter, die das Mädchen auf Thomas losließ. Nachdem sie ihm obendrein noch eine Ohrfeige verpasst hatte, schwamm sie schließlich in Richtung des Strandes davon.

Thomas hielt sich die schmerzende Wange und sah Philipp fragend an. Dieser sagte lachend: »Ich glaube, das ist die Standardreaktion, die du bei Frauen auslöst. Du solltest mal überprüfen lassen, ob das genetisch bedingt ist.«

»Sehr witzig«, antwortete Thomas, »aber du hattest Recht, was die Mädchen dahinten angeht. Das nette Mädel mit dem schnellen Mundwerk hat sich gerade zu ihnen gesellt, also sind das wohl auch Britinnen.«

»Jetzt, wo wir das geklärt haben, können wir ja weiterschwimmen«, sagte Philipp, »aber du solltest deine Augen etwas mehr auf das richten, was vor dir liegt. Das könnte dir einige Schmerzen ersparen.«

Thomas warf Philipp einen verachtenden Blick zu, dann schwamm er zielstrebig in Richtung des Clubhotels Dolce Vita.

Nachdem seine Freunde sich am Pool von ihm verabschiedet hatten, stellte Andreas den Timer an seinem Handy auf eine Stunde ein. Mit einem Blick über die Schulter auf das Tor, durch das Thomas und Philipp gerade zum Strand verschwunden waren, drehte er den Timer auf fünfundfünfzig Minuten herab, dann legte er sich mit dem Bauch nach unten auf seine Liege und schloss die Augen.

Andreas lag keine fünf Minuten in der Sonne, da baute sich der Animateur, der bereits am Tag zuvor Philipp zum Volleyballspielen ermuntert hatte, neben ihm auf und rief mit überschwänglicher Begeisterung: »Wasserball!«

Andreas schlug die Augen auf und frage verwirrt: »Was?«

»Nicht ›Was‹, sondern ›Wasserball‹«, antwortete der Animateur gut gelaunt, während er einen Wasserball auf seinem ausgestreckten Finger kreisen ließ.

»Nein, danke«, versuchte Andreas ihn abzuwimmeln, »dafür ist es mir noch zu früh am Morgen.«

»Spring erst mal ins Wasser, dann wirst du munter und kannst mitspielen.«

»Nein, ich möchte *wirklich* nicht«, sagte Andreas mit etwas Nachdruck in der Stimme.

Der Animateur zuckte mit den Schultern, dann schlich er sich von hinten an eine auf die dreißig zugehende Dame heran und ließ sie vor Schreck zusammen zucken, als er direkt hinter ihr nicht weniger motiviert als zuvor bei Andreas rief: »Wasserball!«

Die Angesprochene drehte sich zu ihm um und fing an, albern zu kichern. Andreas schüttelte verständnislos den Kopf, dann schloss er seine Augen wieder. Nur wenig später öffnete er sie jedoch erneut, da ihn einige Tropfen Wasser am Rücken getroffen hatten. Nach der Ursache dafür suchend blickte er sich um und blieb schließlich mit dem Blick an einem Jungen hängen, der eine Wasserpistole im Hotelpool befüllte.

Mit gefüllter Wasserpistole drehte er sich grinsend zu den Liegen um. Er fing gerade an, die sich sonnenden Hotelgäste auf den Liegen zu bespritzen, als seine Mutter angerannt kam und ihm das Spielzeug aus der Hand riss. Sie packte ihren Jungen am Arm und zerrte ihn davon. Währenddessen schrie sie ihn an: »LAURENZ! Was soll das?! Kannst du dich nicht anständig benehmen? Jetzt nimmt die Mami dir die Pistole weg und schmeißt sie in den Müll!«

Laurenz sah seine Mutter mit großen Augen an und begann ohrenbetäubend zu schreien.

Andreas warf einen mürrischen Blick auf sein Handy, das eine verbleibende Zeit von vierzig Minuten anzeigte, dann schloss er, nachdem er sie kurz verdreht hatte, zum dritten Mal seine Augen.

Gerade als Thomas und Philipp zu Andreas zurückkehrten, klingelte dessen Handywecker und verkündete, dass seine *Stunde* in der Sonne überstanden war. Andreas richtete sich auf und hielt den beiden eine Flasche Sonnencreme hin. Nachdem keiner von ihnen reagierte, sagte er mit forderndem Tonfall: »Wenn ich bitten dürfte...«

Philipp nahm ihm die Flasche ab und cremte seinen Rücken vollständig ein. Dabei merkte er an: »Ich glaube, von dem Motiv hast du länger etwas. Das ist schon ein ausgewachsener Sonnenbrand.«

»Brennt auch ordentlich, wenn du so darauf rumdrückst«, bestätigte Andreas.

Nachdem Philipp Andreas' Rücken fertig eingecremt hatte, verkündete dieser: »Ich habe, glaube ich, vorübergehend genug Sonne getankt. Ich gehe mich jetzt erst einmal ein wenig erleichtern und danach werde ich mal nachsehen, was das Hotel sonst noch so zu bieten hat. Ich habe gelesen, es soll irgendwo auch einen Raum mit einem Kicker und einem Billardtisch geben. Mal sehen, ob ich den finde.«

Thomas antwortete: »Ist gut. Wir ruhen uns solange aus.«

Andreas erhob sich von seinem Liegestuhl. Er sah Thomas an und riet ihm: »Du solltest dein Gesicht vielleicht auch noch mal eincremen, du bist auf der einen Seite schon ganz schön rot.«

Betreten zu Boden schauend antwortete Thomas knapp: »Das ist kein Sonnenbrand.«

»Sondern...?« fragte Andreas nach.

»Sondern der Handabdruck einer wütenden Britin. Die allerdings hatte einen Sonnenbrand. Kleiner Spaß am Rande«, antwortete Philipp für Thomas.

»Das wird ja langsam zur Gewohnheit«, sagte Andreas belustigt, ehe er von dannen zog.

Nach etwa zwei Metern drehte er sich noch einmal zu seinen Freunden um: »Während ihr weg wart, wurde LAURENZ schon wieder zur Schnecke gemacht.«

»Da war er wohl nicht der Einzige« sagte Philipp mit Blick auf Thomas' errötete Wange.

Andreas verschwand im Innern des Hotels und seine beiden Freunde machten es sich auf den Liegen in der Sonne bequem, wo sie alsbald wegdösten.

# Erwischt

Etwa eine halbe Stunde später schlug Thomas die Augen wieder auf und fragte Philipp: »Wo bleibt eigentlich Andreas? Ich weiß ja, dass er eher der gemütliche Typ ist, aber selbst er kackt keine halbe Stunde.«

»Was weiß denn ich?« antwortete ihm Philipp verschlafen, »vielleicht ist er ins Klo gefallen oder er hat den Billardtisch mitsamt eines Gegners gefunden und spielt jetzt eine Runde.«

Als weitere zehn Minuten vergangen waren, ohne dass ihr Freund zurückgekehrt war, hatte Thomas genug. Er erhob sich und teilte Philipp mit: »Ich gehe ihn jetzt suchen.«

Philipp wünschte Thomas viel Spaß dabei, als dieser sich von seiner Liege erhob und die Poolanlage verließ.

Die Badelatschen an seinen Füßen hallten bei jedem Schritt, den Thomas durch die menschenleere Lobby machte. Nicht einmal die Rezeption war besetzt. Das wiederhallende ›Ping‹ des Aufzugs, als sich dessen Türen klapperend öffneten, klang in dieser Atmosphäre etwas gespenstisch. Thomas bestieg den Fahrstuhl und fuhr in den vierten Stock. Gemütlich schlenderte er den langen Flur entlang und stoppte vor der Tür zu Zimmer 415. Es klang, als kämen aus dem Inneren des Zimmers gedämpfte Keuch- und Quietschgeräusche. Thomas öffnete die Zimmertür mit seiner Schlüsselkarte und machte einen Schritt in den Raum. Bei dem Anblick, der sich ihm bot, stockte er jedoch augenblicklich in der Bewegung.

Auf dem gemeinsamen Bett der beiden trieb es Andreas nackt mit der geilen Uschi. Er keuchte schwer und jedes Mal, wenn er auf der Puppe hin und her rutschte, quietschten sowohl diese, als auch die Federn in der Matratze des Bettes.

Auch Andreas stockte – nicht minder abrupt – in der Bewegung, als er Thomas bemerkte, der immer noch wie zur Salzsäule erstarrt in der geöffneten Tür stand.

Nach einer gefühlten Ewigkeit, in der die beiden Jungs reglos verharrten, rechtfertigte sich Andreas schließlich: »Ich soll immerhin so tun, als wäre sie meine Freundin. Und was macht man, wenn mal alleine mit seiner Freundin in einem Hotelzimmer ist normalerweise?«

Thomas brauchte deutlich länger, bis er seine Sprache wiederfand. Dann sagte er endlich verärgert den Kopf schüttelnd: »Hör jetzt auf damit, ich muss das verdammte Ding schließlich noch als Luftmatratze benutzen.«

»Ich bin sowieso gerade fertig geworden« antwortete Andreas boshaft grinsend und erhob sich von seiner luftgefüllten Partnerin. Er stieg vom Bett, zog seine Badehose wieder an, nahm seine richtige Luftmatratze und verließ das Zimmer. Als er sich an dem immer noch in der Tür stehenden Thomas vorbeiquetschte, klopfte er diesem auf die Schulter und sagte: »Dann viel Spaß beim Schwimmen mit deiner Luftmatratze, mein Lieber!«

Thomas starrte dem dreckig lachenden Andreas fassungslos hinterher, dann ging er mit missmutigem Blick zum Bett und stieß mit spitzen Fingern die geile Uschi an.

»Bin sowieso grade fertig geworden« murmelte er finster vor sich hin.

Mit plötzlichem Entsetzen im Gesicht blickte er der geilen Uschi zwischen die Beine. Sein Blick verfinsterte sich, als er sie schnappte und mit ihr zornigen Schrittes ins Badezimmer ging. Er stellte die Dusche an und begann, Andreas' Hinterlassenschaften aus der Öffnung der Sexpuppe zu spülen.

Andreas gesellte sich derweil wieder zu Philipp, der ihn darauf hinwies, dass Thomas auf der Suche nach ihm war.

»Den habe ich schon getroffen. Der ist jetzt vermutlich mit Körperpflege beschäftigt«, lautete seine Antwort, bei der er erneut grinsen musste.

»Was genau soll das nun wieder heißen?« fragte Philipp irritiert nach.

»Das soll er dir mal lieber selber erklären« antwortete Andreas.

»Hast du denn den Kicker und den Billardtisch gefunden? Ich hätte jetzt Lust, eine Runde zu spielen, wo wir sowieso auf Thomas warten müssen« führte Philipp das Gespräch fort.

Andreas schüttelte den Kopf und schlug vor: »Wir können ja zusammen auf die Suche gehen.«

Die beiden verschwanden im Inneren des Hotels. In der immer noch menschenleeren Lobby entdeckten sie ein Hinweisschild, das den Weg zum Billard und Kicker zeigte. Das Schild deutete auf die Treppe neben den Aufzügen und bildete neben dem Wort ›Billard‹ einen schräg nach unten zeigenden Pfeil ab. Die beiden folgten dem Hinweis und nahmen die Treppe in den Keller des Hotels.

Am Ende der Stufen erschloss sich ein langer, aber schmaler Vorraum, von dem vier dunkel lackierte Holztüren abgingen, die durch eine bereits abblätternde Aufschrift verrieten, was sich jeweils dahinter verbarg. Die beiden Türen zur Rechten führten laut Aufschrift nebst kleinen Figürchen zu den Toiletten, während die Tür zur Linken in den hoteleigenen Diskokeller führte. Die der Treppe gegenüberliegende Tür trug die Aufschrift ›Billard‹.

»Also wenn ich raten müsste, würde ich es geradeaus versuchen« sagte Philipp zu Andreas, der am Ende der Treppe stehengeblieben war.

»Gut kombiniert, Sherlock« antwortete dieser, »aber zunächst einmal bin ich neugierig, was sich hinter dem Glückstor Nummer eins hier vorne verbirgt.«

Andreas verließ die unterste Treppenstufe und ging zielstrebig auf die Tür mit der Aufschrift ›Disko‹ zu. Er drückte die Klinke hinunter und stieß die Tür auf. Ein leicht muffiger Geruch schlug ihm und Philipp, der hinter ihn getreten war, entgegen.

»Ich glaube, der wird schon länger nicht mehr benutzt« mutmaßte Philipp.

»Ich wüsste aber trotzdem gerne, was die so zu bieten haben« entgegnete Andreas und betrat den stockdunklen Raum. An der Wand neben der Tür tastete er nach dem Lichtschalter und betätigte diesen, nachdem er ihn gefunden hatte. Im gedimmten Licht mehrerer Deckenlampen bot sich den beiden Jungs der Blick auf einen Raum, etwa viermal so groß, wie ihr Zimmer fünf Stockwerke weiter oben. Genau gegenüber von ihnen befand sich eine Bar, auf deren Theke sich bereits eine dünne Staubschicht gebildet hatte. Auf der rechten Seite befand sich so etwas, wie eine kleine Showbühne, über der die Reste einiger bunter Girlanden hingen. Ansonsten war der Raum mit Ausnahme einiger Stehtische und Barhocker leer.

»Hier hat bestimmt mal richtig der Bär gesteppt« sagte Philipp mit einer gewissen Ironie in der Stimme.

»Vielleicht hat er aber auch nur Tango getanzt« sagte Andreas löschte, das Licht und zog die Tür wieder zu. Dann schritt er auf das eigentliche Ziel der beiden, die Tür mit der Aufschrift ›Billard‹ zu. Auch diese war nicht verschlossen und so fanden sich Andreas und Philipp in einem Raum wieder, der zwei Billardtische, die teilweise heftige Gebrauchsspuren aufwiesen, und einen Kickertisch bot. Des Weiteren hing an der Wand eine Dartscheibe, in der vier Pfeile steckten.

Während Philipp den Kicker und die Dartscheibe begutachtete, ging Andreas um die Billardtische herum und stellte fest: »Ein Spiel kostet einen Euro. Hast du Geld dabei?«

Philipp schüttelte den Kopf: »Wir sind hier in einem All-inclusive-Hotel. Da trage ich doch kein Bargeld mit mir herum. Aber wir können ja alternativ 'ne Runde darten.«

Andreas erklärte sich einverstanden und während Philipp die Pfeile aus der Scheibe zog, schlug er vor: »Wie wäre es mit Killer-Darts. Am besten gleich mit vier Pfeilen, wo wir die schon mal hier haben.«

Im Hotelzimmer der Jungs stellte Thomas sich indes, nachdem er mit der Säuberung der geilen Uschi fertig war, selbst unter die Dusche und shampoonierte sich gleich mehrmals kräftig ein. Dabei fluchte er laut vor sich hin, was für ein Schwein Andreas doch sei und dass er sich gar nicht oft genug waschen könnte, um den Ekel jemals wieder abzuspülen. Anschließend kehrte er an den Pool zurück, wo er jedoch anstatt seiner Freunde nur zwei leere, mit Handtüchern reservierte Sonnenliegen vorfand. Er sah sich nach ihnen um, konnte sie jedoch nirgends erspähen. Schließlich zuckte er mit den Schultern, legte sich auf seine Liege und schloss die Augen.

Die Entspannungsphase, der sich Thomas hingab, hielt jedoch nicht lange an, denn nur wenige Minuten später tauchte der Hotelanimateur an seiner Liege auf und stieß ihn mit dem Fuß ans Bein. Als Thomas ihn anblickte, sagte er: »Schlafen kannst du im Zimmer. Hier wird sich bewegt. Komm mit, Boccia spielen!«

Thomas blickte sich noch einmal nach seinen Freunden um und als er sie nirgendwo sehen konnte, willigte er ein, mitzuspielen.

»Gut, dann geh an den Strand, mein Kollege wartet da schon mit den anderen Spielern« sagte der Animateur, dann ging er zur nächsten Liege, um weitere Mitspieler zu suchen.

Am Strand fand Thomas schnell die Gruppe der anderen, die der Animateur bereits zum Spielen überredet hatte. Darunter waren auch zwei der Mädchen aus der Gruppe, die den Jungs bereits mehrfach aufgefallen war. Der Rest der Spieler bestand aus einem Pärchen um die sechzig, einem etwa genauso alten Herrn und zwei Damen, die auf die dreißig zugingen. Außerdem war da noch der Kollege, den der Animateur am Pool erwähnt hatte. Wie auch sein nach Mitspielern suchender Compagnon, war er braun gebrannt, Mitte zwanzig und durchtrainiert.

Zusammen mit dem Animateur, der Thomas am Pool angesprochen hatte, kamen noch zwei Männer, die ebenfalls auf die dreißig zugingen zu der Gruppe. Diese beiden Herren gesellten sich zu den Damen in ihrem Alter und küssten jeweils eine davon, was nahelegte, dass es sich um zwei Pärchen handelte.

»Dann stellen wir uns erst einmal alle vor, damit wir wissen, mit wem wir es zu tun haben« sprach der eine Animateur munter in die Runde, »und dann bilden wir Zweierteams zum Spielen. Für diejenigen, die uns noch nicht kennen: Ich bin der Carlos und mein Kollege heißt Felix.«

»Ich bin Anneliese und das ist mein Mann Herbert« stellte sich das ältere Pärchen vor, der andere Senior stellte sich als Jürgen vor, bestand aber darauf, Jupp genannt zu werden. Die beiden jüngeren Pärchen hießen Miriam und Jens sowie Rebecca und Lars. Die beiden Freundinnen von Pinky nannten sich Kim und Marie.

Die Pärchen, die zum Spielen gebildet werden sollten, bestanden aus Kim und Marie, Rebecca und Lars, Miriam und Jens, Anneliese und Herbert und schließlich Jupp und Thomas.

»Ich dachte, Jupp sei die Kurzform von Josef« sagte Thomas zu seinem Spielpartner.

Dieser antwortete freundlich lächelnd: »Mein lieber Junge, ich werde jetzt seit über fünfzig Jahren so genannt, das hat schon seine Richtigkeit.«

Thomas hatte gerade Luft geholt, um das Gespräch weiterzuführen, da sagte Carlos mit erhobener Stimme: »Ich denke mal, die Regeln sind allen bekannt? Wenn nicht, hier noch einmal die Kurzform: Wir werfen die kleine Holzkugel« an dieser Stelle präsentierte Felix in seiner Hand die entsprechende Kugel, »und dann versucht jeder mit seiner großen Kugel möglichst nah daran zu kommen. Wenn ein Team mit beiden Kugeln am nächsten an der Holzkugel ist, bekommt es zwei Punkte, ansonsten nur einen. Wir spielen eine halbe Stunde und wer bis dahin die meisten Punkte gesammelt hat, hat gewonnen. Und los geht's!«

Felix warf die Holzkugel etwa drei Meter weit und zog dann mit seinem Fuß eine Linie durch den Sand. Carlos drückte währenddessen jedem der Spieler eine schwere Metallkugel in die Hand.

Thomas und Jupp waren als letztes Team an der Reihe und während sie darauf warteten, dass die anderen ihre Kugeln warfen, fragte Thomas noch einmal nach: »Aber wenn du seit fünfzig Jahren Jupp genannt wirst, muss doch schon mal jemandem aufgefallen sein, dass das die falsche Abkürzung ist.«

Jupp seufzte schwer, dann erklärte er: »Als wir noch klein waren, hatte ich einen Sandkastenfreund, Albert, der hat mich damals Jupp genannt und das hat sich dann so durchgesetzt. Natürlich kommt immer mal wieder ein Besserwisser vorbei und will mich darüber belehren, dass das falsch ist, aber dieser Name ist nun schon so lange Zeit ein Teil von mir, da werde ich ihn jetzt bestimmt nicht mehr ablegen.«

Thomas nickte peinlich berührt, aber Jupp lachte herzhaft und sagte: »Wenn du in meinem Alter bist, dann wirst du das verstehen.«

Dann trat er an die Linie und warf seine Kugel. Thomas tat es ihm gleich.

Während die drei Pärchen sich bereits nach einigen Runden als weniger talentiert in diesem Spiel herausstellten, lieferten sich Thomas und Jupp mit dem Mädchen-Team einen erbitterten Kampf um den Sieg.

Als Thomas mit einer sehr gut geworfenen Kugel die von Marie abdrängte und dem Mädchen-Team so einen Punkt klaute, stichelte Kim: »Du zielst mit den Kugeln hier ja fast so gut wie dein Freund mit Mokkabohnen.«

Thomas antwortete etwas verlegen: »Ach, warst du das, die die gestern Abend abbekommen hat? Ich kann mich nur für meinen Freund entschuldigen, der ist es nicht gewohnt, mit Messer und Gabel zu essen, da kann solch ein Fauxpas schon mal passieren.«

»Nein, das war Lena« erwiderte Kim.

Sie hatte, ähnlich wie Pinky, braune Haare, ihre waren jedoch kürzer und endeten bereits oberhalb ihrer Schultern. Um ihre spitze Nase herum zierten zahlreiche Sommersprossen ihr Gesicht und ihre grünen Augen wurden von langen Wimpern und dünnen, fast einem Strich gleichenden Augenbrauen umschlossen.

»Ach so. Geht es ihr denn wieder gut?« erkundigte sich Thomas.

Dieses Mal antwortete Marie, die kleiner als ihre Freundin war und eine Frisur aus langen schwarzen Locken trug: »Naja, sie hat zwar heute Morgen über Kopfschmerzen geklagt, aber ich denke mal, das lag weniger an der Bohne, als am Alkohol gestern Abend. Und die Entschuldigung hättest du dir eigentlich sparen können. Hat dir das dein Freund nicht erzählt?«

»Nein, was denn?« fragte Thomas überrascht nach.

»Lena hat ihn gestern Abend noch ein wenig nass ge-macht...« antwortete Kim vielsagend.

# Pommes mit Senf

Als Thomas vom Bocciaspiel am Strand zu den Liegen zurückkehrte, erwarteten ihn Philipp und Andreas bereits.

»Du hast aber lange Körperpflege betrieben, was auch immer das heißen mag«, begrüßte ihn Philipp.

»Ich will nicht darüber sprechen«, antwortete Thomas kurz angebunden.

»Also ich für meinen Teil habe Hunger und würde deshalb vorschlagen, dass wir uns mal langsam in Richtung Mittagsbuffet begeben«, mischte sich Andreas in das Gespräch ein.

Thomas sah ihn mit einem vernichtenden Blick an und erwiderte schroff: »Hast du dich nicht für heute schon genug am Fleisch gelabt?«

»Ich bin auf den Geschmack gekommen«, antwortete Andreas belustigt.

Während sich die drei ihre Shirts überzogen und sich auf den Weg zum Speisesaal machten, forderte Philipp: »Könnte mir jetzt mal bitte einer von euch beiden erklären, was um alles in der Welt ihr vorhin schon wieder getrieben habt?«

»Nicht wir, sondern Andreas hat es getrieben. Und zwar mit Viktoria beziehungsweise in dem Fall eher der geilen Uschi«, kam Thomas Philipps Aufforderung nach.

»Und dabei hatte ich einen Spanner«, ergänzte Andreas mit Blick auf Thomas.

»Wisst ihr was: So genau will ich es dann doch gar nicht wissen«, unterbrach Philipp mit leicht erhobener Stimme die sich anbahnende Diskussion.

Andreas schlug vor: »Geht ihr zwei doch schon mal ans Buffet, ich hole die Getränke. Was darf ich euch mitbringen?«

Die beiden orderten jeweils eine Cola und machten sich dann über das Buffet her, das zur Mittagszeit wesentlich geringer ausfiel, als abends.

Gab es am Abend noch eine reichhaltige Salattheke, eine gigantische Auswahl an Vorspeisen und Beilagen, sowie einen Koch, der an einem großen Herd das Fleisch direkt vor den Augen der Gäste zubereitete, so bestand das Mittagsbuffet aus drei verschiedenen Salaten, an denen man sich bedienen konnte, vier Wärmebehältern mit Hauptspeisen und einer Tiefkühltruhe, die Vanille- und Erdbeereis bereit hielt.

Andreas machte die Getränke an der jetzt zur Selbstbedienung freigegebenen Bar fertig. Im Vorbeigehen schnappte er sich dann vom Buffet noch einen Teller, den er mit an einen Tisch nahm, an dem er sich niederließ und auf die anderen wartete.

Thomas setzte sich mit einem selbst zusammengestellten Hamburger mit gleich zwei Fleischeinlangen zu ihm, Philipp hatte sich eine typisch deutsche Mahlzeit bestehend aus Pommes und Bratwurst mit Senf aufgefüllt. Als auch er sich gesetzt hatte, stellte er fest: »Wir sind zu spät dran gewesen, es war schon fast alles weg. Nicht einmal Ketchup für meine Pommes war noch da.«

»Ach das macht doch nichts«, sagte Andreas, während er die Bratwurst unter Philipps empörten Blicken von dessen Teller nahm und auf seinen legte, »denn deine nächste Aufgabe ist es, dich für den Rest des Urlaubs vegetarisch zu ernähren.

Damit kannst du jetzt auch direkt anfangen, indem du einem Mallorcahit nacheiferst und deine ›Pommes mit Senf‹ ist.«

Philipp sah ihn entsetzt an. Dann stotterte er: »Das – das kannst du nicht machen! Die haben hier so eine gigantische

Auswahl an leckeren Fleischgerichten und du willst, dass ich mich mit dem Grünzeug abspeisen lasse? Das ist nicht mehr verhältnismäßig.«

»Erzähl du uns nichts von Verhältnissen, immerhin bist du der einzige von uns, der nicht mit einer Sexpuppe durch die Gegend laufen muss. Außerdem ist es gut für deinen Cholesterinspiegel, wenn du mal eine Woche auf Fleisch verzichtest« erwiderte Andreas bestimmt.

»Aber ich habe gerade die Topfigur, um bei den Mädels zu landen und die geht dann kaputt, du weißt doch: Von Salat schrumpft der Bizeps« entgegnete Philipp kleinlaut.

»Keine Widerrede. Wenn du nicht vegetarisch essen willst, zahlst du den Urlaub! Außerdem kannst du auch viel besser mit links essen, wenn du kein Fleisch mehr schneiden musst« beendete Andreas die Diskussion.

Lustlos stocherte Philipp mit der Gabel in seiner nun vegetarischen Mahlzeit herum, während sich Andreas mit demonstrativer Begeisterung über die Bratwurst her machte. Thomas verdrückte indes seinen Burger und berichtete den anderen beiden, was beim Bocciaspielen geschehen war: »Also drei der Mädels aus Pinkys Gruppe heißen Marie, Kim und Lena. Lena ist die, die du gestern Abend abgeschossen hast, Philipp. Wie Pinky selber heißt, weiß ich leider nicht.

Jedenfalls sind die Mädels bereits seit Dienstag hier und fliegen auch am kommenden Dienstagmittag schon zurück. Außerdem haben sie mir einen echt heißen Tipp für eine Bar gegeben, den wir heute Abend befolgen, wenn es euch recht ist. Und, Andreas, wie ich erfahren habe, verschweigt uns da jemand« an dieser Stelle blickte er demonstrativ zu Philipp herüber, »noch ein feuchtfröhliches Erlebnis von gestern Abend.«

Philipp klärte jetzt auch Andreas über besagtes feuchtfröhliche Erlebnis des Vorabends auf und schlug dann vor, nach dem Essen eine Runde Billard zu spielen.

»Ja, das können wir machen« antwortete Andreas, »dann kann Thomas mal eben aufs Zimmer gehen und ein paar Eineuromünzen holen und dabei auch gleich die liebe Vicky mitbringen, damit wir anschließend noch eine Runde im Meer planschen gehen können. Das Geld fürs Billard kommt mit auf unser Spesenkonto.«

Als die drei wenig später vor den verschlissenen Billardtischen standen, fragte Thomas: »So, und wie wollen wir das jetzt machen? Zwei gegen einen oder jeder gegen jeden?«

Andreas antwortete: »Also ich bin für jeder gegen jeden und der Gewinner kann gegen eine ihm gestellte Aufgabe ein Veto einlegen.«

»Prinzipiell nicht schlecht und so gerne ich auch wieder Fleisch essen würde, so ungern würde ich es zulassen wollen, dass einer von euch beiden nicht mehr mit unserer Begleiterin herumlaufen muss. Deshalb schlage ich vor, der Gewinner darf beim nächsten Mal eine Runde aussetzten« führte Philipp den Gedanken weiter.

»Und wenn wir jeder ein Spiel gewinnen?« warf Thomas ein.

»Dann ist das ein Unentschieden und keiner hat einen Vorteil. Aber gehen wir mal davon aus, dass das nicht passieren wird« erwiderte Andreas selbstsicher.

»Da ist aber einer optimistisch« gab Thomas spöttisch zurück.

»Du hast doch vorhin gesehen, dass ich mit meinem Stiel gut umgehen kann. Das lässt sich auf die lange Variante aus Holz übertragen« entgegnete Andreas, während er das erste Spiel aufbaute.

»Ja, du hast Recht, Taschenbillard war dir bestimmt eine gute Übung« pflichtete Philipp bei.

Im ersten Spiel traten Thomas und Philipp gegeneinander an. Thomas hatte leichte Startschwierigkeiten, sodass Philipp bereits alle seine Kugeln versenkt hatte und auf die schwarze Acht spielte, während Thomas noch drei auf dem Tisch liegen hatte.

Doch dann versenkte Thomas in einer sensationellen Runde alle seine Kugeln nacheinander und anschließend noch die Acht und ging somit als Sieger aus der Partie hervor.

Philipp bekundete seine Anerkennung und gratulierte seinem Kontrahenten zum Sieg, dann trat er im zweiten Spiel gegen Andreas an. Es schien jedoch, als wäre Philipp vom Pech verfolgt, denn ständig gingen seine Kugeln knapp an den Löchern vorbei oder versenkten die von Andreas, was dazu führte, dass Andreas haushoch gewann.

»Tja, da war der Optimismus wohl angebracht« sagte er nach seinem Sieg zu Thomas, der darauf erwiderte: »Abwarten, das Glück ist mit den Tüchtigen.«

»Oder mit den Dummen« ergänzte Philipp leise.

In einem Spiel, in dem beide Kontrahenten mit höchster Konzentration zu Werke gingen, waren Andreas und Thomas lange Zeit gleichauf, bis schließlich beide nur noch eine Kugel auf dem Tisch liegen hatten. Andreas war an der Reihe und visierte siegessicher seine letzte Kugel an. Beim Stoß jedoch rutschte ihm der Queue ab, sodass die weiße Kugel geradewegs auf die schwarze Acht zusteuerte und diese einlochte, was eine Niederlage für Andreas bedeutete.

»Da hat sich wohl einer zu früh gefreut« kommentierte Philipp die Niederlage von Andreas mit einer Spur Schadenfreude in der Stimme.

»Das war jedenfalls ein guter Zeitpunkt, um übersprungen zu werden, denn Philipp ist gerade schlecht drauf wegen deiner Vegetarier-Nummer. Da hätte ich mit Sicherheit drunter leiden müssen. Aber so bin ich ja jetzt dran. Mal sehen, was ich mir da schönes für dich einfallen lasse, Andreas« ließ Thomas verlauten.

Nach diesem Billardtunier kehrten die drei zurück zu ihren Liegen am Pool, die mittlerweile im Schatten lagen. Andreas schnappte sich sofort seine Luftmatratze und Thomas nahm leidenden Blickes seine Schwimmhilfe zur Hand. Philipp wollte zwar mit ins Meer gehen, aber dort lieber schwimmen, als auf der Luftmatratze zu treiben.

Als die drei bis zur Brusthöhe im Wasser standen, warf Thomas einen angewiderten Blick auf seine Schwimmhilfe und sagte zu Andreas: »Bei der Vorstellung, dass da noch was von dir drin hängt, dreht sich mir der Magen um, aber Salzwasser zerstört ja angeblich die Überreste.«

Dann fing er an, mit Mittel- und Zeigefinger der rechten Hand das vaginale Loch der geilen Uschi zu spreizen und sie unter Wasser zu drücken. Anschließend schrubbte er die Öffnung mit ebendiesen beiden Fingern kräftig von innen aus.

Philipp klatschte lachend mit der flachen Hand auf das Wasser und Andreas schüttelten sich so heftig vor Lachen, dass er von seiner Luftmatratze fiel. Zwischen zwei Lachanfällen prustete Philipp heraus: »Ich will ja nichts sagen, aber es sieht aus, als würdest du die liebe Vicky gerade ziemlich heftig fingern.«

Eine Frau, die mit ihrem kleinen Kind in der Nähe im Wasser planschte, blickte empört hinüber, packte ihr Kind und eilte kopfschüttelnd fort.

»Das ist nicht das, wonach es aussieht, ich mache sie nur sauber!« rief ihr Thomas noch erklärend hinterher.

»Ich bin mir nicht sicher, ob es das jetzt unbedingt besser macht« gab Andreas prustend zu bedenken.

Als Thomas schließlich der Meinung war, die Gebrauchsspuren, die Andreas in Viktoria hinterlassen hatte, rückstandslos entfernt zu haben, kletterte er auf sie und paddelte zu seinem Kumpel herüber.

»Was hältst du von einem kleinen Wettrennen?«, forderte er ihn heraus.

Andreas blickte belustigt zu seinem Freund herüber, der schon wieder erhebliche Schwierigkeiten hatte, sich auf der Puppe zu halten und nicht kopfüber ins Wasser zu fallen.

»Einverstanden«, sagte er, »wo soll es denn hingehen?«

Thomas blickte sich nach einem Ziel suchend um. Sein Blick blieb schließlich am Hochsitz der Strandaufsicht in etwa hundertfünfzig Metern Entfernung hängen. Mit dem Finger darauf zeigend sagte er: »Wer als erstes beim Hochsitz ist, hat gewonnen.«

Dann paddelte er, ohne die Antwort von Andreas abzuwarten, los.


Philipp schwamm in der Zeit noch einmal die Strecke am Strand entlang, die er am Morgen schon einmal mit Thomas zurückgelegt hatte. Sein Blick galt dabei wieder den sich am Strand sonnenden Schönheiten, sodass er überrascht zusammenzuckte, als plötzlich ein kleiner Ball direkt neben seinem Kopf im Wasser landete. Er nahm das Wurfgeschoss in die Hand und sah sich nach seinem Angreifer um. Der Ball kam von einem blonden Mädchen in einem rot weiß gestreiften Bikini. Auf den zweiten Blick erkannte Philipp, dass es sich um Lena, das Mädchen, das er mit der Mokkabohne abgeschossen hatte, handelte.

»Hey, ich dachte, wir wären quitt!«, rief er ihr entgegen, eher er ihr den Ball zurück warf.

Sie lächelte, dann drehte sie sich wieder zu ihren Freundinnen um, mit denen sie sich im Kreis im brusthohen Wasser aufgestellt hatte und den Ball zuwarf. Philipp beobachtete die Gruppe – insbesondere Pinky, die gerade den Ball hatte – noch einige Sekunden bei ihrem Spiel, dann kehrte er ihnen den Rücken zu und schwamm weiter.

Wieder bei seinen beiden Freunden angekommen, verkündete er: »Ich wurde vorhin beim Schwimmen beinah abgeworfen. Dabei ist mir eine Superidee für ein Ballspiel gekommen. Das wird euch mit Sicherheit gefallen, aber ich erkläre es euch erst morgen. Ihr müsst mich nur daran erinnern, falls ich es vergessen sollte.«

»Ja klar, können wir machen, aber ich denke auch, heute ist es dafür schon zu spät. Wir können uns ja jetzt noch ein bisschen auf unsere Liegen legen und entspannen, aber dann wird es auch bald Zeit, sich für das Abendessen fertig zu machen«, antwortete Thomas.

Die drei verließen das Wasser und begaben sich über die Strandpromenade und durch das Zauntor zurück an den Pool ihres Hotels. Unterwegs drehte sich Philipp noch einmal zu den Mädchen um, die sich in einiger Entfernung immer noch ihren Ball zuwarfen.

Thomas folgte seinem Blick und fragte: »Na, willst du mitspielen?«

»Ich weiß nicht, was du meinst«, sagte Philipp, den Blick schnell abwendend, und setzte eine Unschuldsmine auf.

Die drei zogen ihre Liegen aus dem Schatten, den das Hotel darauf warf, in die Sonne. Als sie sich darauf legten, stöhnte Andreas auf. Mit den Worten »ach du scheiße, tut das weh!« gab er den anderen zu verstehen, dass der Sonnenbrand auf seinem Rücken ihm nach wie vor Schmerzen bereitete.

Nachdem die drei schließlich der Meinung waren, dass ihre Bäuche ausreichend gebräunt worden waren, machten sie sich mit einem Abstecher zum Kuchenbuffet an der Poolbar auf den

Weg in ihr Zimmer, um sich für das Abendessen fertig zu machen.

In der Lobby verriet ihnen im Vorbeigehen ein Blick auf das Animationsprogramm, dass am Abend ein Zauberkünstler auftrat. Philipp fragte in die Runde: »Ich denke, es bleibt dabei, dass wir heute Abend feiern gehen und uns nicht diesen Uri Geller für Arme antun?«

Die anderen nickten zustimmend.

Im Zimmer angekommen, verschwand Andreas als erster unter die Dusche, da er sich von dem kalten Wasser eine Linderung seines Sonnenbrandes versprach. Thomas trat in der Zeit auf den Balkon und Philipp durchwühlte seinen Koffer. Schließlich tauchte er aus seinem Koffer wieder auf und streckte mit triumphierendem Gesichtsausdruck einen tennisballgroßen Vollgummiball in die Höhe.

Er senkte seine Hand wieder, nachdem er festgestellt hatte, dass niemand außer ihm im Zimmer war. Den Ball legte er auf den kleinen Tisch neben dem Doppelbett seiner Freunde, dann trat er zu Thomas auf den Balkon.

»Jetzt hast du deine Freundin knapp verpasst. Sie und ihre Mädels sind gerade ins Hotel marschiert« begrüßte ihn Thomas.

Philipp brummte zustimmend, während er den Blick über den Horizont streifen ließ. Die beiden Freunde verharrten einige Minuten auf dem Balkon und genossen die Aussicht über den Strand und das Meer, dann verließ Philipp den Balkon wieder. Zeitgleich mit ihm trat auch Andreas aus dem Bad ins Zimmer.

Philipp schnappte sich im Vorbeigehen seine Klamotten samt Handtuch und ging direkt weiter ins Bad. Andreas ließ sich währenddessen den Rücken von Thomas ausgiebig mir After-Sun-Lotion einreiben. Als dieser ihm auf die am stärksten verbrannten Stellen drückte und Andreas leicht aufstöhnte, steckte Philipp seinen Kopf aus der Badezimmertür und rief seinen Freunden spöttisch zu: »Das hört sich ja ganz so an, als ob ihr beiden die letzten Nacht gerade wieder aufleben lassen würdet!«

# Männerabend

Als die drei in ihrem Zimmer fertig waren, stiegen sie gemächlich die Treppe hinab, durchquerten die Lobby und traten mit als die Ersten in den noch fast leeren Speisesaal.

»Nehmen wir den selben Tisch wie gestern Abend?«, fragte Andreas.

Philipp antwortete ihm: »Irgendwie bin ich davon nicht sonderlich angetan... Lass uns ein wenig Abwechslung ins Abendessen bringen und mal auf der anderen Seite des Raumes einen Tisch suchen.«

Nachdem sie sich ihre Getränke und zur Vorspeise einheitlich Salat geholt hatten, ließen sich die drei an einem Tisch direkt am Fenster nieder.

Mit Blick auf die Straße vor dem Hotel machten sie sich über ihr Abendessen her. Während Thomas und Andreas bereits mit ihrem Salat fertig waren und sich schon am Fleischbuffet bedienten, versuchte Philipp geduldig, mit der linken Hand seinen Mais auf seine Gabel zu spießen, was sich als eine echte Herausforderung erwies. Lange nachdem die beiden anderen wieder zurückgekehrt waren, war schließlich auch er mit seinem ersten Gang fertig und machte sich auf den Weg, eine weitere vegetarische Portion auf seinen Teller zu laden.

Am Salatbuffet herrschte reges Treiben, als er sich seinen zweiten Salat zusammenstellte und gerade als Philipp einen Schöpflöffel voller Bohnen auf seinen Teller füllen wollte, stieß ihm jemand von hinten einen Ellenbogen in den Rücken. Das führte dazu, dass Philipp mit seinem ausgestreckten Arm, in dem er den Löffel hielt, zuckte und die Bohnen von dem Löffel in einem Umkreis von etwa einem halben Meter über das Salatbuffet verteilte. Dabei landeten einige der Bohnen auch auf einem Arm, der neben Philipp nach der Zange für die Gurken griff.

Philipp drehte sich zu dem zum Arm passenden Gesicht um und entschuldigte sich.

Lena, bei der er sich entschuldigt hatte, erwiderte keck: »Bist du jetzt von Mokkabohnen auf Kidneybohnen umgestiegen?«

Marie, die hinter Lena stand, stellte fest: »Also das mit euch beiden ist doch langsam kein Zufall mehr. Das muss Schicksal sein.«

Lena sah sie skeptisch an, dann drehte sie sich wieder zu Philipp um und sagte: »Verrät mein Schicksal mir denn auch seinen Namen?«

»Ich heißc Philipp.«

»Freut mich, ich bin Lena. Und das hier ist Marie«, dabei deutete Lena auf Marie.

Philipp nickte begrüßend in ihre Richtung, dann wünschte er den beiden einen guten Appetit und kehrte mit seinem halbfertigen Salat an den Tisch zurück. Dort angekommen musste er jedoch feststellen, dass sich die Bohnen nur geringfügig besser auf die Gabel bringen ließen, als der Mais zuvor.

»So, ich kenne jetzt immerhin schon zwei der Mädels beim Namen«, verkündete er seinen Freunden. Thomas erwiderte: »Toll, und ich drei.«

»Und ich gar keine«, zog Andreas Resümee über seinen Kenntnisstand.

»Aber wir haben alle immer noch keine Ahnung, wie Pinky heißt«, stellte Philipp fest.

Kaum, dass er seinen Satz ausgesprochen hatte, ließen sich Lena und Marie am Nachbartisch der Jungs nieder. Philipp blickte sich erschrocken zu den beiden um, dann fragte er seine Freunde leise: »Meint ihr, die haben das mit Pinky mitbekommen?«

Thomas antwortete ihm: »Das lässt sich ja herausfinden. Ich bin mir sicher, dass der Rest der Truppe sich gleich auch noch dort drüben hinzu gesellen wird. Und deshalb wird der liebe Andreas gleich mal da rüber gehen, sich vorstellen, und freundlich nachfragen, wie Pinky denn richtig heißt.«

Dann wandte er sich an Andreas und sagte zu ihm: »Und zwar mit genau diesem Wortlaut, denn das, lieber Andreas, ist deine nächste Aufgabe.«

»Gut, mache ich«, antwortete Andreas, »aber du hast nicht gesagt, wann ich das tun soll, also mache ich es lieber jetzt, bevor ich mich vor ganz großem Publikum zum Affen mache.«

Dann erhob er sich und trabte zum Nachbartisch. Dort angekommen sagte er: »Guten Tag, die Damen, da ihr euch jetzt mit meinen beiden Reisebegleitern bekannt gemacht habt, dachte ich, ich stelle mich auch mal kurz vor: Ich bin der liebe Andreas.«

Marie und Lena stellten sich, nachdem sie ihn kurz verwirrt angeblickt hatten, ebenfalls vor und schüttelten Andreas etwas verlegen die Hand.

»Und jetzt, wo wir uns alle so gut kennen, hätte ich da noch eine klitzekleine Frage: Wie heißt Pinky richtig?«

Lena und Marie sahen ihn erneut irritiert an. Dann fragte Marie: »Wer ist Pinky?«

»Das wollte ich ja gerade von euch wissen«, antwortete Andreas, erklärte dann aber: »Eure Freundin, die den ganzen Tag im pinken Bikini herumgelaufen ist. Mein Kumpel da drüben steht total auf sie und wüsste gerne, wie sie heißt, traut sich aber nicht, selbst zu fragen.«

»Ach so, das ist Viktoria«, antwortete Lena.

»Och nö«, stöhnte Philipp dunkelrot angelaufen am Nachbartisch, während sich Thomas beim Lachen beinahe an einem Fleischspieß verschluckte.

»Was hat er denn jetzt?«, fragte Marie.

»Nichts weiter. Es ist nur so, dass wir eine«, an dieser Stelle stockte Andreas kurz, »*Bekannte* haben, die Viktoria heißt.«

Andreas wollte gerade wieder gehen, als zwei weitere Mädchen sich an den Tisch setzten. Lena sagte daraufhin: »Dann können wir die Vorstellungsrunde ja gleich weiterführen. Mädels, das ist Andreas und Böhnchen heißt eigentlich Philipp. Andreas, das sind Kim und Johanna.«

Thomas verschluckte sich zum zweiten Mal fast vor Lachen an seinem Essen und Philipp mischte sich in das Gespräch ein: »Wie kommst du denn bitte auf Böhnchen?«

»Fragte der Erfinder von Pinky«, erwiderte Lena kühl, ehe sie aufklärte: »Wegen der Bohne, mit der du mich gestern abgeschossen hast und ironischerweise auch wegen der von gerade eben.«

»Und mit Pinky ist Vicky gemeint?«, erkundigte sich Johanna.

Marie nickte und Andreas verabschiedete sich zurück an seinen Tisch. Dort sagte er zu Philipp: »Ja, ich glaube, die haben das mit ›Pinky‹ vorhin mitbekommen.«

»Toll, danke«, fauchte Philipp, der seinen zweiten Salat aufgegessen hatte, und machte sich abermals auf den Weg zum Buffet. Dieses Mal bediente er sich bei den Nudeln und den Beilagen. Als er zu seinen Freunden zurückkehren wollte, stellte er jedoch fest, dass diese ihren Tisch mit dem der Mädchen zusammengeschoben hatten, sodass sie nun alle gemeinsam an einem großen Gruppentisch saßen.

Da sich inzwischen auch die drei noch fehlenden Damen hinzugesellt hatten, gab es an dem Tisch nur noch einen freien Platz, den Philipp nun notgedrungen einnehmen musste. So setzte er sich zwischen Viktoria und ein anderes Mädchen, das sich ihm als Helena vorstellte. Die letzte noch Unbekannte aus der Gruppe stellte sich als Anja vor.

Viktoria fragte Philipp, nachdem er sich gesetzt hatte, ob sie denn beruhigt weiter essen könne, oder ob sie nun Angst haben müsse, unter Lebensmittelbeschuss zu geraten.

Während des Essens unterhielten sich die beiden nun verschmolzenen Gruppen über die Abendplanung der Mädchen. Diese wollten sich den im Hotel auftretenden Zauberkünstler ansehen, der sich selbst als ›der große Cebolla‹ ankündigte, und die Jungs beschlossen spontan, sich ihnen anzuschließen und erst danach noch die Bar aufzusuchen, von der Thomas beim Mittagessen gesprochen hatte.

Mit den Worten »dann treffen wir uns um kurz vor neun vor der Bühne« verabschiedeten sich die Jungs vom Tisch und machten sich auf den Weg zurück auf ihr Zimmer.

Als sich die Fahrstuhltüren hinter ihnen schlossen, schlug sich Philipp die Hände vor sein Gesicht und stöhnte laut auf: »Das darf nicht wahr sein.«

Andreas fragte ihn: »Hast du dich denn gerade gut mit Viktoria unterhalten?«

»Man könnte sagen, ihr habt euch heute beide gut mit eurer jeweiligen Viktoria unterhalten« antwortete Thomas für Philipp und fügte mit Blick auf Andreas hinzu: »Nur bei dir war es eher Erwachsenenunterhaltung.«

»Man könnte also sagen, ich habe mit meiner Viktoria das getan, was Philipp mit *seiner* gerne tun würde« gab Andreas zurück.

»Nun«, mischte sich Philipp ein, »ich bin mal gespannt, wie *meine* Viktoria reagieren wird, wenn du ihr nachher deine vorstellst.«

Schlagartig verschwand das Grinsen aus Andreas' Gesicht: »Daran hatte ich gar nicht mehr gedacht.«

»Unter Umständen musst du das auch gar nicht« beruhigte ihn Thomas und erntete dafür von den anderen beiden irritierte Blicke.

»Wie meinst du das?«, fragte Andreas argwöhnisch.

»Ich habe eine viel lustigere Idee« antwortete Thomas, »wie ich dir den Abend verderben kann, aber dazu kommen wir noch früh genug, jedenfalls spreche ich dich für heute Abend davon frei, deine Viktoria mit dir herum zu schleppen.«

Als sich die Fahrstuhltüren in der vierten Etage öffneten, protestierte Philipp mit entrüstetem Tonfall: »Das kannst du nicht machen!«

Thomas aber antwortete bestimmt: »Ich habe ihm diese Aufgabe gestellt, also kann ich ihn auch davon wieder lossprechen. Zumindest vorübergehend. Und sei beruhigt, die Alternative, die ihn erwartet, ist nicht besser. Außerdem kann er die beiden Viktorias auch morgen noch miteinander bekannt machen.«

Während sich die drei auf ihrem Zimmer fertig machten, also prüften, ob die Haare richtig saßen und sich unter anderem mit Deo und Aftershave einsprühten, fragte Andreas in die Runde: »Was genau versprecht ihr euch eigentlich jetzt davon, mit den Mädels diesen Billig-Harry-Potter anzuschauen?«

»Magische Momente« antwortete Thomas knapp.

»Wie lange hast du denn an dem Wortspiel gearbeitet?«, fragte Philipp Thomas von der Seite, dann wandte er sich an Andreas: »Warum? Hast du etwa Angst, vor dem, was dir von Thomas als nächstes aufgetragen wird?«

Andreas nickte, dann verschwand er im Bad.

Um halb neun verließen sie das Zimmer, um sich gute Plätze für die Zaubershow zu sichern. Vor der Bühne angekommen, stellten sie jedoch fest, dass Viktoria und ihre Freundinnen bereits genügend Stühle reserviert hatten und schon auf sie warteten.

In der Wartezeit hatten sie jedoch schon ihre Getränke geleert, sodass sie die Jungs aufforderten, ihnen neue zu besorgen, ehe sie sich dazusetzten.

Die drei holten ein von den Damen geordertes reichhaltiges Sortiment an alkoholischen Mischgetränken von der Bar und machten sich mit großer Vorsicht auf den Rückweg über den Pfad aus Stolpersteinen, der am Vorabend bereits Lena zum Verhängnis geworden war. Bei ihrer Wiederankunft am Tisch rief ihnen Helena entgegen: »Wir haben schon Wetten abgeschlossen, ob ihr es mit allen Gläsern bis hier hin schaffen würdet.«

Nach einem kurzen Gespräch der Gruppe ging das Spotlight auf der Bühne an und Animateur Carlos trat mit einem Frack und Zylinder hervor.

»Guten Abend, meine Damen und Herren. Ich, der große Cebolla, heiße Sie herzlich willkommen zu unserer Zaubershow. Good evening, ladies and gentlemen. I am the great Cebolla. Welcome to our magic show« begrüßte er die Gäste.

Anschließend zog er einen großen schwarzen Zauberstab aus seinem Frack hervor und was dann folgte, bezeichneten alle Zuschauer übereinstimmend hinterher als die mit Abstand schlechteste Zaubershow, die sie in ihrem Leben je gesehen hatten.

Nach etwa einer Dreiviertelstunde, in der Philipp und Viktoria, die erneut nebeneinander saßen, viel zu lästern hatten, fand die Darbietung ein Ende. Carlos, der große Cebolla, verabschiedete sich, indem er den Hut zog und dann hinter der Bühne verschwand. Auch Philipp und Andreas verabschiedeten sich kurz – allerdings nur auf die Toilette. Auf dem Weg dorthin stellte Andreas fest: »Ihr zwei habt euch ja anscheinend gut unterhalten.«

Philipp bestätigte dies breit grinsend mit einem Nicken, ergänzte aber: »Das schon, nur jedes Mal, wenn ich ihren Namen sage, muss ich an dein Spielzeug in unserem Zimmer denken.«

»Und damit genau das nicht mehr vorkommt« tröstete ihn Andreas, » stelle ich dir jetzt eine neue Aufgabe: Du wirst sie während des gesamten Urlaubs nicht mehr Viktoria nennen. Versteh mich nicht falsch, du sollst sie schon weiter mit Namen ansprechen, nur halt nicht mehr mit ihrem. Und jedes Mal mit einem anderen. Aber komm bloß nicht auf die Idee, ihr zu erzählen, warum du sie nicht mit ihrem Namen ansprichst.«

»Aber nicht mehr heute Abend« antwortete Philipp. »Wenn wir zurück am Tisch sind, holen wir Thomas und dann gehen wir.«

Andreas schüttelte den Kopf: »Wir haben bis dreiundzwanzig Uhr unsere Getränke all inclusive, also bleiben wir auch so lange hier. Die Nacht ist schließlich noch jung und deine Mutti ist nicht hier, um dich ins Bett zu schicken. Wir können weg bleiben, solange wir wollen.«

Während der nächsten Stunde sprach Philipp Viktoria nur noch mit ›du‹ an. Dann wurde es Zeit für die letzte Runde All-Inclusive-Getränke, denn es war bereits kurz vor dreiundzwanzig Uhr.

Als die Jungs mit den Getränken zurückgekehrt waren, fragte Thomas in die Runde: »Wir wollen dann gleich los, das hiesige Nachtleben abchecken. Kommt ihr mit?«

Dies wurde jedoch von den sieben jungen Damen mit der Begründung, dass die gesamte Gruppe für den nächsten Tag einen Ausflug gebucht hatte, für den sie fit sein wollten, abgelehnt. So wünschten die drei Jungs ihnen, nachdem sie ihre Becher geleert hatten, eine gute Nacht und machten sich alleine auf den Weg zur Partymeile.

Unter der Führung von Thomas suchten die drei nach der Bar, die er den anderen beiden zeigen wollte. Die Hauptpartymeile kam bereits in Sicht, als Thomas plötzlich in eine etwas kleinere Gasse nach links abbog. In dieser Gasse war längst nicht so viel los wie auf den Wegen, die sie bisher beschritten hatten. Die wenigen Leute, die sich in dieser Gasse herumtrieben, waren jedoch von den feierwütigen Massen auf den Hauptwegen deutlich zu unterscheiden. Einige der Gestalten hier trugen Lederkostüme, andere hatten extrem dunkles Make-up oder eine Menge Metallschmuck im Gesicht. Direkt vor den Jungs tauchten zwei kichernde Frauen mit wild zerzausten pinken Haaren aus einer unscheinbaren Tür auf.

Andreas und Philipp sahen erst sich gegenseitig, dann Thomas skeptisch an, dann fragten sie ihn: »Sicher, dass wir hier richtig sind?«

Der Gefragte nickte stumm, doch auch er beobachtete mit argwöhnischem Gesichtsausdruck die Figuren, die sich mit ihnen in der Gasse herumtrieben.

Erst, als sie etwa hundert Meter auf der schmalen Straße zurückgelegt hatten, blieb Thomas stehen und drehte sich zu den anderen um. Dann verkündete er ihnen: »Wie ihr wisst, bin ich jetzt damit dran, euch beiden eine Pärchenaufgabe zu stellen. Und da ihr zusammen mit Sicherheit ein sehr süßes Pärchen abgebt, dachte ich mir, ihr könntet euch doch als solches unter das Volk mischen. Wir stehen hier vor einer der berüchtigtsten Schwulenbars der Insel. Eure Aufgabe ist es, euch darin mindestens zwei Stunden aufzuhalten und ein glückliches Pärchen zu spielen. Den Anfang macht ihr gleich hier mit einem mindestens fünfzehn Sekunden andauernden Kuss. Mit Zunge!«

Es folgte ein angespanntes Schweigen, während dem sich die Blicke der drei jungen Männer auf den Bareingang vor ihnen richteten: Über einer dunklen Holztür verkündete ein bereits abblätterndes Schild, dass die Bar ›Tortuga Bay‹ hieß. Durch die Fenster links und rechts neben der Tür, die aussahen, als wären sie schon eine sehr lange Zeit nicht mehr geputzt worden, drang nur wenig schimmerndes Licht.

Philipp schüttelte fassungslos den Kopf, dann sagte er: »Das kannst du doch nicht ernst meinen.«

Andreas stimmte ihm zu: »Was stimmt eigentlich nicht mit dir, dass du dir so einen Schwachsinn ausdenkst? Wenn du irgendwelche homoerotischen Phantasien hast, dann kannst du die von mir aus gerne selbst ausleben, aber halt uns doch bitte daraus, Thomas!«

Thomas belächelte die beiden nur und antwortete schließlich: »Ach was, ich habe dahingehend keine Phantasien. Sobald ihr da drin seid, gehe ich mir ein nettes Mädel in der Disko klar machen.«

»Das glaubst du doch wohl selber nicht«, gab Andreas sofort zurück, »bevor du ein Mädchen abschleppst, werde ich schwul.«

Mit hochgezogener Augenbraue unterbrach ihn Philipp: »Pass bloß auf, was du sagst, immerhin ist nicht er derjenige, der gleich in eine Schwulenbar gehen muss.«

»Na dann legt mal los« forderte Thomas die Umsetzung der von ihm gestellten Aufgabe, »aber passt auf, dass nicht eine von euren beiden Viktorias eifersüchtig wird.«

Philipp und Andreas wandten sich einander zu, während Thomas auf seinem Handy die Stoppuhr aufrief.

»Wir sprechen nie wieder darüber, wenn es vorbei ist«, sagte Philipp eindringlich.

Andreas nickte und unter den drohenden Blicken der beiden stimmte auch Thomas zu, kein Wort mehr darüber zu verlieren.

Mehrmals näherten sich Philipp und Andreas an, zogen jedoch ihre Köpfe wieder zurück, bevor sich ihre Lippen berührten. Man sah den beiden an, dass es sie eine Menge Überwindung kostete. Nachdem sie zum vierten Mal ihren Kussversuch wieder abgebrochen hatten, sagte Thomas: »Wenn ihr es nicht wollt, dann gebt doch einfach auf. Dann müsst ihr nur noch unter euch ausmachen, wer den Urlaub zahlt.«

»Darauf kannst du lange warten!«, rief Andreas und rammte dem überraschten Philipp auf eine nicht sehr feinfühlige Art seine Zunge in den Hals. Während der fünfzehn Sekunden, die die beiden aneinander hingen, sah Andreas Thomas durchgehend mit einem Blick an, der nichts als bloßen Hass darstellte.

Nachdem die Zeit abgelaufen war, drehten sich Andreas und Philipp voneinander weg und spuckten beide mehrmals auf die Straße.

Ein vorbeigehender Mann, der eine Frisur aus hüftlangen blauen Haaren und einen Zylinder trug, schüttelte verständnislos den Kopf.

Als er sich wieder einigermaßen gefangen hatte, drohte Philipp Thomas mit einem Blick, der dem von Andreas zuvor in nichts nachstand: »Das wirst du noch bitter bereuen.«

Thomas nickte: »Natürlich werde ich das, aber bis dahin wünsche ich euch beiden viel Spaß bei eurem Pärchenabend. Ciao!«

Dann wandte er sich ab und ging federnden Schrittes auf die Hauptstraße zu. Nach einigen Metern drehte er sich noch einmal um und rief zurück zu den beiden: »Nicht weniger als zwei Stunden!«

Andreas und Philipp sahen Thomas nach, der die Straße entlang ging und schließlich in Richtung der Partymeile abbog. Dann wandten sie ihren Blick wieder der Tortuga Bay zu, die es nun aufzusuchen galt.

»Mein Gott, küsst du scheiße«, sagte Philipp auf den Eingang der Bar zuschreitend.

»Glaub mir, wenn ich mit Leidenschaft bei der Sache bin, dann läuft das anders« versicherte ihm Andreas, als sich seine Hand um die abgegriffene Klinke der Eingangstür schloss.

Die Tür gab den Blick auf einen spärlich beleuchteten Raum frei, in dem circa zwanzig Holztische standen, um die sich gut gepolsterte Stühle gruppierten. Gegenüber der Tür befand sich eine langgezogene Bar, an der drei Herren saßen. Über ihren Köpfen waberten Rauchschwaden und der beißende Geruch von Zigarrenqualm lag in der Luft.

»Kommt es mir nur so vor oder starren uns gerade alle Kerle in dieser Kneipe an?«, fragte Philipp Andreas flüsternd, während hinter ihnen die Tür wieder ins Schloss fiel.

Andreas nickte nur leicht und schluckte. Dann fasste er Mut und schritt geradewegs auf die ihm gegenüberliegende Bar zu. Er nickte den dort sitzenden Herren zu und vergrub sein Gesicht dann in einer auf der blank polierten Theke liegenden Getränkekarte. Philipp tat es ihm gleich.

Andreas sagte so leise, dass nur Philipp es hören konnte: »Ohne Alkohol halte ich das nicht durch.«

Dann wandte er sich in normaler Lautstärke an den bereits leicht betagten, glatzköpfigen Barkeeper und orderte einen Whiskey. Philipp bestellte einen inselüblichen Hierbas. Nachdem er diesen in einem Zug ausgetrunken und auch Andreas einen kräftigen Schluck von seinem Whiskey genommen hatte, sahen sich die beiden genauer in der Tortuga Bay um:

Die drei Herren an der Bar beobachteten sie immer noch. Einer von ihnen war ein etwas aus dem Leim gegangener, zur Glatze neigender Mittfünfziger, neben ihm saß ein athletisch wirkender Mann mit südländischem Aussehen. Der Dritte sah aus wie ein Seeräuber, der gerade von einem mehrwöchigen Beutezug auf hoher See zurückgekehrt war.

An den Wänden hingen Aktfotos muskulöser Männer und an der Wand hinter der Theke waren einige Bilder von homosexuellen Pärchen am Strand aufgehängt worden. Auf jedem der verkratzten Tische standen eine Kerze in einem gelblichen Glas und daneben eine kleine Vase mit einer blassrosafarbenen Plastiktulpe.

Vier dieser Tische waren besetzt. An zweien hielten die dort sitzenden Herren Händchen.

Während Philipp einen zweiten Hierbas trank und Andreas seinen Whiskey leerte, traten weitere Herren durch die marode Eingangstür, sodass eine knappe halbe Stunde, nachdem Philipp und Andreas die Bar betreten hatten, nur noch wenige Sitzplätze in dem Etablissement unbesetzt waren.

Andreas sah gerade auf seine Uhr und sagte zu Philipp »noch achtundachtzig Minuten, bis wir hier wieder 'rauskommen« als sich der älteste der drei Herren, die bereits vor Philipp und Andreas an der Theke gesessen hatten, der zur Glatze neigende Mittfünfziger, erhob und an den beiden vorbei ging. Dabei strich er Andreas seicht über den Unterrücken und warf ihm, als er weiter ging, einen verschmitzen Blick zu. Dann verschwand er mit einem Zwinkern auf der Toilette.

Andreas sah Philipp mit panischem Gesichtsausdruck an. Dann flüsterte er mit zitternder Stimme: »Hast du das eben gesehen? Was soll ich jetzt machen?«

Philipps Laune besserte sich schlagartig. Er antwortete mit dem Anflug eines Lächelns: »Geh hinterher, ein besseres Angebot wirst du diesen Urlaub nicht mehr bekommen.«

Andreas ignorierte diesen Seitenhieb und sagte bedrückt: »Ich will hier weg.«

Gönnerhaft erwiderte Philipp: »Du kannst jederzeit gehen, wenn dir – Achtung, Wortwitz – dein Arsch die Urlaubskosten wert ist.«

Auf den Schock, ein solch unmoralisches Angebot bekommen zu haben, trank nun auch Andreas einen Hierbas. Anschließend bestellte er für sich und Philipp jeweils einen Gin-Lemon.

Nachdem der Mann mit Halbglatze, der Andreas zuvor berührt hatte, von der Toilette zurückgekehrt war und sich wieder auf seinem angestammten Platz niedergelassen hatte, erhob sich Philipp von seinem Barhocker, hielt sich jedoch sofort an selbigem fest, da er beim Aufstehen leicht ins Schwanken geriet.

»Geht es dir gut?«, erkundigte sich Andreas.

»Ich denke schon, aber der Herpes knallt stärker rein, als ich es erwartet hatte«, antwortete Philipp.

Andreas fragte verdutzt: »Welcher Herpes?«

»Na das grüne Zeug, das ich vorhin getrunken habe«, antwortete Philipp.

Andreas nickte: »Jaja, der Herpes.«

Philipp ließ den Blick durch die Bar schweifen und sein Gesicht hellte sich ein wenig auf, als er zu Andreas sagte: »Da in der Ecke steht ein alter Dartautomat, vielleicht kriegen wir damit die Zeit schneller rum.«

Die beiden schlängelten sich durch die Holztische zu dem in einer schwach ausgeleuchteten Ecke der Bar verborgen Dartautomaten und zogen die sechs in der Scheibe steckenden Pfeile heraus. Sie entschieden sich, nachdem Philipp zwei Euro in den Automaten geschmissen hatte, eine Runde ›501‹ zu spielen.

Philipp hatte einige Schwierigkeiten, die hoch dotierten Felder zu treffen, was er auf den Alkohol zurück führte, Andreas hingegen warf seine Pfeile sehr zielsicher und schon nach drei Durchgängen hatte er einen Vorsprung von weit über hundert Punkten auf Philipp aufgebaut.

Halbglatze, der Andreas bereits an der Bar Avancen gemacht hatte, nahm sein Glas vom Tresen und setzte sich damit an einen der wenigen freien Tische in der Nähe des Dartautomaten. Als Andreas zwei Runden später zielsicher auf Null warf und somit gewann, beugte sich der Mann vor und raunte mit rauchiger Stimme zu Philipp: »Pech im Spiel, Glück in der Liebe.«

Philipp ließ sich davon nur wenig beeindrucken und schleuderte seine Pfeile in Richtung der Scheibe, um eine neue Runde zu beginnen. Das Ergebnis in dieser Runde war ein ähnliches wie in der vorherigen und nachdem Andreas erneut haushoch gewonnen hatte, sagte Halbglatze, sich eine Zigarette ansteckend, zu Philipp: »Ich bin mir sicher, mit deinem anderen Pfeil kannst du besser umgehen, als mit den Dartpfeilen.«

Philipp flüsterte Andreas ins Ohr: »Darf ich ihm sagen, dass ich hetero bin?«

Mit einem Blick auf sein Handy antwortete der Gefragte: »Erst in siebenundvierzig Minuten.«

Diese Antwort nahm Philipp mit einem kurzen Zusammenpressen seiner Lippen hin, dann wandte er sich an den Fremden, der nun ihm die Avancen machte und sagte: »Ich weiß nicht, ob es ihnen aufgefallen ist, aber ich bin mit meinem Freund hier und wir sind so glücklich miteinander, dass wir nicht vorhaben, uns zu betrügen. Es wäre also nett, wenn sie aufhören würden, uns in Versuchung zu führen, ehe noch einer von uns schwach wird.«

Bei dem letzten Satz blickte Philipp verschwörerisch zu Andreas, was auch dem angesprochenen Mann nicht entging. Dieser nickte Philipp zu und wandte sich ein letztes Mal an Andreas: »Und du stehst bei ihm wirklich voll unter der Fuchtel?«

Andreas nickte nur stumm und als Halbglatze das sah, nahm er sein Glas und ging zurück an die Theke. Vier verlorene Runden später kehrte auch Philipp verbittert dreinblickend wieder an die Bar zurück, dicht gefolgt von einem Andreas mit deutlich besserer Laune. Beide bestellten sich noch einen Gin-Lemon und als dieser geleert war, verriet ein Blick auf die Uhr, dass sie sich nur noch zwei Minuten in der Bar aufhalten mussten. Andreas nutzte die Zeit, um die Deckel der beiden zu bezahlen und mit einem genuschelten »Auf Wiedersehen« verabschiedeten sie sich aus der Kneipe.

Wieder auf der Straße atmeten beide einmal tief ein und Philipp rief leise aus: »Endlich wieder hetero!«

Auch Andreas war sichtlich erleichtert. Nachdem sie sich einige Meter von der Kneipe entfernt hatten, sagte er: »Also ich weiß nicht, wie du das siehst, aber für mich ist dieser Abend gelaufen. Ich will zurück ins Hotel.«

Philipp schloss sich dieser Meinung an und fügte hinzu: »Ich müsste sowieso bei allem, was heute Abend noch passieren würde, an diese leicht aufdringliche Gestalt von vorhin denken.«

Wieder im Hotel angekommen, hatte Philipp gcrade die Zimmertür geöffnet, als Thomas aus dem Bad trat. Dabei fiel besonders seine stark gerötete linke Gesichtshälfte auf. Andreas und Philipp starrten fragend darauf und Thomas antwortete auf die unausgesprochene Frage: »Ich glaube, das ist tatsächlich genetisch bedingt.«

Philipp prustete los vor Lachen und fragte dann nach: »Sag bloß, es ist schon wieder passiert?«

Thomas nickte: »Zwei mal.«

Andreas stöhnte auf: »Oh Herr! Wie hast du das denn schon wieder geschafft?«

Thomas antwortete kurz angebunden: »Ich möchte nicht darüber reden.«

Dann ging er ohne Umwege ins Bett und zog sich die Decke bis über den Kopf.

# Das LAURENZ-Spiel

Am nächsten Morgen wurde Andreas durch ein gleichmäßiges Rascheln geweckt. Er machte die Augen auf und sah sich im Zimmer um. Anschließend stieß er Thomas, der über Nacht wieder sehr nah an ihn herangerückt war, an und deutete, als dieser ihn verschlafen ansah, mit dem Finger in Richtung des allein stehenden Bettes von Philipp.

Den beiden bot sich ein skurriler Anblick: Philipps Kopf lag mit geschlossenen Augen und leicht geöffnetem Mund auf dem Kopfkissen, während am Fußende zwei Plastikfüße unter der Decke hervorragten und sich in der Mitte des Bettes ein Hügel unter der Bettdecke gleichmäßig auf und ab bewegte.

Schließlich rief Thomas laut und mit Nachdruck: »Oh! Mein! Gott!«

Philipp riss die Augen auf, blickte seine beiden Zuschauer entsetzt an und stotterte: »Das ist nicht das, wonach es aussieht.«

Gleich danach fügte er noch hinzu: »Sie wollte es auch.«

»Du betrügst deine Viktoria hinter meinem Rücken mit meiner Viktoria?«, fragte Andreas mit gespielter Entrüstung.

»Und dann auch noch per Fellatio« ergänzte Thomas.

Philipp fragte irritiert nach: »Per was, bitte?«

»Mit einem Blowjob, du Troll« antwortete Andreas. Dann fügte er noch hinzu: »Mit mir hat sie so was noch nie gemacht.«

»Tja« erwiderte Philipp nun wieder etwas gefasster, »ich biete ihr eben das, was du ihr nicht bieten kannst.«

Mit hochgezogener Augenbraue fragte Andreas: »Und was soll das sein? Völlig schamlose Triebbefriedigung?«

»Im Prinzip ja«, antwortete Philipp, »aber in Fachkreisen nennt man das – wie du ja gestern Abend schon mal erwähnt hast – Leidenschaft. Spüre ich da etwa Eifersucht bei dir?«

»Eifersucht ist die Leidenschaft, die mit Eifer sucht, was Leiden schafft«, mischte sich Thomas in das Gespräch ein und beendete es damit gleichzeitig.

Beim anschließenden Frühstück gab sich Andreas übermäßig deprimiert und warf Philipp Floskeln an den Kopf wie »das hätte ich nie von dir erwartet«, »wie konntest du nur…?« oder auch »so viel zum Thema ›Bruder vor Plastikluder‹«.

»Bloß gut, dass die Mädels heute Morgen nicht hier sind, sonst wäre dieses Gespräch sehr beklemmend geworden«, merkte Philipp an, nachdem die drei ihr Frühstück beendet hatten.

Auf dem Weg zurück ins Zimmer erinnerte Andreas Philipp: »Du meintest doch gestern, dass du eine supertolle Idee für ein Spiel hättest, die du uns heute mitteilen wolltest.«

Philipp nickte, dann setzte er zur Erklärung an: »Also zunächst mal möchte ich anmerken, dass wir zu dem Zeitpunkt, als mir die Idee kam, noch nicht im näheren Kontakt zu den glorreichen Sieben – damit meine ich die Mädels um Pinky – standen. Wenn ihr also der Meinung seid, dass diese sieben uns an Damenbekanntschaften für den Urlaub ausreichen, dann akzeptiere ich das und stampfe meine Idee wieder ein.«

Er blickte die anderen erwartungsvoll an, wurde jedoch dazu ermuntert, weiter zu sprechen. Also fuhr er fort: »Nachdem ich gestern fast einen Ball an den Kopf bekommen hatte, entschuldigte sich das Mädchen, dass ihn geworfen hatte, bei mir, was mich auf die Idee brachte, dass man doch dadurch prima ins Gespräch kommen kann. Wenn wir also einen Ball mit ins Wasser nehmen, uns im Kreis aufstellen und jedes Mal, wenn ein nettes Mädel in der Nähe ist, aus Versehen den Ball eher in ihre Richtung als in unsere schmeißen, dann kann aus der darauf folgenden Entschuldigung ein Gespräch entstehen.«

»Die Idee ist für deine Verhältnisse gar nicht mal so doof«, sagte Thomas und Andreas nickte zustimmend.

Nachdem sich die drei für den Tag am Strand gewappnet hatten und schließlich auch dort angekommen waren, liefen sie voller Eifer, das neue Spiel auszuprobieren, ins Wasser. Bereits nach einigen Minuten des Ballzuwerfens trieb ein Mädchen, dass augenscheinlich in ihrem Alter war, auf einer Luftmatratze an Thomas vorbei. Andreas, der gerade den Ball hatte, warf ihn in Thomas' Richtung. Jedoch so, dass er etwa zwei Meter an ihm vorbei geflogen und direkt neben der Luft-matratze im Wasser gelandet wäre, wenn Thomas ihn nicht mit einer kleinen, aber dennoch beeindruckenden Flugeinlage gefangen hätte.

Eine ähnliche Situation spielte sich erneut ab, als ein Mäd-chen hinter Philipp vorbei schwamm und er den Ball aus der Luft fischte.

Die drei Jungs gingen aufeinander zu, um Kriegsrat zu hal-ten.

»So klappt das nicht, wir brauchen ein Signal, damit der Be-treffende weiß, dass er den Ball durchlassen muss«, stellte Thomas fest.

Philipp antwortete trocken: »Ja klar, ab jetzt rufen wir laut ›Nicht fangen, da ist ein heißes Mädel hinter dir!‹«

Thomas gab zurück: »Von der Idee her nicht schlecht, aber es muss ja nicht gleich eine so eindeutige Botschaft sein, au-ßerdem dauert der Satz viel zu lange. Wir brauchen nur etwas kurzes, unverfängliches, dann läuft das.«

»Dann schreien wir einfach ›LAURENZ‹, da wundert sich hier sowieso keiner mehr«, antwortete Philipp.

»Warum eigentlich nicht?« fragte Andreas. Auch Thomas hatte keine Einwände und somit schritten die drei wieder auseinander, um ihr Spiel fortzusetzten.

Das Mädchen auf der Luftmatratze trieb, da der Wind sich inzwischen gedreht hatte, erneut hinter Thomas lang. Philipp, der den Ball hatte, rief aus voller Kehle »LAURENZ!« dann schleuderte er den Ball an Thomas vorbei in Richtung der Luftmatratze. Thomas hob etwas halbherzig den Arm in Richtung des Balls, verfehlte ihn jedoch um etwa einen halben Meter. Ungefähr genauso weit vom Kopfende der Luftmatratze entfernt schlug der Ball im Wasser auf und besprenkelte bei seiner Landung das Gesicht des darauf treibenden Mädchens mit einigen Tropfen salzigen Meerwassers.

Thomas war bereits auf dem Weg zu ihr, um sich für seinen Mitspieler zu entschuldigen und den Ball wieder einzusammeln, als sie die Augen öffnete und den Kopf hob. Sie blinzelte Thomas an, der, weiter auf sie zuschreitend, sagte: »Entschuldigung, das war keine Absicht. Könntest du mir bitte den Ball wiedergeben?«

Das Mädchen brummte nur kurz, dann schmiss sie den Ball achtlos in seine Richtung. Thomas sammelte ihn ein und kehrte zu seinen Freunden zurück. Nachdem das Mädchen außer Hörweite getrieben war, sagte er zu ihnen: »Das war ja wahnsinnig erfolgreich.«

»Vielleicht zielen wir das nächste Mal besser auf eine, die nicht gerade am Schlafen ist« schlug Andreas vor.

Sie warfen sich den Ball weiter zu und es dauerte nicht lange, bis ein anderes Mädchen an Andreas vorbei schwamm. Thomas schmiss den Ball unter Ausruf des »LAURENZ« in seine Richtung. Als die Gummikugel eher bei dem Mädchen, als bei ihm landete, entschuldigte sich Andreas höflich bei ihr für die Unfähigkeit seines Kameraden, woraufhin das Mädchen freundlich lächelte und ihm den Ball zurückgab. Dann wandte sie sich jedoch wieder ab und schwamm weiter ihres Weges, während die drei Jungs ihr Spiel abermals fortsetzten.

»Immer noch besser, als bei dir« sagte Andreas zu Thomas.

Im weiteren Verlauf des Spiels kam es noch zu einigen ähnlichen Situationen, die jedoch nie zu einem Gespräch führten, das länger als drei Sätze andauerte.

Schließlich hatte Philipp abermals den Ball. Er rief laut »LAURENZ!«, dann ließ er ihn zu Andreas hinüber segeln, hinter dem gerade ein sehr attraktives Mädchen her schwamm.

Die Quelle des Ausrufs suchend, blickte sich das Mädchen zu den dreien um.

Andreas wollte, um Eindruck zu schinden, den sehr hoch kommenden Ball besonders elegant fangen und sprang aus dem Wasser steil nach oben. Dabei zollte seine Badeshorts der Trägheit des Wassers ihren Tribut und stieg nicht mit ihrem Träger in die Höhe. Die Folge war, dass Andreas zwar den Ball fing, jedoch dabei dem nun direkt auf ihn zu schwimmenden, knapp drei Meter entfernten Mädchen sein blankes Hinterteil entgegenstreckte, eher er wieder im Wasser versank.

Er tauchte mitsamt des Balls ab und als er seinen Kopf wieder durch die Wasseroberfläche stieß, war dieser tiefrot angelaufen. Zu dem relativ irritiert dreinblickenden Mädchen hinter ihm drehte er sich gar nicht erst um, sondern passte den Ball zu Philipp zurück, der jedoch, ähnlich wie Thomas, vor Lachen Tränen in den Augen hatte.

Nachdem sich die beiden wieder beruhigt hatten, maulte Andreas mit immer noch schamgerötetem Kopf: »Macht es erst mal besser.«

»Schlechter wird sowieso schwierig« erwiderte Philipp und musste sich erneut einem Lachkrampf ergeben.

Es folgten einige eher harmlose, aber wiederum durchweg erfolglose Annäherungsversuche, bis schließlich ein weiteres

Mädchen auf einer Luftmatratze sehr nah hinter Thomas entlang trieb.

Philipp machte ihn unter Verwendung des Codewortes darauf aufmerksam und warf ihm dann den Ball zu. Dieser flog geradewegs auf Thomas zu, war jedoch so hoch, dass er ihn aus dem Stand nicht erreichen konnte. Also stieß er sich, ähnlich wie Andreas zuvor, vom Boden ab, um aus dem Wasser empor zu steigen. Zwar behielt Thomas seine Badeshorts an, jedoch geriet er bei seinem Sprung in Rücklage und, noch während sich seine Hände um den Ball über ihm schlossen, begann er wieder zu sinken. Mit dem Rücken voran landete er auf der hinter ihm treibenden Luftmatratze samt der darauf liegenden jungen Dame. Mit einem spitzen Aufschrei ihrerseits versanken die beiden im Meer.

Prustend tauchten sie wieder auf und Thomas erkundigte sich sofort bei der frisch Versenkten, ob alles in Ordnung wäre, bevor er mehrfach bekräftigte, wie leid ihm die Situation tat. Anstatt jedoch die Entschuldigung anzunehmen, holte sie aus und gab Thomas eine laut klatschende Ohrfeige.

Andreas und Philipp klatschen nicht minder lauten Beifall. Anschließend hievte sich die junge Dame wieder auf ihre Luftmatratze und paddelte davon. Zurück blieben Thomas, der sich die schmerzende Wange rieb und verdattert aus der Wäsche blickte, sowie Philipp und Andreas, die sichtlich Spaß am Misserfolg ihres Freundes hatten.

»Wenn ich richtig gezählt habe, war das jetzt die fünfte in diesem Urlaub«, stellte Andreas an Philipp gerichtet fest. Dieser nickte und schlug vor: »Ich habe das Gefühl, es wird hier nicht besser, deshalb sollten wir aufgeben und uns zum Essen aufmachen. Ich bekomme Hunger.«

Der Vorschlag fiel bei den anderen beiden auf fruchtbaren Boden und so verließen sie das Meer und kehrten zu ihren mit Handtüchern reservierten Liegen am Pool zurück. Dort trockneten sie sich ab und gingen weiter in den Speisesaal. Am Eingang trafen sie auf den echten Laurenz und dessen Mutter, was dazu führte, dass sich die drei Jungs gegenseitig kurz ansahen und mit sichtlichen Schwierigkeiten gegen einen weiteren Lachanfall ankämpften.

Am Buffet gab es dieses Mal Chili con Carne, dass man sich wahlweise auch in einen Wrap einrollen konnte. Andreas und Thomas nahmen sich erst mal jeweils nur einen zum Probieren mit, während sich Philipp mit einem neidischen Blick auf die beiden ausgiebig an der Salatbar bediente. Am Tisch eröffnete Andreas das Gespräch: »Der LAURENZ wird mal eine ganz große Nummer. Berühmt ist er ja jetzt schon. Zumindest hier, aber ich bin mir sicher, der wird noch bei vielen Urlaubsgeschichten erwähnt werden.«

»Ja, und habt ihr gesehen, seine Mutter wollte unbedingt, dass er Salat isst. Ich dachte schon, als er sich dagegen wehren wollte, dass wir uns jetzt noch einmal das Original unseres Ausrufs zu Gemüte führen könnten«, ergänzte Philipp.

»Bloß gut, dass uns keiner zum Salat zwingen kann, außer dich natürlich, Philipp«, antwortete Thomas.

»Lustig, dass du das gerade ansprichst« erwiderte Philipp, »ich habe mir nämlich überlegt, dass dir eine kleine Diät auch ganz gut tun würde. Deshalb darfst du ab sofort nur noch einmal pro Mahlzeit ans Buffet gehen und dir dort nur einen Teller füllen.«

Mit einem missmutigen Blick auf seinen Teller und den darauf liegenden, schon halb verspeisten Wrap fragte Thomas: »Und das hättest du mir nicht eher sagen können?«

Philipp schüttelte nur den Kopf, während er zunehmend wüster versuchte mit der Gabel in der linken Hand ein Maiskorn aufzuspießen.

Später, nach dem Essen, schlug Andreas vor, dass die drei sich mit ihren Luftmatratzen noch einmal ins Meer begeben könnten, was Zustimmung von Philipp erntete und deshalb nach kurzer Diskussion mit Thomas in die Tat umgesetzt wurde.

Im Wasser ließen sich Andreas und Philipp auf ihren Schwimmhilfen treiben, während Thomas auf der Seinen erneut mit einigen Gleichgewichtsproblemen zu kämpfen hatte. Schließlich schaffte er es, die luftgefüllte Puppe unter sich auszubalancieren und ließ sich ebenfalls treiben. Bei leichtem Wellengang schloss er kurz die Augen. Im Blindflug trieb er immer näher an eine Gruppe Anfang Zwanzigjähriger heran, die bis zur Hüfte im Wasser stand und sich einen Beachvolleyball zuspielte.

Er schlug seine Augen erst wieder auf, als seine Schwimmhilfe das Bein eines Mädchens aus dieser Gruppe rammte. Die Angestoßene stand mit dem Rücken zu Thomas und drehte sich nach dieser Berührung zu ihm um. Beide Beteiligten starrten in das recht überraschte Gesicht des jeweils anderen.

Plötzlich tauchte Philipp wie aus dem Nichts neben Thomas auf und sagte zu dem Mädchen: »Bitte entschuldige, mein Kumpel hier versucht nur auf diese doch recht plumpe Art, dich anzugraben. Du kannst jetzt entweder darauf anspringen oder ihm direkt eine klatschen.«

Dann tauchte er genauso schnell wieder ab wie er zuvor aufgetaucht war und das immer noch recht perplex wirkende Mädchen hob den Arm. Thomas rollte elegant von seiner Sexpuppe und entging so um Haaresbreite der drohenden Ohrfeige. Beim Herunterrollen jedoch schnellte die luftgefüllte Plastikhülle aus dem Wasser und klatschte dem Mädchen ins Gesicht. Dieses kreischte auf und stieß die Puppe von sich weg direkt in die Arme des wieder aufgetauchten Thomas. Der ließ es sich nicht nehmen noch zu rufen »das ist dann wohl ein ›Nein‹«, eher er eilig mit seiner Plastik-Viktoria davon schwamm.

Einer der Jungs aus der Volleyballgruppe, ein athletischer, groß gewachsener junger Mann mit bösem Blick, nahm die Verfolgung auf. Sein erbostes Gesicht ließ nichts Gutes verhoffen. Mit jedem seiner kräftigen Schwimmzüge kam er näher, bis er schließlich, noch etwa zwei Meter von Thomas entfernt, mit zorniger Stimme rief: »Ey! Was machst du meine Freundin blöd an?«

Da erschienen Philipp und Andreas zu beiden Seiten von Thomas zu dessen Verteidigung. Philipp versuchte, einen bedrohlichen Eindruck zu erwecken, und Andreas antwortete dem Verfolger: »So, wie sie mit unserer Plastikfreundin rumgemacht hat, würde ich mir die Beziehung noch mal durch den Kopf gehen lassen. Aber in der Zwischenzeit sollte dir klar sein, dass du alleine bist und wir zu dritt, also wenn du jetzt noch auf etwas einschlagen willst, dann würde ich dir vorschlagen, dass das euer Volleyball ist, zu dem du jetzt brav zurück schwimmst.«

Mit immer noch pochender Ader an der Schläfe und einem abfälligen Blick auf die ihm zahlenmäßig Überlegenen drehte der Verfolger um und kehrte zu seinen Freunden zurück.

»Ich glaube«, sagte Philipp, »wir haben uns gerade ein paar Feinde gemacht.«

»Was heißt denn hier wir? Du hast doch mit dem Blödsinn angefangen«, entgegnete Andreas.

Philipp erwiderte: »Ja, aber ihr beiden habt es glorreich weitergeführt.«

»Bloß gut, dass die nicht bei uns im Hotel sind«, sagte Thomas.

»Wo wir schon mal gerade bei unserem Hotel sind«, griff Philipp das Thema auf, »wann kommen eigentlich die Mädels von ihrem Trip zurück?«

»Das dauert noch«, antwortete Andreas.

»Ich bin dafür, dass wir das Wasser verlassen«, schlug Thomas vor.

Die anderen beiden hatten keine Einwände und deshalb verließen sie kurz darauf das Meer wieder und kehrten zu ihren reservierten Liegen am Pool zurück. Jedoch, kaum, dass die drei sich niedergelassen hatten, kam auch schon Carlos vorbei und forderte sie auf, an einer Runde Tischtennis teilzunehmen. Schulterzuckend sahen die Freunde sich an, dann erhoben sie sich und folgten dem Animateur zur Showbühne, auf der nun eine Tischtennisplatte aufgebaut worden war.

Außer Andreas, Philipp, Thomas und Animateur Carlos standen an der Tischtennisplatte noch Lars mit seiner Freundin Rebecca und ein Dreiergespann bestehend aus zwei Männern und einer Frau, allesamt um die dreißig. Die drei Unbekannten stellten sich als Jan, Lukas und Quinn vor.

»OK, wir spielen Rundlauf« sagte Carlos, während er jedem der Mitspieler einen stark abgenutzten Tischtennisschläger in die Hand drückte.

Nachdem die Teilnehmer eine Dreiviertelstunde lang die Tischtennisplatte mit beachtlicher Geschwindigkeit umrundet hatten, beendete Carlos das Spiel. Schweißtropfen rannen Andreas, Philipp und Thomas von der Stirn, als sie dem Animateur die Tischtennisschläger zurückgaben.

»Es wurde auch langsam Zeit, dass wir zum Ende kamen, ich habe schon einen leichten Drehwurm« keuchte Andreas.

»Und ich einen Sonnenstich« ergänzte Thomas nicht minder schwer keuchend.

Philipp erwiderte: »Dass du einen Stich hast, stellt niemand in Frage, aber die Sonne kann da auch nichts für.«

Zur Abkühlung sprangen die drei noch einmal mit dem Kopf voran in den Hotelpool und schwammen einige Bahnen durch das Becken. Anschließend bespritzten sie sich gegenseitig ausgelassen mit Wasser, bevor sie schließlich zu ihren Liegestühlen zurückkehrten, Handtücher und Luftmatratzen zusammensuchten und sich auf ihr Zimmer begaben.

Philipp verschwand ohne Umwege im Bad. Währenddessen stapelte Thomas die Luftmatratzen und die geile Uschi auf dem Balkon und Andreas betastete seinen Rücken, auf dem nach wie vor ein ausgeprägter Sonnenbrand feuerrot leuchtete. Der Sonnenbrand stellte sich jedoch mittlerweile nur noch als eine einzige verbrannte Fläche dar und ließ kaum noch erkennen, welches obszöne Motiv Thomas ursprünglich dort platziert hatte.

Nach Philipp betrat Andreas das Bad. Während dieser sich duschte, suchte Philipp in seinem Koffer nach einem frischen Hemd. Thomas kam vom Balkon herein und sagte: »Ich finde, das mit den Aufgaben an zwei von uns gleichzeitig ist doch keine so gute Idee gewesen. Wollen wir das wieder abschaffen?«

Mit einem Blick auf die verschlossene Badezimmertür antwortete Philipp: »Ja, ich denke auch, dass wir das wieder abschaffen sollten. Besser jetzt, als gleich, ehe der komische Vogel da drin noch auf dumme Gedanken kommt.«

Als Andreas frisch geduscht wieder aus dem Badezimmer trat, teilte ihm Philipp umgehend mit: »Wir haben beschlossen, die Doppelaufgaben wieder abzuschaffen.«

Andreas sah ihn kurz fragend an, dann nickte er langsam und antwortete: »Das können wir gerne machen, aber nicht, bevor ich euch beiden noch meine Aufgabe gestellt habe. Schließlich wollen wir ja nicht, dass hier jemand weniger Aufgaben erledigen muss...«

»Schade, wir dachten, du denkst da nicht dran«, sagte Thomas, ehe er im Bad verschwand.

»Seine Wange ist fast so rot wie mein Rücken« stellte Andreas fest, »tut aber wahrscheinlich nicht mal halb so weh.«

Während Philipp Andreas' Rücken mit der After-Sun-Lotion einrieb, antwortete er ihm: »Rein körperlich vielleicht nicht, aber jede dieser Ohrfeigen tut ihm in der Seele tausend mal mehr weh, als ein Sonnenbrand es jemals könnte.«

# Partynacht

Die Mädchen winkten sie von einem der beiden großen Gruppentische in der Mitte des Speisesaals zu sich herüber, als die drei Jungs diesen betraten.

»Die haben uns Plätze frei gehalten« stellte Philipp mit einem Blick auf den Tisch der Mädchen freudig überrascht fest.

Thomas antwortete ihm deutlich weniger euphorisch: »Interpretier da jetzt mal nicht zu viel rein, sondern hol uns die Getränke.«

Philipp brummte zustimmend, dann trabte er in Richtung der Theke, um drei Bier zu holen. Andreas und Thomas gingen indes ans Buffet und während Andreas einen kleinen Teller nahm, auf den er sich zunächst etwas Salat füllte, schnappte Thomas sich den größten Teller, den er finden konnte und häufte darauf alles an, was das Buffet zu bieten hatte. Dabei achtete er sorgfältig darauf, dass die verschiedenen Gänge seines Menüs sich separiert an verschiedenen Seiten des Tellers befanden.

Zunächst stapelte er am linken Tellerrand ein bisschen Salat auf, dann deckte er diesen mit einem besonders großen Salatblatt ab und füllte auf die Mitte des Tellers eine Auswahl an Fleisch und einen Schöpflöffel der hauseigenen Paella. Anschließend baute er eine Trennwand aus dünnen Brotscheiben neben dem Fleisch auf und quetschte auf den dadurch abgetrennten rechten Tellerrand noch ein kleines Stück Kuchen vom Nachtischbuffet.

Als er endlich den Tisch erreichte, hatten Philipp und Andreas ihren ersten Gang bereits zur Hälfte verspeist. Die Mädchen blickten etwas argwöhnisch auf den kunstvoll drapierten Berg an Lebensmitteln, den Thomas auf seinem Teller transportiert hatte. Er öffnete gerade mit entschuldigendem Blick den Mund für eine Erklärung, als Andreas das Wort an sich riss: »Er kommt vom Land, da sind Tischmanieren nicht so wichtig.«

»Seitdem wir hier sind, versuchen wir jetzt schon, ihm anständiges Benehmen beizubringen«, führte Philipp die Erklärung von Andreas weiter, »aber wie sich gezeigt hat, kann man Thomas zwar aus dem Dorf holen, aber das Dorf nicht aus ihm.«

Thomas sah ihn einige Sekunden mit immer noch halb geöffnetem Mund an, dann nahm er seine Gabel und begann stumm, den Salat unter dem Fleisch hervor zu suchen und zu verspeisen.

»Weiß jemand, was heute Abend das Animationsprogramm ist?«, fragte Philipp in die Runde.

Anja antwortete ihm wenig begeistert: »Ein Schlangenbeschwörer, glaube ich.«

Johanna nickte zustimmend und ergänzte dann noch: »Aber der hat auch noch andere Tiere dabei. Skorpione und so.«

Viktoria, die neben ihr saß, erschauderte sichtlich.

»Magst du keine Reptilien?«, fragte Thomas, dem das Schaudern nicht entgangen war.

Viktoria schüttelte den Kopf. Lena schloss sich ihr an: »Ich mag die Viecher auch nicht.«

»Dann gehe ich mal davon aus, dass ihr euch das Animationsprogramm heute nicht angucken werdet?«, fragte Andreas.

Die Mädchen schüttelten kollektiv die Köpfe.

»Was werdet ihr stattdessen tun?«, erkundigte sich Philipp.

»Wir betrinken uns gleich ordentlich und dann geht es in die Disko« gab Kim Auskunft.

Thomas erwiderte sofort: »Ungefähr das war auch unser Plan.«

Marie schlug vor: »Dann lasst uns doch zusammen gehen.«

Andreas war von dieser Idee etwas weniger begeistert, wurde jedoch von Thomas und Philipp überstimmt, sodass die beiden Gruppen verabredeten, sich eine halbe Stunde später an der Bar zu treffen.

Nach dem Abendessen begaben sich die Jungs zurück auf ihr Zimmer, um sich zum Ausgehen fertig zu machen. Mit gespielter Verwunderung in der Stimme fragte Philipp Andreas, als sie ihr Zimmer betraten: »Warum wolltest du denn nicht mit den Mädchen zusammen ausgehen?«

»Das weißt du ganz genau« antwortete Andreas mit zusammengepressten Zähnen.

»Also ich bin mir jetzt auch nicht sicher, was du meinst« stellte sich Thomas auf Philipps Seite.

Andreas verdrehte die Augen, dann antwortete er gereizt: »Weil ich nicht besonders scharf darauf bin, der richtigen Viktoria und ihren Freundinnen die künstliche Viktoria als meine Freundin vorzustellen, okay?«

»Ach Quatsch« sagte Thomas und klopfte ihm auf die Schulter, »immerhin bist du der einzige von uns, der überhaupt eine feste Freundin hat. Da solltest du stolz drauf sein.«

»So fest finde ich die gar nicht« warf Philipp ein.

»Auf jeden Fall solltest du sie besonders hübsch machen« riet Thomas Andreas, während er vor dem Spiegel stand und den Kragen seines Hemdes zurechtrückte.

Zwanzig Minuten später verließen die Jungs – Thomas und Philipp mit einem breiten Grinsen, Andreas mit finsterer Miene und der Plastik-Viktoria unter dem Arm – das Zimmer.

Die Mädchen hatten sich bereits an einem Tisch in unmittelbarer Nähe zur Bar, dafür aber mit einigem Abstand zur Showbühne, niedergelassen und waren in ein Kartenspiel vertieft.

»Gegen das, was jetzt kommt, waren die Blicke auf meinen Teller beim Abendessen ein Witz« flüsterte Thomas Andreas ins Ohr, ehe er sich boshaft lächelnd an die Bar begab, um ihnen drei Bier zu bestellen.

Philipp trat zu Thomas an die Bar und Andreas schritt langsam auf die kartenspielenden Mädchen zu. Anja, die auf der gegenüberliegenden Seite des Tisches saß, blickte von ihren Karten hoch und verstummte, als sie Andreas mit seiner Begleitung auf sich zu kommen sah, mitten im Satz.

Verwundert über das plötzliche Schweigen ihrer Freundin blickten nun auch die anderen von ihren Karten hoch und verstummten ebenfalls beim dem, was sie sahen. Andreas ließ sich, das Gesicht etwa so rot angelaufen, wie die Lippen der Puppe, die er im Arm trug, auf einem der freien Stühle am Tisch der Mädchen nieder.

Helena fand als erste ihre Sprache wieder. Pikiert fragte sie den Neuankömmling: »Was soll das denn bitte darstellen?«

Andreas antwortete nicht, sondern blickte hilfesuchend zu seinen Freunden, die gerade mit den Getränken von der Bar herüber kamen. Philipp grinste noch breiter, als er dem verzweifelten Blick seines Freundes Folge leistete und erklärte: »Es ist ihm immer etwas peinlich, darüber zu sprechen, aber Andreas hat tief sitzende Probleme. Eins davon ist, dass er das liebreizende Geschöpf in seinen Armen für seine Freundin hält. Ich stelle also vor: Das ist - « Philipps Blickt flackerte für den Bruchteil einer Sekunde zu Viktoria herüber, eher er mit seiner Hand auf die Sexpuppe deutete, »Viktoria.«

Dann wendete er sich der Puppe zu und sagte: »Viktoria, das sind Johanna, Kim, Marie, Lena, Helena, Anja und Vi- Vivien.«

»Viktoria, aber nah dran«, korrigierte ihn die richtige Viktoria mit leicht ärgerlichem Tonfall.

»Natürlich. Mein Fehler, Verena«, antwortete Philipp abgeklärt, dann ließ er sich in den freien Stuhl neben Andreas sinken. Viktoria schnaubte halblaut vom anderen Ende des Tisches: »Der verarscht mich doch!«

»Das war knapp, aber gut gerettet«, flüsterte Andreas Philipp zu.

Während die Jungs nun in das Kartenspiel einstiegen, gab es bei den Mädchen immer noch Kopfschütteln, wenn sie auf Andreas und seine Puppe blickten.

Einige Spielrunden später hakte Helena noch einmal nach: »Hast du eine Wette verloren, dass du das Ding mit dir rumschleppen musst, oder was ist los?«

»Noch nicht«, antwortete Andreas mit einem leicht bedrohlichen Unterton in der Stimme und fing sich augenblicklich unter dem Tisch einen Tritt vors Schienbein durch Philipp ein. Thomas sah ihn einen Moment durchdringend an, dann sagte er in einem Tonfall, der keinen Widerspruch duldete: »Hey, Andreas, lass uns mal neue Getränke holen.«

Damit erhob er sich und Andreas folgte ihm.

»Was ist denn los?«, fragte er, als sie außer Hörweite des Tisches waren.

»Das war gerade schon sehr scharf an der Grenze zum Verplappern. Aber ich lasse es dir gerade noch mal so durchgehen. Damit das nicht noch mal passiert, ist es jedoch deine nächste Aufgabe, den Rest des Abends die Klappe zu halten. Wenn du vor morgen auch nur noch ein einziges Wort sagst, wird das ein sehr teures Gespräch.«

Andreas nahm sein Telefon aus der Tasche und tippte darauf: »Und wie soll ich dann Getränke bestellen?«

Er zeigte Thomas den Text, der darauf keck antwortete: »Lass das mal meine Sorge sein.«

An der Bar bestellte er für sich ein Bier und für Andreas einen extra starken Long Island Iced Tea. Auf dem Weg zurück zum Tisch sagte er verschmitzt: »Jetzt werden wir dich mal nach allen Regeln der Kunst abfüllen, immerhin kannst du nichts dagegen sagen.«

Andreas ignorierte diese Ankündigung und blickte missmutig auf das Glas in seiner Hand. Stumm setzte er sich wieder auf seinen Stuhl und nippte während des Kartenspiels nur selten an seinem fast durchsichtigen Drink.

Seine Mitspieler behielten jedoch ihr normales Trinktempo bei und brachten auch ihm bei jeder Runde einen neuen Cocktail mit, sodass Andreas schließlich in kurzer Zeit vier doch ziemlich starke Mischgetränke zu sich nehmen musste. Nicht zuletzt auch, um nicht, wie Thomas es den Mädchen verkündete, als ein keinen Alkohol vertragendes Weichei zu gelten.

Wenig später beschlossen die Kartenspielenden, dass es nun an der Zeit war, die Clubs unsicher zu machen.

Kim schwankte, als sie am Pool vorbei und anschließend durch die Lobby zum Aufzug ging, um die Spielkarten auf ihr Zimmer zu bringen. Thomas ging indes mit Andreas, der sich nicht dagegen wehren konnte, noch einmal zur Bar, um ihm einen weiteren Long Island Iced Tea zu bestellen.

Langsam erhoben sich auch die anderen vom Tisch. Viktoria hatte, als sie aufstand, ebenfalls leichte Gleichgewichtsprobleme, sodass sie sich an Philipp abstützen musste, um nicht hinzufallen.

»Keine Sorge, Viola, ich hab dich« sagte Philipp, als sich ihre Fingernägel in seinen Oberarm bohrten.

»Willst du mich eigentlich nur provozieren, oder haben die falschen Namen und die Sexpuppe deines Kumpels einen tieferen Sinn?« fragte sie ihn.

Philipps Blick huschte zu seinen an der Bar stehenden Freunden, dann sah er Viktoria tief in die Augen und zuckte bedeutungsschwanger mit den Schultern; eine richtige Antwort gab er ihr jedoch nicht.

Wenige Minuten später fand sich die verstreute Gruppe vor dem Hoteleingang wieder zusammen und gemeinsam setzten sie sich in Richtung der Disko in Bewegung. Wirklich geradeaus ging dabei keiner von ihnen mehr. Die größten Schwierigkeiten, der Straße zu folgen, hatte jedoch Andreas, der zudem immer wieder von Passanten aufgehalten wurde, die ein Foto machen wollten. Er schüttelte jedes Mal stumm den Kopf, was die Passanten aber nicht davon abhielt, ihn trotzdem zu fotografieren.

An der Disko angekommen, musste die Gruppe feststellen, dass sich bereits eine lange Warteschlange vor dem Eingang gebildet hatte. Sie stellten sich mit kritischem Blick auf die Wartenden an und hatten etwa vierzig Personen vor sich.

Plötzlich trat der kräftige, über zwei Meter große Türsteher des Clubs einige Schritte in ihre Richtung und winkte sie zu sich: »Mädels, ihr könnt durchgehen.«

Kim und Marie gingen sofort los, aber Johanna sagte: »Die drei Jungs hier gehören auch zu uns, entweder, wir kommen alle rein, oder keiner.«

Der Türsteher musterte die Gruppe erneut, dann nickte er. Sie gingen einer nach dem anderen an dem Mensch gewordenen Schrank vorbei, bis Andreas an der Reihe war. Der Türsteher streckte seinen massigen Arm aus und fragte mit Blick auf die Puppe: »Was soll das denn?«

Andreas zuckte mit den Achseln.

»Spricht es auch?« fragte der Türsteher.

113

»Nein, mein Freund ist stumm und die Puppe ist so etwas wie unser Maskottchen, also mach hier nicht so ein Fass auf« fuhr Johanna den Türsteher an, der etwa drei Köpfe größer als sie und mindestens doppelt so breit war. Der Türsteher blickte einen Moment halb überrascht, halb belustigt auf Johanna herab, die demonstrativ die Hände in die Hüften stemmte, dann sagte er: »Aber nur dieses eine Mal. Wenn ich euch hier noch mal sehe, bleibt das Ding draußen.«

Andreas bedankte sich mit einem Kopfnicken und einem Lächeln bei Johanna, dann folgte er ihr in den Club.

In der Disko tanzte die Gruppe zu den dumpfen Bässen, die der Dj über einen Mix der aktuellen Charts legte. Besonders Andreas legte einen heißen Tanz mit seiner Puppe vor, bei dem er sie kreisen ließ, durch die Luft schleuderte und elegant wieder auffing.

»Jetzt dreht der Junge aber richtig auf« stellte Helena anerkennend fest.

»Ja« antwortete ihr Thomas, »das ist die junge Liebe.«

Während die Nacht Lied um Lied weiter voranschritt, wurden die Mädchen immer wieder von meist jungen, aber auch teilweise deutlich älteren Männern angetanzt. Die meisten von ihnen wimmelten sie wieder ab, aber vor allem Kim und Marie fühlten sich allem Anschein nach durch das zahlreiche Interesse geschmeichelt und tanzten sehr eng umschlungen mit den Fremden. Schließlich verschwand Kim mit einem ihrer Tanzpartner in die Nacht.

»Es ist wieder so weit« stellte Anja trocken fest.

»Die sehen wir vor dem Frühstück nicht mehr wieder« bestätigte Viktoria.

Unbeeindruckt vom Verhalten ihrer Freundin tanzten die Mädchen weiter. Nur wenig später kam ein weiterer junger Mann auf die Gruppe zu. Aber anstatt eines der Mädchen anzutanzen, schritt er zielstrebig auf Andreas zu. Vor ihm angekommen brüllte er über die Musik hinweg: »So sieht man sich wieder, du kleiner Perversling!«

Unvermittelt und ohne ein weiteres Wort zu verlieren holte er aus und verpasste dem völlig überraschten Andreas einen kräftigen Hieb in die Magengegend. Dann drehte er sich um und verschwand wieder zwischen den Tanzenden.

»Was war das denn?« fragte Lena schockiert, während sich Andreas keuchend am Boden krümmte.

Thomas antwortete ihr, aufmerksam die Menschenmenge um die Gruppe herum taxierend: »Vielleicht ein Exfreund von seiner Vicky.«

»Eher ein Freund von dir«, korrigierte ihn Philipp, der sich neben Andreas hingekniet hatte und nachsah, ob mit ihm alles in Ordnung war. Auf den fragenden Blick von Thomas ergänzte er: »Der Typ, dessen Freundin du vorhin im Meer gerammt hast.«

Auch Anja kniete sich neben Andreas, der langsam versuchte, sich wieder aufzurichten. Immer wieder warfen sowohl die Jungs als auch die Mädchen besorgte Blicke in die umstehende Menschenmenge, aber keiner von ihnen konnte den Angreifer erneut entdecken.

Nachdem Andreas wieder gerade stand, hatte keiner von ihnen mehr Lust, noch länger in dem Club zu bleiben. Sie verließen die Disko und machten sich unter einem sternenklaren Nachthimmel auf den Weg zurück ins Hotel.

An der frischen Luft fragte Andreas die Mädchen betont beiläufig: »Macht Kim so etwas öfter?«

Dann wandte er sich mit gedämpfte Stimme an den neben ihm gehenden Thomas, der bereits triumphierend den Mund geöffnet hatte: »Es ist gleich halb zwei, also ein neuer Tag. Ich darf wieder.«

Helena antwortete auf die zuvor von Andreas gestellte Frage: »Zuhause ist sie nicht so, aber hier ist sie schon am ersten

Abend mit einem Kerl abgehauen und war erst mittags wieder bei uns im Hotel.«

Thomas und Andreas warfen sich einen vielsagenden Blick zu. Auch Philipp entging dieser Blickwechsel nicht und als sie wieder auf ihrem Hotelzimmer waren, fragte er seine Freunde frech: »Und, habt ihr euch schon geeinigt, wer von euch zuerst sein Glück bei Kim versuchen darf?«

Zur Antwort flogen ihm wieder einmal Kopfkissen entgegen.

# Wettkampfstimmung

Am nächsten Morgen erwachte Andreas als Erster. Als er seine Augen aufschlug, war sein Gesicht nur wenige Zentimeter von Thomas Hinterkopf entfernt. Mit einer schnellen Bewegung drehte er sich um und stöhnte auf. Dadurch wurde auch Thomas wach, der Andreas mit kleinen Augen ansah.

»Hast du 'ne Kopfschmerztablette?«, fragte er Andreas.

Dieser schüttelte den Kopf, hielt aber dann in der Bewegung inne und stöhnte erneut.

»Ich habe welche dabei, ihr Feierbiester«, meldete sich Philipp, der inzwischen ebenfalls erwacht war, zu Wort. Munter sprang er aus dem Bett und ging zu seinem Koffer, aus dem er zwei Tabletten zog, die er Andreas und Thomas herüberreichte.

»Wieso bist du so gut drauf und hast keine Kopfschmerzen?«, fragte Thomas, während er ins Badezimmer schlurfte, um sich ein Glas mit Wasser zu füllen.

»Entweder, weil ich eine Leber aus Stahl habe, oder, weil ich nur etwa halb so viel getrunken habe, wie ihr beiden Schluckspechte.«

Philipp zog sich an, verabschiedete sich von seinen beiden von der Nacht gezeichneten Zimmergenossen und machte sich auf den Weg zum Frühstück.

In der Hotellobby kam ihm Kim mit zerzauster Frisur und das zerknitterte Kleid des Vorabends tragend entgegen.

»Guten Morgen«, begrüßte er sie strahlend.

Kims Gesicht lief rot an, als sie verlegen zu Boden blickend murmelte: »Morgen.«

Philipp ging in den Speisesaal und Kim verschwand in dem Fahrstuhl, den er soeben verlassen hatte.

Am Buffet angekommen versicherte sich Philipp mit einem Blick zur Eingangstür, dass seine Freunde ihm noch nicht gefolgt waren, dann füllte er sich neben zwei Brötchen diverse Sorten Fleischaufschnitt sowie zwei Scheiben Käse auf den Teller und setzte sich damit an einen Tisch, von dem aus er den Eingang gut im Blick hatte. Genüsslich verspeiste er sein erstes Brötchen mit Salami und Schinken.

Gerade, als er großzügig Fleischwurst auf sein zweites Brötchen gelegt hatte, erschienen Thomas und Andreas im Speisesaal. Philipp riss die Wurst von seinem Brötchen und stopfte sie sich in den Mund. Während er sie hastig verschlang, legte er den mitgenommenen Käse auf das Brötchen und tat ganz unschuldig, als sich seine Freunde links und rechts neben ihm an den Tisch setzten.

»Geht es euch wieder besser?« erkundigte er sich nach dem Wohlbefinden seiner Reisebegleiter.

Die beiden nickten zwar, aber erst nach einem ausgiebigen Frühstück, bei dem sich Thomas abermals den Teller bis zum Äußersten füllte, wurden ihre Lebensgeister wieder richtig geweckt.

Beim Verlassen des Speisesaals fiel Philipps Blick auf das Animationsprogramm: »Seht mal, heute Abend ist Karaoke-Singen.«

»Ja, und gleich findet Luftgewehrschießen statt« ergänzte Andreas, »da könnten wir eigentlich mitmachen.«

»Dann müssen wir jetzt aber mal ein bisschen Gas geben« gab Thomas zu bedenken.

Die drei eilten auf ihr Zimmer, um sich mit Sonnencreme einzuschmieren und ihre Handtücher zu holen. Nachdem sie ihre üblichen Liegen am Pool reserviert hatten, begaben sie sich zur Showbühne, an deren seitlichen Ende eine provisorische Holzpalisade stand, die wohl als Kugelfang für die davor stehende Zielscheibe mit zehn Ringen dienen sollte. Auf der anderen Seite der Bühne standen Carlos und zwölf Hotelgäste, darunter auch Viktoria, Lena, Johanna, Marie, Lars und Rebecca. Thomas erkannte außerdem Jupp und Herbert wieder und stellte sie seinen beiden Freunden vor.

Die vier anderen waren ein Ehepaar in den Vierzigern, das sich als Birte und Stefan vorstellte und zwei Damen Mitte dreißig, die eigentlich Barbara und Tabea hießen, aber darauf bestanden, Babsi und Tabsi genannt zu werden.

Carlos wartete noch einige Minuten, aber da niemand mehr zu kommen schien, sprach er schließlich in die Runde: »Nachdem wir uns jetzt alle kennen, können wir ja anfangen. Also: Wir schießen auf die Scheibe dort drüben, jeder hat fünf Schuss. Ich lade das Gewehr und gebe es dann immer demjenigen, der an der Reihe ist. Wenn es geladen ist, bitte den Lauf immer entweder auf den Boden oder auf die Zielscheibe richten.«

Dann nahm Carlos einen Zettel, auf den er eine Tabelle zeichnete und die Namen der Anwesenden schrieb. Als er fertig war, lud er das Gewehr und rief Jupp auf, der als erstes schießen sollte.

Gerade, als Jupp ansetzten wollte, erschien noch eine Mutter mit ihrem Kind an der Bühne. Freudig rief sie: »Hallo, ich bin die Hannelore und das hier ist der kleine Laurenz. Wir würden gerne auch noch mitmachen.«

Bei Jupp löste sich der Schuss und traf das Holz rechts neben der Zielscheibe, Andreas, Philipp und Thomas standen währenddessen etwas abseits und versuchten krampfhaft nicht zu lachen.

»Was ist denn mit euch schon wieder los?« fragte Marie die drei.

Thomas antwortete ihr: »Der kleine Laurenz ist so etwas wie ein Running Gag bei uns.«

Marie fragte nicht weiter nach, da sie von Carlos aufgerufen wurde, um ihren ersten Schuss abzugeben. Sie nahm das Gewehr und legte an. Noch während sie zielte, löste sich der Schuss und schlug weit über der Scheibe in das Holz dahinter ein. Marie zuckte zusammen und rief erschrocken: »Huch!«

»Das war wohl ein Schreckschuss« kommentierte Andreas die Situation. Thomas und Philipp stöhnten ob dieses schlechten Wortwitzes ihres Freundes auf.

Als nächstes war Lena an der Reihe. Sie nahm Carlos die geladene Waffe ab und legte an. Ihr Schuss war der erste, der die Scheibe traf. Eine Acht.

»Da muss sie aber Acht geben« toppte Andreas seinen vorherigen Spruch, als er von Carlos aufgerufen wurde, um als nächstes zu schießen.

Er schoss eine Sieben. Skeptisch blickte er auf die Scheibe, bevor er Carlos das Gewehr zurückgab, der es lud und an Philipp weiterreichte. Dieser legte an und gab seinen Schuss sehr schnell ab. Trotzdem traf er eine Neun und wirkte von diesem guten Ergebnis selbst überrascht.

Danach war Thomas an der Reihe, der sich lässig an die Markierung stellte und das Gewehr anlegte. Mehrmals visierte er die Scheibe an, brach dann aber den Versuch wieder ab, um sich kurz zu schütteln und erneut anzulegen.

»Mit seinem ständigen Anlegen legt er es echt drauf an, dass ich ihm gleich Eine verpasse« sagte Andreas zu Philipp. Dieser antwortete: »Dann bist du die sechste Dame, die bei ihm zulangt.«

»Aber vorher lange ich noch bei dir zu« erwiderte Andreas.

Endlich gab Thomas seinen Schuss ab. Die Kugel traf genau die auf die Scheibe geschriebene Zahl, die verkündete, dass er vier Ringe getroffen hatte. Thomas schüttelte den Kopf ob dieser Leistung, als er Carlos das Gewehr reichte.

Als Thomas wieder bei ihnen stand, fragte Andreas ihn verschmitzt: »Na, Cowboy, gestern Abend doch zulange im Saloon gewesen?«

Philipps Blick wanderte suchend über den Boden. Vor ihm lag etwas Erde auf der Bühne. Er bückte sich, drückte seinen Zeige- und Mittelfinger hinein und strich sich mit den nun schmutzbedeckten Fingern links und rechts über die Wangen.

»Trittst du jetzt mit Kriegsbemalung an?« fragte Johanna, als sie sich nach ihrem Schuss umdrehte und wieder zu ihnen stellte. Philipp nickte: »Der Häuptling muss den beiden Bleichgesichtern hier zeigen, wie man ein Schießeisen richtig benutzt.«

»Irgendwie habe ich das Gefühl, ihr beiden habt bei Karl May nicht gut aufgepasst, so wie ihr die Begriffe durcheinander schmeißt« zweifelte Thomas an seinen Freunden.

Als letztes war Hannelore an der Reihe. Sie nahm von Carlos das Gewehr entgegen und ließ Laurenz' Hand los, die sie bis dahin festgehalten hatte. Sofort nutze Laurenz seine frisch gewonnene Freiheit und lief los in Richtung der Zielscheibe. Hannelore rief ihn zurück: »LAURENZ! Komm da weg, oder willst du, dass die Mama dich abschießt?«

»Die schießt wohl eher den Vogel ab mit ihrem ständigen ›LAURENZ‹«, flüsterte Philipp seinen Zimmergenossen zu.

Laurenz kehrte um und Hannelore schoss eine glatte Zehn.

Nach drei Durchgängen zeichneten sich klare Trends ab. Während Thomas und Marie sich freuten, wenn sie die Scheibe trafen, lag der Rest der Wettkämpfer mit durchschnittlich sechs bis sieben Ringen relativ gleichauf. Nur Hannelore und

Philipp hatten in keiner Runde weniger als neun Ringe erzielt und machten den Sieg unter sich aus.

Vor der letzten Runde führte Philipp mit achtunddreißig Ringen und damit einem Ring Vorsprung auf Hannelore das Feld an. Doch gerade als er seinen Schuss abgeben wollte, flog eine Wespe direkt vor seinem Gesicht entlang und er verzog das Gewehr. In dieser Runde schoss er nur eine Sechs.

Mit siegessicherem Gesicht nahm Hannelore, als sie an der Reihe war, das Gewehr. Konzentriert visierte sie die Scheibe an und traf diese schließlich genau in der Mitte.

»Wir haben einen Gewinner« rief Carlos mit seiner üblichen Euphorie und Hannelore führte mit Laurenz ein kleines Siegestänzchen auf.

Die anderen Teilnehmer gratulierten der Siegerin, dann kehrten die Mädchen um Johanna auf ihre Liegen zurück, die Jungs hingegen begaben sich in den Keller des Hotels, wo sie ein Kickerturnier starten wollten.

Bewaffnet mit drei Eineuromünzen betraten sie den Raum mit den Spieltischen.

»Machen wir es, wie beim letzten Mal: Derjenige, der gewinnt, wird übersprungen?« fragte Andreas.

Die beiden anderen nickten zustimmend.

»Ich möchte gegen Andreas anfangen« forderte Thomas. Die anderen beiden willigten ein und er hämmerte, als das Spiel losging, wie ein Besessener mit seinen Figuren auf die Bälle ein, traf jedoch immer nur die Torpfosten oder die Kickerwand neben dem Tor. Schließlich besiegte ihn Andreas mit sechs zu drei und bat Philipp, als nächstes gegen ihn anzutreten. Dieser lehnte jedoch ab und wollte stattdessen zuerst gegen Thomas spielen. Schulterzuckend trat Andreas vom Kickertisch zurück und überließ Philipp das Feld.

In einem wenig spektakulären Spiel zog dieser Thomas mit sechs zu zwei ab und bat nun seinerseits Andreas an den Tisch.

Andreas stellte sich ihm gegenüber auf und schloss seine Hände fest um die Griffe der Stangen. Mit ernstem Blick sah er Philipp an. Dieser nahm einen der Kickerbälle mit Daumen und Zeigefinger und hielt ihn demonstrativ zwischen sich und Andreas in die Höhe. Dann ließ er den Ball einrollen und drosch mit seiner Mittelfeldreihe hinter die Kugel. Der Ball flog, ohne eine weitere Figur zu berühren in Andreas' Tor.

Mit dem zweiten Ball war es genau dasselbe: Philipp schoss mit der Mittelfeldreihe und die Kugel landete ohne einen weiteren Kontakt mit einer der Spielfiguren im Tor. Beim dritten Versuch hatte Andreas mehr Glück. Er erreichte den Ball mit seiner Figur zu erst. Er legte ihn sich auf die Randfigur seiner Mittelfeldreihe herüber und zog ihn mit einer schnellen Bewegung diagonal in Richtung von Philipps Tor. Philipp ging mit seinem Torwart an den Ball, rutschte jedoch ab und katapultierte ihn dadurch in sein eigenes Tor.

Der nächste Treffer gelang dann wieder ihm, sodass er mit drei zu eins führte.

Andreas gelangen in der Folge drei Tore nacheinander mit denen er nun vier zu drei vorne lag.

Mit jedem weiteren Ball, den sie einwarfen, dauerte es länger, bis dieser klappernd in einem der beiden Tore verschwunden war. Schließlich stand es fünf zu fünf und der letzte Ball sollte die Entscheidung bringen.

Philipp warf die Kugel ein und grinste bereits siegessicher, als diese auf seine Mittelfeldreihe zurollte. Der Ball beschrieb jedoch eine ausladende Kurve und rollte auf die Figuren von Andreas zu, der nun an seiner Stange drehte, um auszuholen.

Er zog seine Hand nach oben an dem Stangengriff entlang und die Figur in der Mitte der Stange hämmerte hinter den Ball. Philipp blockte den Schuss jedoch mit seiner Mittelfeldreihe und beförderte den Ball mit hoher Geschwindigkeit in Andreas' Tor, sodass er schließlich mit sechs zu fünf gewann.

»Juhu, dann habe ich jetzt eine Runde frei« jubelte er.

Philipp voran verließen die drei den Keller des Hotels. Auf dem Weg zur Poolanlage durchquerten sie gerade die Lobby, in der sich einige frisch angekommene Touristen mitsamt ihrer Koffer tummelten, als ein Kellner die Speisesaaltür öffnete und mit einem kleinen Keil blockierte.

»Wo wir schon mal hier sind, können wir auch eigentlich gleich zu Mittag essen«, schlug Andreas mit Blick auf den leeren Speisesaal vor.

Thomas sah Philipp fragend an, dieser zuckte mit den Schultern: »Warum eigentlich nicht?«

Nach einem üppigen Mittagessen, bestehend aus speckummantelten Bohnen für Thomas und Andreas und Bohnen ohne Speck für Philipp, der gierig auf die Teller seiner Freunde blickte, gingen sie schließlich zum Strand.

Dort angekommen, nahm Philipp Thomas beiseite und eröffnete ihm: »Da ich ja unser kleines Kickerturnier gewonnen habe und Andreas mir somit keine Aufgabe stellen darf, bin ich jetzt wieder an der Reihe. Und deine Aufgabe wird sein, bis heute Abend zwanzig Mädchen anzubaggern, aber nicht irgendwie, sonder auf äußerst obszöne Art und Weise. Konkreter gesagt sollst du sie dazu auffordern, dir – ich will mal sagen – zur Hand zu gehen. Also keine billigen Anmachsprüche klopfen, sondern wirklich nur nach Hilfe zum Druckabbau fragen. Und dabei darfst du keine Formulierung zweimal gebrauchen. Also du gehst zum Beispiel zu einem Mädchen und fragst sie, ob sie dir helfen kann, den Lurch zu würgen und die nächste fragst du dann, ob sie mit dir Fünf gegen Willi spielen will.«

Thomas nicke stumm, zeigte Philipp einen Vogel, dann lief er, seine Freunde zurücklassend, ins Wasser. Während sie ihm in die Fluten folgten, erklärte Philipp Andreas, welche Aufgabe er Thomas gestellt hatte.

»Dann sollten wir in seiner Nähe bleiben, um das Drama mitzuerleben« stellte Andreas fest. Philipp stimmte ihm zu: »Und außerdem muss ich ja auch hören, was er sagt, schließlich darf er ja keinen Spruch zweimal verwenden.«

Gemeinsam schlossen sie zu Thomas auf, der parallel zum Strand schwamm. Als sie ihn eingeholt hatten fragte Andreas ihn: »Willst du möglichst weit vom Hotel weg, oder was wird das hier?«

»Ja, genau« antwortete Thomas, »wenn ich mich schon zum Horst mache, dann irgendwo, wo es mich nicht die restlichen Urlaubstage verfolgt.«

»Und was ist mit deiner Schwimmhilfe?« gab Philipp zu bedenken.

Thomas überging diesen Seitenhieb und einige Hotels weiter sagte er schließlich: »Ich denke, jetzt sind wir weit genug weg.«

Er sah sich nach seinem ersten Opfer um und nahm dann eine junge Dame in den Zwanzigern ins Visier, die gerade dabei war, ins Wasser zu gehen. Er stellte sich neben sie und fragte beiläufig: »Kannst du mir helfen den Lurch zu würgen?«

Noch bevor das Mädchen reagieren konnte, war Thomas wieder verschwunden und ließ sein erstes Opfer irritiert zurück. Wieder bei Andreas und Philipp angekommen, feixte er in die Runde.

»Das war Nummer eins; fehlen noch neunzehn« ernüchterte ihn Philipp.

Als nächstes schwamm Thomas auf ein Mädchen zu, das auf einer blassblauen Luftmatratze über die leichten Wellen trieb. Er tauchte unter der Matratze hinweg und direkt neben dem Kopf des Mädchens wieder auf. Ohne viel Federlesen fragte er: »Hast du Lust, mit mir Fünf gegen Willi zu spielen?«

Noch während das Mädchen zum Schlag ausholte, tauchte Thomas erneut ab und verschwand. Der Schlag des Mädchens

traf ins Leere, brachte sie jedoch aus dem Gleichgewicht, sodass sie von ihrer Luftmatratze ins Wasser fiel und Thomas
lauthals verfluchte.

Andreas und Philipp lachten immer noch, als Thomas sich
wieder zu ihnen gesellte und an Philipp gerichtet feststellte:
»Das war also der Plan dabei: Du willst, dass ich wieder ge-
schlagen werde.«

»Ich will dir nur helfen. Das härtet dich ab«, verteidigte
sich Philipp grinsend. »Aber ab jetzt musst du eigene Formulierungen finden.«

Thomas nickte, ehe er ein neues Zielobjekt ins Visier nahm.
Dieses Mal schwamm er zu einem Mädchen, das weiter vom
Strand entfernt seine Bahnen zog. Er passte ihre Route ab,
schwamm einige Meter neben ihr her und fragte dann abermals betont beiläufig: »Willst du mir helfen, den Lachs zu but-
tern?«

Die Gefragte sah ihn irritiert an: »Wie bitte?«

»Ich wiederhole mich nur ungern«, sagte Thomas, ehe er
sich zurückfallen ließ und das Weite suchte.

Ohne zu seinen Freunden zurückzukehren, steuerte er sofort auf sein nächstes Opfer zu: Ein Mädchen, das im halbho-
hen Wasser stand und ihren Freundinnen, die gerade vom
Strand aus ins Wasser liefen, zuwinkte. Zielstrebig schwamm
er auf ihren ihm zugewendeten Rücken zu.

»Er entwischt uns gerade«, stellte Andreas fest.

»Dann hinterher, ich will ja schließlich hören, was er sagt«,
antwortete Philipp und machte einige kräftige Schwimmzüge,
um wieder in Hörweite zu Thomas zu kommen. Andreas
schwamm etwas gemächlicher hinter ihm her, brach dann
jedoch mitten in der Schwimmbewegung ab und rief Philipp
hinterher: »Warte mal!«

Philipp drehte sich zu ihm um: »Was ist?«

»Kommt dir die junge Dame, auf die Thomas da zusteuert, nicht auch irgendwie bekannt vor?«

Als auch er sie erkannte, rief Philipp: »Oh Shit!«

Gemeinsam versuchten er und Andreas mit wilden Gesten Thomas dazu zu bringen, umzudrehen. Thomas blickte seine Freunde fragend an, als er ihr Zappeln bemerkte, schwamm aber trotzdem weiter auf das Mädchen zu. Als er noch etwa einen Meter von ihr entfernt war, fragte er sie: »Willst du mir vielleicht beim Abkolben helfen?«

Das Mädchen drehte sich zu Thomas um. Als er sie als diejenige erkannte, deren Freund ihn am Vortag bereits verfolgt hatte, rief auch er: »Oh, Shit!«

Dann schwamm er mit zügigen Kraulbewegungen weg von ihr und ihren sich vom Strand aus nähernden Freunden.

Als Andreas und Philipp weit vom Strand entfernt wieder zu ihm stießen, erkundigte sich Philipp: »Warum reagiert du denn nicht, wenn wir dir sagen, dass du abbrechen sollst?«

»Weil es schwer ist, das hier« Thomas imitierte, während er sprach Andreas' und sein wildes Planschen, »als ›Stopp‹ oder ›Abbrechen‹ zu identifizieren.«

Andreas warf mit einem Blick nach hinten ein: »Ich schlage vor, das wir uns ein Stückchen entfernen, bevor Thomas seine Aufgabe weiter erfüllt.«

»Hast du etwa Angst?«, fragte Philipp gespielt besorgt nach.

»Immerhin habe ich mir gestern schon einen Schlag für eure bekloppte Aktion bei diesem Mädchen eingefangen«, antwortete Andreas.

Die drei schwammen ein Stück zurück in Richtung ihres Hotels. Unterwegs fragte Thomas ein Mädchen im Vorbeischwimmen: »Wollen wir zusammen masturbieren?«

Die Gefragte reagierte jedoch gar nicht darauf.

Einige Meter weiter stoppten sie schließlich ab und Thomas blickte berechnend zu einer im Kreis stehenden Gruppe von fünf Mädchen hinüber. »Ich glaube, das sind die Britinnen von neulich wieder«, sagte er zu Philipp und schwamm auf die Gruppe zu.

Er baute sich zwischen zweien der Mädchen auf und fragte die Dame zu seiner Linken, während er ihr tief in die Augen schaute: »Möchtest du mir einen hobeln?«

Unvermittelt gab das Mädchen ihm eine laut klatschende Ohrfeige und fragte entrüstet: »Geht's noch?«

Einen Moment blickte Thomas sie verwirrt an, dann machte er sich zum Rückzug bereit. Noch während er sich rittlings in die Fluten warf, rief er dem Mädchen auf seiner anderen Seite zu: »Dann möchtest du mir wohl auch keinen kurbeln?«

Andreas und Philipp beobachteten immer noch die fünf verärgerten jungen Damen, als Thomas wieder neben ihnen auftauchte. »Das waren doch nicht die Britinnen«, bemerkte er knapp.

»Wie kommst du denn darauf?« fragte Andreas mit sarkastischem Unterton.

Er bekam keine Antwort, stattdessen sah sich Thomas nach weiteren Opfern um und entdeckte schließlich eine weitere, ebenfalls aus fünf Mädchen bestehende Gruppe, die sich im Wasser zu einem Oval aufgestellt hatten. Er taxierte sie eine Weile an, dann sagte er entschlossen: »Das sind aber jetzt die Britinnen.«

»Wenn du meinst...«, erwiderte Philipp nur, als Thomas sich anschickte, in ihre Richtung zu schwimmen.

Thomas schwamm einen großen Kreis um die Gruppe, von der fröhliche Stimmen und lautes Gekicher herüber wehten.

Andreas sagte indes zu Philipp: »Das war gerade die siebte in diesem Urlaub, oder?«

»Nein, die sechste« korrigierte dieser ihn.

Thomas kraulte, nachdem er sie einmal vollständig umrundet hatte, auf die Gruppe zu und stellte sich, wie auch bei der Gruppe zuvor schon, zwischen zwei der Mädchen in ihren Kreis. Er sah die links neben ihm stehende junge Dame an und fragte sie: »Spielst du mit mir eine Runde Mütze-Glatze?«

Das Mädchen sah ihn verständnislos an und fragte mit britischem Akzent: »Sorry?«

Thomas lächelte, dann fragte er die Dame links der zuvor Angesprochenen: »Und du möchtest nicht zufällig mit mir ein Einmanngefecht unter der Bettdecke ausfechten?«

Die Angesprochene lächelte und sah ihn fragend an. Thomas sprach die Nächste an: »Dann möchtest du wohl auch nicht mit mir ein Flötensolo geben?«

Sie zuckte mit den Schultern und antwortete: »I don't understand you.«

Thomas wandte sich an die Vierte im Bunde: »Willst du mir nicht vielleicht den Bieber melken?«

Auch sie zuckte schlicht mit den Schultern. Schließlich drehte sich Thomas zu der rechts direkt neben ihm Stehenden um und erkundigte sich: »Willst du mit mir den Schwanztanz tanzen?«

»Schwanz?«, fragte das Mädchen entrüstet nach.

Thomas erkannte zu spät, dass er zu weit gegangen war. Er drehte sich weg und war gerade im Begriff abzutauchen, als die Hand des Mädchens seine Wange traf.

»Sieben«, sagte Andreas in sicherer Entfernung zu Philipp.

Dieser antwortete: »Ja, man muss aber auch wissen, wann der Bogen überspannt ist. Da fällt mir ein, er hätte auch fragen können, ob sie auf seiner Geige fiedeln will.«

»Du kannst dich ja hier bald nirgendwo mehr blicken lassen« empfing Philipp Thomas, als dieser zu ihm und Andreas zurückgekehrt war.

»Wie viele habe ich jetzt?«, fragte Thomas die beiden anderen.

»Ohrfeigen oder Mädchen gefragt?« hakte Andreas nach.

»Beides« antwortete Thomas in einem sehr hässlichen Tonfall.

»Nun« antwortete ihm Philipp, »da haben wir sieben Ohrfeigen auf der einen Seite und zwölf Körbe auf der anderen. Du hast aber auch wirklich Pech mit deinen Sprüchen.«

Thomas warf ihm einen verachtenden Blick zu.

Die drei schwammen erneut ein Stück weiter. Währenddessen stellte Thomas fest: »Mir fallen langsam keine Synonyme mehr ein, wollt ihr mir nicht ein wenig unter die Arme greifen?«

»Du packst das schon« munterte Philipp ihn auf.

»Toll, danke« giftete Thomas, während er sich von seinen Freunden abwand, um erneut auf ein Mädchen zu zusteuern. Als er auf einen Meter an sie heran geschwommen war, fragte er: »Willst du mit meiner einäugigen Schlange spielen?«

Das Mädchen blickte ihn an, aber ehe es reagieren konnte, war Thomas schon wieder mit schnellen Bewegungen davon geschwommen. Auf dem Weg zurück zu seinen Freunden fragte er noch ein anderes Mädchen: »Hast du Lust, den Kasper zu flappschen?«

Die Angesprochene sah ihn ratlos an und fragte: »Was soll das denn bitte heißen?«

»Ach nichts« rief Thomas über die Schulter zurück, während er weiter schwamm.

»Vierzehn geschafft, sechs fehlen noch« fasste Andreas die Lage zusammen, als Thomas sich wieder auf einer Höhe mit ihm und Philipp befand.

Während sie ihrem Hotel wieder ein erhebliches Stück näher kamen, kreuzten zwei ältere Damen mit Schwimmhauben ihren Weg, die sich in einer dem Klang nach osteuropäischen

Sprache unterhielten. Thomas nahm, kaum dass sie an ihm vorbei geschwommen waren, die Verfolgung auf. Als die beiden Damen ihn bemerkten und sich zu ihm umdrehten fragte er erst die Linke der beiden: »Guten Tag die Dame, möchten Sie mir unter Umständen einen schütteln?«

Ohne die Antwort abzuwarten wandte er sich an die rechte Dame und fragte: »Oder haben Sie vielleicht Interesse daran, mir die Banane zu schälen?«

Anschließend schwamm er, die beiden sich verwirrt anblickenden Damen zurücklassend, davon. Auf dem Weg zurück zu Andreas und Philipp trieb ihm eine mit geschlossenen Augen auf einer Luftmatratze liegende Frau entgegen, welche Thomas fragte: »Wollen Sie mir an der Rebe rütteln?«

Die Frau machte die Augen auf, musterte Thomas kurz und antwortete: »Warum nicht?«

Thomas sah sie überrascht an, während sie auf ihn zu paddelte. »Wirklich?« fragte er.

»Natürlich nicht, du Perversling« antwortete die Dame, als sie auf eine Armlänge heran gekommen war und gab Thomas etwas ungelenk eine Ohrfeige.

»Oh, Mist, wir sind ja schon wieder am Nachbarhotel angekommen« stellte Thomas fest, nachdem er mit leuchtend roter Wange seine Freunde wieder eingeholt hatte.

»Und es leert sich langsam aber sicher« stellte Andreas mit einem Blick zum Strand herüber fest, an dem sich nur noch wenige Urlauber tummelten.

Thomas sah sich suchend um und entdeckte nicht allzu weit entfernt eine Schwimmerin, auf die er zukraulte und sie unvermittelt fragte: »Wollen Sie mal den Feuerwehrmann am Helm kratzen?«

Ohne eine Reaktion abzuwarten, schwamm er wieder davon. Er blickte sich nach seinen letzten beiden Opfern um, doch aufgrund der fortgeschrittenen Zeit waren kaum noch

Menschen im Wasser. Schließlich entdeckte Thomas etwas weiter im offenen Meer schwimmend zwei Damen, deren Verfolgung er umgehend aufnahm.

Philipp und Andreas, die das von ihrer Position aus beobachteten, sahen sich an. »Sind das nicht Babsi und Tabsi?«, fragte Andreas Philipp.

Dieser antwortete grinsend: »Ja, von denen bekommt der liebe Thommy gleich einen Klapsi.«

Thomas schwamm von hinten an seine Opfer heran und fragte, kaum dass er in Hörweite war: »Wollt ihr mir die Flöte polieren oder einen von der Palme wedeln?«

Seine Augen weiteten sich, als er erkannte, wen er angesprochen hatte. Er versuchte eilig abzutauchen, bevor sich die beiden angesprochenen Damen vollständig zu ihm umgedreht hatten.

Erst etwa zwei Meter von Andreas und Philipp entfernt tauchte er prustend wieder aus den Fluten auf.

»Meint ihr, die haben mich erkannt?« fragte Thomas die beiden mit besorgtem Gesichtsausdruck.

»Ich denke nicht«, antwortete Andreas.
Philipp kniff Thomas in die ohnehin schon gerötete Wange und lobte ihn: »Respekt, du hast die Aufgabe tatsächlich bestanden.«

Thomas nickte, dann sagte er: »Mir wären jetzt auch keine weiteren Umschreibungen mehr eingefallen.«

»Die Wurst pellen«, antwortete Philipp wie aus der Pistole geschossen.

Andreas ergänzte: »Einen schruppen.«

Philipp antwortete darauf: »Taschenbillard spielen.«

»Den Specht spucken lassen«, erwiderte Andreas eifrig.

Philipp konterte: »Den Ast hacken.«

»Das Gürteltier keulen«, schloss Andreas die Aufzählung. Er und Philipp grinsten einander an und gaben sich über den aus dem Wasser ragenden Kopf von Thomas hinweg High five.

Mit als die Letzten verließen Andreas, Philipp und Thomas schließlich das Wasser, wickelten sich in ihre Handtücher ein und trotteten die Strandpromenade entlang zurück zu ihrem Hotel. An der Poolbar genehmigten sie sich jeder noch ein Softgetränk zur Erfrischung, dann begaben sie sich auf ihr Zimmer.

# Mallorca sucht den Superstar

Als die drei ihr Zimmer wieder verließen, um frisch geduscht zum Abendessen in den Speisesaal zu gehen, unterhielten sich Andreas und Philipp immer noch über die besten Sprüche von Thomas an diesem Nachmittag.

Auf dem Flur forderte dieser: »Hey, Andreas, wollen wir nicht mal die Treppe nehmen?«

Dabei zwinkerte er Philipp verschwörerisch zu. Dieser antwortete ebenfalls zwinkernd: »Ja, gute Idee, oder Andreas?«

Mit einem Schulterzucken folgte Andreas den beiden auf die Treppe. Nach dem ersten Absatz fragte er: »Erwartet mich hier jetzt meine neue Aufgabe?«

»Nein, ich war einfach nur der Meinung, dass dir ein bisschen Bewegung gut tun würde« antwortete Thomas gleichmütig und hüpfte ein paar Stufen auf einmal herunter.

Während sie die Treppe hinab stiegen, fragte Andreas: »Was war heute Abend noch mal das Animationsprogramm?«

»Karaoke« antworteten Philipp und Thomas im Chor.

»Ich bin dafür, dass wir uns da ansehen, wie sich die anderen Gäste zum Horst machen« schlug Philipp freudig vor.

Andreas antwortete nicht ganz so enthusiastisch: »Von mir aus gerne. Aber nur, solange wir nicht auch singen müssen.«

Beim Betreten des Speisesaals stellten die drei fest, dass die Mädchen bereits einige Zeit dort sein mussten, da einige von ihnen schon beim Nachtisch angelangt waren.

»Wo wart ihr denn so lange?« fragte Anja, als sich die drei Jungs am Tisch niederließen.

Philipp erklärte ihr: »Wir sind etwas weiter raus geschwommen und haben dann wohl die Zeit vergessen...«

»Kommt ihr denn heute Abend auch zum Karaoke-Singen?«, fragte Marie.

»Kommen wollten wir schon«, antwortete Andreas, »aber nicht singen.«

»Doch, ihr müsst auch singen, das wird sicher lustig«, forderte Johanna.

Thomas antwortete ihr mit düsterer Stimme: »Anscheinend haben wir grundverschiedene Ansichten davon, was lustig ist.«

Kurz darauf verließen die Mädchen, nachdem auch die letzte von ihnen aufgegessen hatte, den Saal. Erst zwei Stunden später trafen sie und die Jungs sich am Tisch direkt vor der Bühne, an dem sie bereits während der Zaubershow zwei Abende zuvor gesessen hatten, wieder. Auf der Bühne, wo am Vormittag noch die Zielscheibe für das Luftgewehrschießen gestanden hatte, bauten Carlos und Felix, die beiden Animateure, gerade eine Leinwand für die Liedtexte auf. Nach und nach füllten sich auch die anderen Tische vor der Bühne.

Wenig später nahm Carlos ein Mikrofon zur Hand und begrüßte gut gelaunt die zahlreich Erschienenen: »Guten Abend liebe Gäste – good evening, ladies and gentlemen – ich begrüße Sie zu unserer Karaokenacht! Jeder, der ein Lied singen will, kann sich bei meinem Kollegen Felix mit seinem Song in die Liste eintragen. Ich fange mit dem ersten Lied an und dann geben wir das Mikrofon einfach weiter.«

Anschließend erklärte Carlos das Prinzip noch einmal auf Englisch, dann machte er die Musik an und sang ›Macarena‹. Dabei ließ er die Hüften kreisen und heizte den Damen im Publikum ordentlich ein, indem er die für den zum Lied gehörenden Tanz typischen Handbewegungen leicht abwandelte und eine insgesamt sehr körperbetonte Performance abgab. Als er schließlich nach etwa der Hälfte des Songs auch noch sein Shirt auszog, erntete er von den Damen im Publikum anerkennende Pfiffe. Auch Lena, Kim und Marie pfiffen begeistert und klatschten in die Hände.

»So toll ist der jetzt auch wieder nicht« sagte Andreas leise zu Thomas, der ihm tröstend auf die Schulter klopfte.

Nach seinem ›Macarena‹ traten Barbara und Tabea auf die Bühne und Carlos überreichte ihnen zwei Mikrofone. Immer einen Ton zu hoch trällerten die beiden ›Wannabe‹ von den Spice Girls. Mit sichtlich viel Spaß bei der Sache tanzten sie sich dabei an und gaben sich gegenseitig einige Klapse auf den Po.

Während des gesamten Liedes blickte Thomas immer wieder unruhig zu den beiden Damen hoch wippte nervös auf seinem Stuhl vor und zurück. Philipp beugte sich zu ihm herüber und erkundigte sich leise: »Fragst du dich, wie hoch dein Wiedererkennungswert ist?«

Thomas nickte, woraufhin Philipp ihn beruhigte: »Ich denke, wenn die dich erkannt hätten, dann wüssten wir das schon.«

»Hoffentlich hast du recht« erwiderte Thomas immer noch besorgt zur Bühne blickend.

Nachdem Babsi und Tabsi ihr Lied zu Ende geträllert hatten, übergaben sie die Mikrofone an Rebecca und Lars, die im Duett ›Summer Wine‹ sangen. Gerade als Rebecca den ersten Ton von sich gab, kam Felix mit der Liste an den Tisch in der ersten Reihe und forderte alle auf, sich einzutragen.

»Ich will ›Du Idiot‹ von Michelle und Matthias Reim singen« quiekte Marie aufgeregt.

Viktoria ernüchterte sie: »Dann muss aber einer von den Jungs mitsingen, sonst wird das nichts.«

»Na gut, ich singe mit dir zusammen« erklärte sich Andreas bereit, dann nahm er Felix die Liste ab, um sich und Marie einzutragen.

»Möchte sonst noch jemand etwas singen?« fragte er in die Runde.

Auf diese Frage hin trug er Viktoria mit ›Oops I Did it Again‹ von Britney Spears, Kim mit ›Blank Space‹ von Taylor Swift und Johanna mit ›Fehlerfrei‹ von Helene Fischer ein.

Mit einem breiten Grinsen im Gesicht gab er Felix schließlich die Liste zurück. Anschließend beugte er sich zu Philipp und Thomas herüber und schlug bestimmend vor: »Lasst uns doch mal eben neue Getränke holen gehen.«

Die drei Jungs nahmen Bestellungen von den Mädchen entgegen, dann verließen sie den Tisch in Richtung der Bar. Während sie dort in der Schlange standen, eröffnete Andreas den anderen: »Wie ihr wisst, bekommt ihr von mir ja noch eine Doppel-Aufgabe. Das hier ist sie: Ihr werdet gleich beide jeweils ein Lied singen. Und ihr werdet dieses Lied mit voller Hingabe singen und auch dazu performen. Darüber hinaus werdet ihr das jeweilige Lied gezielt an eine bestimmte Person richten. Welche das ist, seht ihr schon, wenn ihr erfahrt, welchen Titel ihr singen müsst. Viel Spaß.«

»Oh Gott« stöhnte Philipp auf.

»Das wird sicher grausam« mutmaßte Thomas ebenfalls wenig begeistert.

Lukas gab gerade eine abgrundtief schlechte Version von Robbie Williams’ ›Angels‹ zum Besten, die damit endete, dass er unter Buh-Rufen von der Bühne floh, als Andreas, Philipp und Thomas mit den Getränken an ihren Tisch zurückkehrten.

Im weiteren Verlauf des Abends sangen diverse Hotelgäste, von denen die Jungs nur wenige kannten, Lieder aus den verschiedensten Genres, bis schließlich ihr Tisch an der Reihe war. Zuerst sang Andreas etwas lustlos mit Marie, die auf der Bühne für Stimmung sorgte, das Duett von Michelle und Matthias Reim, danach traten die anderen Mädchen mit ihren

Titeln auf und schließlich kündigte Carlos auf der Bühne Philipp mit ›Lena‹ von Pur an.

Als Philipp sich schwerfällig erhob, um zur Bühne zu gehen, flüsterte ihm Andreas ins Ohr: »Denk daran: Schön mit Gefühl. Und nur für Lena. Und wenn ich der Meinung bin, du hast das Ganze nicht ernst genommen, wird das ein teurer Urlaub.«

Philipp erklomm die drei Stufen zur Bühne und flüsterte leise: »Sorry, Viktoria.«

Dann nahm er missmutig das Mikrofon von Carlos entgegen und räusperte sich. Als das Playback einsetzte, richtete Philipp seinen Blick auf Lena, die zwei Plätze neben Viktoria saß.

Mit jedem Vers lief sein Gesicht in einem tieferen Rot an, während er so ästhetisch wie möglich versuchte, den Text mit Gesten und Bewegungen zu untermalen. Dabei wandte Philipp den Blick nur von Lena ab, um hin und wieder einen kurzen Blick auf die Leinwand mit dem Text zu werfen. Bei den letzten beiden Versen kniete er sich schließlich an den Bühnenrand und streckte Lena seine Hand entgegen.

Das Publikum spendete höflich Applaus, der jedoch alsbald wieder verebbte. Mit zitternden Fingern gab Philipp Carlos das Mikrofon zurück, dann verließ er zügig die Bühne und ließ sich in seinen Stuhl fallen.

»Das war miserabel, aber immerhin haben sie dich nicht von der Bühne gebuht«, begrüßte ihn Andreas.

»Halt bloß die Klappe«, zischte Philipp.

Ein flüchtiger Blick in ihr Gesicht zeigte ihm, dass Lena ebenso tiefrot angelaufen war, wie er selbst. Viktoria hingegen kehrte Philipp demonstrativ den Rücken zu.

Carlos kündigte nun auf der Bühne Thomas mit dem Lied ›Joana...Du Geile Sau‹ als nächsten an. Mit grimmigem Gesichtsausdruck schritt dieser auf die Bühne zu und griff so energisch nach dem Mikrofon in Carlos' Hand, dass dieses beinahe auf den Boden gefallen wäre.

Er stellte sich zunächst nah an die Leinwand und begann, die ersten Verse sehr gefühlvoll zu singen. Gegen Ende der ersten Strophe ging Thomas dann auf den Bühnenrand zu und blieb genau vor dem Tisch, an dem seine Freunde saßen, stehen. Er zeigte mit ausgestrecktem Arm auf Johanna, als er ›Joana‹ in das Mikrofon sang, dann riss er die Hände nach oben und fast das gesamte Publikum brüllte, wie auf Kommando: »Du geile Sau!«

Thomas setzte wieder an: »Geboren, um Liebe zu geben.«

Dann machte er mit dem Arm eine ausladende Geste über die Zuschauer, die daraufhin – vor allem die Männer – wie aus einer Kehle brüllten: »Du Luder!«

Die gleiche Bewegung vollführte er nach dem nächsten Vers und erneut brüllten vor allem die Männer im Publikum lauthals: »Du Drecksau!«

Das wiederholte sich noch einige Male im Refrain, dann verließ Thomas unter großem Applaus die Bühne und kehrte an den Tisch zurück.

»War das zu deiner Zufriedenheit?«, brummte er Andreas entgegen, als er sich, ähnlich wie Philipp zuvor, auf seinen Stuhl fallen ließ.

Noch bevor Andreas ihm antworten konnte, langte Johanna herüber und gab Thomas eine Ohrfeige.

»Jetzt«, sagte Andreas, »bin ich zufrieden.«

Wenig später verließ Jupp unter mäßigem Applaus für seine Darbietung des Klassikers ›Es war Sommer‹ von Peter Maffay als letzter Sänger die Bühne und Carlos verkündete, dass das Animationsprogramm damit beendet sei.

Die Gruppe vom Tisch in der ersten Reihe holte sich daraufhin die letzte Runde Getränke, die sie im Stehen an der Bar austranken. Anschließend machten sie sich, nachdem Andreas seine luftgefüllte Abendbegleitung aus dem Zimmer geholt hatte, auf den Weg zur Disko.

»Musst du das Ding wirklich mitschleppen?« fragte Viktoria ihn naserümpfend, als er aus dem Fahrstuhl trat.

»Ja, sonst fühlt sie sich einsam« versuchte Philipp einen Witz zu machen, während sie durch die gläserne Schiebetür der Lobby in die spanische Nacht hinaustraten.

Viktoria zeigte ihm weiterhin die kalte Schulter und fragte stattdessen Thomas: »Könnt ihr nicht einen Abend auf den Quatsch verzichten?«

»Was für ein Quatsch?« erkundigte sich Thomas.

Helena antwortete: »Ihr wollt uns doch nicht allen Ernstes erzählen, dass Andy wirklich einen Dachschaden hat und das Ding mit sich 'rumtragen muss.«

»Müssen nicht« pflichtete ihr Philipp bei.

»Na schön, aber dann lasst uns mit dem Mist in Ruhe« raunzte Viktoria ihn an und beschleunigte ihren Schritt.

»Hey, Brigitte!« rief Philipp und eilte ihr nach.

»Viktoria!« schrie sie ihn an und stampfte zornig auf den Boden.

»Ja, sag ich ja, Veronika« antwortete Philipp beschwichtigend, als er ihr erneut nacheilte. Er legte seine Hand auf ihre Schulter, aber Viktoria schlug sie weg, drehte sich um und schritt energisch auf Andreas zu. Noch ehe dieser reagieren konnte, entriss sie ihm die Puppe und drückte und zerrte energisch an den Gliedmaßen ihrer Namensschwester herum.

»Das sieht extrem bescheuert aus« machte Lena Viktoria auf ihre Situation aufmerksam.

»Was kann ich denn dafür, dass das Scheißteil nicht kaputt zu kriegen ist?!« blaffte diese sie zur Antwort an.

Schließlich nahm Viktoria die geile Uschi und schlug sie gegen eine Mauer. Wie hypnotisiert beobachteten die drei Jungs und sechs Mädchen ihr Treiben. Philipp stellte sich, den Blick nicht von dem sich bietenden Schauspiel abwendend, wieder zwischen Thomas und Andreas.

Nachdem Viktoria mehrmals erfolglos mit der Puppe auf die Mauer eingeschlagen hatte, riss endlich das Plastik auf und aus ihrer Namensschwester entwich die Luft.

»Befreit uns das jetzt von unseren Aufgaben?«, fragte Andreas die beiden neben ihm stehenden Jungs im Flüsterton.

Mit einem prüfenden Blick auf die etwa zwei Meter entfernt stehenden Mädchen antwortete Philipp nicht minder leise: »Der Witz dabei ging sowieso langsam verloren, also warum nicht?«

Thomas erwiderte ebenfalls flüsternd: »Aber dann, Andreas, ist es deine nächste Aufgabe die liebe Viktoria in einem feierlichen Trauergottesdienst morgen zu beerdigen.«

Murrend sammelte Andreas die Überreste der zerfetzten Puppe ein und presste diese zu einer kleinen Plastikkugel zusammen, die er nur mit großer Mühe in seine Hosentasche gequetscht bekam.

Viktoria strich sich eine während des Kampfes ins Gesicht gerutschte Haarsträhne hinters Ohr und atmete noch einige Male schwer ein und aus. Dann hatte sie sich wieder einigermaßen beruhigt und die Gruppe setzte ihren Weg fort.

Als sie die Disko erreichten, war Viktoria wieder wie ausgewechselt. Bestens gelaunt stellte sie sich mit den anderen zusammen am Ende der Warteschlange vor dem Club an. Der Türsteher erblickte die Mädchen und wollte sie bereits zu sich winken, da erkannte er sie wieder und brach sein Vorhaben ab.

Als sie endlich eingelassen wurden, fragte der Türsteher Andreas: »Na, hast du deine Freundin heute gar nicht dabei?«

Andreas öffnete schon den Mund, um zu antworten, da stieß ihm Johanna, die hinter ihm stand, ihren Ellenbogen in die Rippen. Andreas schloss den Mund wieder und ging stumm mit den Schultern zuckend am grimmigen Hüter des Einlasses vorbei.

»Entschuldige, ich hatte vergessen, dass ich stumm bin«, erklärte er Johanna, als diese nach ihm den Innenraum betrat.

Dort tanzte die Gruppe wieder zusammen und die Mädchen brachen erneut zahlreichen jungen Männern, die sie ansprachen oder antanzten, die Herzen.

Schließlich ging – zur großen Überraschung aller Beteiligten – eine Blondine in Jeans, weißer Bluse und mit beinahe schon unanständig hohen Stilettos auf die Gruppe zu und sprach Thomas an. Es war jedoch so laut in dem Club, dass er nicht verstand, was sie zu ihm sagte. Die Blondine brüllte ihn erneut an, aber als Thomas abermals ratlos mit den Schultern zuckte, zeigte sie auf den Ausgang und bedeutete ihm, mitzukommen.

Im Freien, wo keine dumpfen Rhythmen die Unterhaltung störten, sagte sie, mit den Fingern in ihren langen Haaren spielend, zu Thomas: »Du warst vorhin so schnell weg, dass ich dir gar nicht mehr antworten konnte.«

Thomas sah sie einen Moment irritiert an, schließlich sagte er: »Ich glaube, du verwechselst mich.«

»Das glaube ich nicht« erwiderte die Frau mit der weißen Bluse. »Ich bin mir sogar ziemlich sicher, dass du mich heute Nachmittag im Meer gefragt hast, ob ich ›die einäugige Schlange‹ ärgern will, warst dann aber so schnell wieder weg, dass ich dir gar nicht mehr antworten konnte, also…«

Thomas ging augenblicklich in Deckung. Die junge Dame fragte belustigt: »Was hast du denn für Zuckungen?«

»Normalerweise ist die Antwort auf solche Fragen eine saftige Ohrfeige« erklärte Thomas ihr sein Verhalten.

»Zu recht« erwiderte sie. »Aber meine Antwort wäre trotzdem ›ja‹ gewesen.«

»Wirklich?« fragte Thomas ungläubig nach.

»Ja, ich fand dich eigentlich ganz süß, auch wenn der Spruch voll daneben war. Aber wenn du sagst, dass eine Ohrfeige die Standardantwort ist, bedeutet das ja, dass du damit bereits einige Erfahrung hast, also wahrscheinlich jedes Mädchen, das dir über den Weg gelaufen ist, gefragt hast, also...«

Sie holte aus und gab Thomas eine Ohrfeige.

»Irgendwie war mir das klar« murmelte Thomas. »Schade« sagte die Blondine und wandte sich ab, um wieder in die Disko zu gehen.

Thomas rief ihr nach: »Hey, warte mal!«

Sie drehte sich um: »Ja, was ist denn noch?«

Thomas lächelte sie an und sagte: »Lass mich dich auf einen Drink einladen, quasi als Entschuldigung.«

Die Angesprochene nickte. Gemeinsam gingen sie wieder in die Disko und kämpften sich durch die Menschenmenge an die Bar des Clubs vor. Als die beiden, sie mit einem Tequila Sunrise, Thomas mit einem Sex on the Beach, an der Bar standen, brüllte Thomas sie über die Musik hinweg an: »Wie heißt du eigentlich?«

Anstatt zu antworten, zeigte sie erneut auf die Tür und zog Thomas am Arm hinter sich her auf ebendiese zu. Wieder an der frischen Luft antwortete sie ihm schließlich: »Mein Name ist Diana und wie heißt du?«

»Ich bin Thomas« antwortete ihr der Gefragte.

Während sie ihre Cocktails schlürften, erklärte Diana Thomas, dass sie erst am Vortag angekommen war und es jetzt mal so richtig krachen lassen wollte. Thomas erzählte ihr im Gegenzug, dass er mit zwei Freunden auf der Insel war und die drei mit diesem Urlaub ihr frisch bestandenes Abitur feiern wollten.

»Dann bist du ja gerade erst achtzehn« stellte Diana fest.

»Ja, und du?« fragte Thomas.

Diana antwortete ihm: »Dreiundzwanzig. Ich hoffe, das ist kein Problem für dich.«

»So viel sind fünf Jahre ja nun auch wieder nicht« erwiderte Thomas.

»Aber in fünf Jahren lernt man eine ganze Menge« flüsterte Diana Thomas verheißungsvoll ins Ohr...

»Wo ist eigentlich Thomas abgeblieben?« fragte Helena, als die sieben Mädels zusammen mit Andreas und Philipp zwei Stunden später den Club verließen.

»Keine Ahnung, aber der Junge ist erwachsen, der wird schon wissen, was er tut« antwortete ihr Philipp unbekümmert.

Kim entgegnete: »Ja, sicher, aber ich habe ihn jetzt seit Stunden nicht mehr gesehen.«

»Jetzt, wo du es sagst, das letzte Mal, als ich ihn gesehen habe, wollte er sich mit diesem Mädchen unterhalten« stellte Andreas fest.

»Du glaubst doch nicht, dass...?« fragte Philipp ihn mit hochgezogener Augenbraue.

»Er?« gab Andreas zurück, »niemals. Die einzige Anziehungskraft, die er auf Mädels ausübt, ist die, eines Punchingballs.«

Im Hotel angekommen verabschiedeten sich die Jungs von den Mädchen und sie alle verschwanden auf ihren Zimmern.

Kurz nachdem Philipp und Andreas sich in ihre Betten gelegt hatten, öffnete sich die Zimmertür erneut und Thomas schlich sich herein.

»Wo warst du?« fragte Andreas ihn direkt.

»Können wir da bitte morgen drüber sprechen?«, fragte Thomas genervt.

»Da bin ich auch für« brummte Philipp müde in sein Kopfkissen.

# Ruhetag

Am nächsten Morgen wachten die drei Jungs erst lange, nachdem das Frühstücksbuffet wieder abgeräumt worden war, auf. Mit einem Blick auf die Uhr schlug Andreas vor: »Wir können ja erst einmal runter zum Strand gehen und dann früh zu Mittag essen.«

Die beiden anderen stimmten dieser Idee zu. Die drei zogen ihre Badelatschen an, schmierten sich mit Sonnencreme ein und traten aus dem Zimmer. Auf dem Weg zum Fahrstuhl fragte Philipp Thomas: »Willst du uns nicht jetzt endlich erzählen, wohin du gestern Abend verschwunden bist?«

»Eigentlich nicht, aber wenn ich es nicht tue, gebt ihr beiden ja doch keine Ruhe« antwortete dieser leicht verdrießlich.

»Was war denn nun?« drängte Andreas.

Thomas war die Situation sichtlich unangenehm. Er wandte sich hin und her, ehe er zu erzählen anfing: »Da war ja dieses Mädchen in der Disko. Das war eine von denen, die ich dank Philipps toller Aufgabe gefragt hatte, ob sie mir dabei behilflich sein könne, etwas - nun ja - Druck abzubauen.

Wie sich zeigte, war sie dazu bereit. Wir haben dann zusammen ein bisschen was getrunken und sind runter an den Strand gegangen. Dort musste ich dann mal dringend für kleine Jungs und bin runter ans Meer gelaufen, während sie sich auf eine der Plastikliegen am Strand legte, um auf mich zu warten.«

Andreas und Philipp warfen sich hinter Thomas Rücken einen Blick zu, als wenn sie genau wüssten, wie die Geschichte ausging.

»Als ich dann zu ihr zurückkam«, fuhr Thomas fort, »war sie auf der Liege eingeschlafen.«

»Irgendwie habe ich mir schon so etwas gedacht«, sagte Andreas.

»Das erklärt aber noch nicht, warum du stundenlang verschwunden warst«, merkte Philipp an, »oder war dir das so peinlich, dass du dich nicht mehr zu uns zurück getraut hast?«

Thomas antwortete ihm: »Ich wünschte, es wäre so, aber die Geschichte geht noch weiter.«

»Ich höre...«, forderte Philipp Thomas auf, weiter zu erzählen.

Thomas setzte seine Erzählung fort: »So schnell wollte ich ja nun auch nicht aufgeben, also habe ich sie sanft am Arm getätschelt, um sie wieder zu wecken. Nachdcm ich sic dann endlich wieder wach bekommen hatte, haben wir einen kleinen Strandspaziergang gemacht und sind schließlich in ihr Hotel und auf ihr Zimmer gegangen. Dort haben wir dann angefangen, miteinander rumzumachen und wollten schließlich zur Sache kommen...«

Thomas brach die Erzählung ab.

»Wie hast du das denn bitte noch versieben können?« fragte Philipp interessiert nach.

»Ich nicht«, antwortete Thomas knapp, presste die Lippen zusammen und blickte auf den Boden.

»Jetzt machst du uns aber neugierig«, merkte Andreas an.

»Ja, jetzt erzähl schon, was passiert ist«, forderte auch Philipp seinen Freund auf, die Geschehnisse der Nacht zu Ende zu schildern.

»Wir saßen also zusammen auf ihrer Bettkante. Dann begannen wir, uns zu küssen und ich steckte meine Hand unter ihre Bluse, während sie sich an meinem Gürtel zu schaffen machte. Ich zog ihr die Bluse aus, sie mir mein Hemd und die Hose. Dann zog ich ihre Hose runter und hing mit meinem Gesicht direkt vor ihrem... Penis.«

Andreas und Philipp sahen Thomas einige Sekunden stumm an, dann prusteten sie laut los. Sie konnten kaum weiter den Weg zum Strand gehen, so heftig mussten sie lachen.

»Ist nicht dein Ernst?«, hakte Philipp zwischen zwei Lachanfällen nach. Thomas nickte stumm.

Philipp ließ, nachdem er sich wieder einigermaßen beruhigt hatte, jedoch noch nicht locker und fragte Thomas mit vorwurfsvollem Ton: »Ich gebe zu, dass das wahrscheinlich etwas überraschend kam, aber wie kann man denn nur so oberflächlich sein?«

»Du hast doch vor zwei Tagen noch rumgezickt, als du in eine Schwulenbar gehen solltest und jetzt erzählst du mir, ich soll nicht irritiert sein, wenn ich einem Mädchen mit einem Lörres gegenüber stehe?«, erwiderte Thomas vorwurfsvoll.

»Ich meine ja nur: Wo du doch schon so weit gekommen warst...«, antwortete Philipp beschwichtigend.

»Es kommt ja auch sowieso mehr auf die inneren Werte an,« ergänzte Andreas.

Diese Weisheit war zu viel für Philipp. Japsend vor Lachen ging er mitten auf der Strandpromenade in die Knie. Andreas liefen inzwischen die Lachtränen die Wangen herunter und auch Thomas konnte ein bisschen darüber lachen.

Schließlich halfen er und Andreas dem immer noch wiehernden Philipp auf und unter einigem weiteren Kichern erreichten sie den Strand. Dort zog Philipp feixend den kleinen Gummiball, mit dem sie bereits am Vortag gespielt hatten, aus der Tasche seiner Badeshorts und fragte in die Runde: »Wie wäre es mit einer kleinen Runde des Laurenz-Spiels?«

Die drei Jungs stürzten sich ins Meer, stellten sich im Kreis auf und warfen sich den Ball zu, wobei sich Andreas und Philipp den Spaß gönnten, immer dann Thomas den Ball zuzuwerfen und dabei laut ›LAURENZ‹ zu rufen, wenn hinter ihm ein Mann entlang schwamm.

Nachdem er sich das vierte Mal bei einem jungen Mann für die Unfähigkeit seiner Freunde im Umgang mit Bällen entschuldigt hatte, rief Thomas die beiden zu sich und sagte etwas verärgert: »OK, ihr hattet euren Spaß. Können wir den Vorfall dann jetzt wieder vergessen und normal weitermachen?«

Andreas und Philipp gaben diesem Wunsch gönnerhaft nach. Kurz darauf beendeten die drei allerdings ihr Spiel und schwammen noch ein bisschen im Wasser, ohne sich den Ball zuzuwerfen.

Anschließend verließen sie das Meer und kehrten zum Mittagessen in ihr Hotel zurück. Im Speisesaal trafen sie auch auf die Mädchengruppe und sie setzten sich zusammen an einen Tisch.

»Da ja heute Abend kein Animationsprogramm stattfindet, hatten wir uns überlegt, dass wir doch alle zusammen etwas spielen könnten« sagte Kim zu den Jungs.

»Klar, warum nicht?« sagte Philipp sofort und sah seine Freunde fordernd an.

»Und an was für Spiele dachtet ihr dabei?« fragte Thomas nach.

»Das LAURENZ-Spiel wird es wohl nicht sein« murmelte Andreas, der neben ihm saß, so leise, dass nur Thomas es hören konnte.

Marie antwortete: »Das entscheiden wir dann kurzfristig. Wir haben ja unser Kartenspiel dabei und ich habe gesehen, dass in der Lobby auch noch einige Spiele im Regal liegen.«

Nachdem Philipp und Andreas sich jeweils noch zweimal Nachschlag geholt hatten, während Thomas den Berg an Lebensmitteln verspeiste, den er sich direkt beim ersten Gang auf den Teller geladen hatte, kehrten die Jungs zum Strand zurück und stellten dort fest, dass sich der Wellengang in der Zwischenzeit erhöht hatte. In Folge dessen dümpelten die meisten Menschen nun im Wasser und ließen sich von den Wellen mitreißen oder ritten mit ihren Luftmatratzen darauf.

»Da kaum noch Mädels im Wasser schwimmen, sondern sich nur noch auf der Stelle bewegen« sagte Philipp, »denke ich, macht es keinen Sinn, noch mal mit dem LAURENZ-Spiel anzufangen.«

»Das macht nichts« antwortete Thomas. »Andreas hat sowieso noch etwas zu tun.«

Die beiden anderen sahen ihn verwirrt an. Thomas erinnerte sie: »Nachdem sich Viktoria gestern an ihrer Namensschwester ausgetobt hatte, habe ich doch die Aufgabe gestellt, sie mit der angemessenen Würde und Trauer zu bestatten.«

Dann wandte sich Thomas direkt an Andreas: »Ich schlage vor, du hebst hier ein Grab im Sand aus, in das du sie dann einbetten und in die ewige Ruhe entlassen kannst. Natürlich nicht ohne eine feierliche Grabrede und mit einem schönen Kreuz auf dem Grab. Schließlich wollen wir ihr die Beerdigung zu Teil werden lassen, die sie verdient.«

Dann drehte er sich um und stürmte in die Fluten.

»Na dann viel Erfolg. Und sag uns Bescheid, wenn die Zeremonie anfängt, schließlich wollen wir der lieben Vicky auch noch die letzte Ehre erweisen« sagte Philipp zu Andreas, ehe er Thomas ins Wasser folgte.

Während Philipp und Thomas sich mit den Wellen vom Boden abstießen und langsam von den Wassermassen wieder auf selbigem absetzen ließen oder sich rittlings in die nahenden Wasserfronten schmissen, hob Andreas am Strand, etwas abseits der Plastikliegen und Sonnenschirme, eine Grube aus.

Mit beiden Händen schaufelte er den feinen, trockenen Sand beiseite, der von den Rändern der Grube, die er auszuheben versuchte, jedoch immer wieder nachlief. Der Schweiß tropfte Andreas von der Stirn, während er dieser Sisyphusarbeit nachging. Schließlich hatte er so viel Sand beiseite gewühlt, dass er die tiefere, feuchtere Schicht des Sandes erreichte, die nicht mehr so schnell nachgab. Nun ging ihm die Arbeit leichter von der Hand. Eine um die andere Ladung schaufelte er den Sand aus dem länglichen Loch und von den Rändern rieselten nur noch gelegentlich kleinere Rinnsale aus feinen Körnern nach.

Andreas richtete sich auf, als die Grube etwa dreißig Zentimeter tief, einen halben Meter breit und ungefähr eineinhalb Meter lang war. Zufrieden betrachtete er sein Werk. Dann klopfte er sich den Sand von seinen Armen und Beinen und machte sich auf den Weg ins Hotel, um die Überreste der Sexpuppe, die in der frisch ausgehobenen Grube ihre ewige Ruhe finden sollte, zu holen.

Als er mit der erschlafften Hülle der geilen Uschi in den Händen zu seinem Loch zurückkehrte, musste er entsetzt feststellen, dass sich eine Gruppe von fünf Kindern in und um das Loch tummelte. Zeitgleich mit Andreas erreichte noch ein sechstes Kind, das gerade zwei überschwappende Eimer voller Wasser vom Meer hergeholt hatte, die Grube.

Andreas versuchte, die Kinder zu vertreiben. Zunächst, indem er fuchtelnde Armbewegungen machte und mit ihnen sprach wie mit Hunden: »Ab, weg, husch, husch!«

Da dies keine Reaktion bei den Kindern hervorrief, deutete er mit ausgestrecktem Arm in die Ferne und rief: »Hinfort!«

»Weichet von mir!«, fügte er noch hinzu, als die Kinder ihn lediglich unverständig anglotzten.

Weder Andreas noch die Kinder bewegten sich vom Fleck. Lediglich das von Andreas' Hand herabhängende Plastik wehte leicht im Wind. Schließlich sagte Andreas mit einem fast flehenden Tonfall: »Bitte sucht euch einen anderen Ort zum Spielen. Das hier ist mein Loch und ich hätte es gerne wieder. Ihr wisst ja gar nicht, was es für eine Arbeit war, diese Grube auszuheben.«

Eines der Kinder zeigte Andreas eine lange Nase, ein anderes streckte ihm die Zunge heraus. Andreas machte einen Schritt auf die Grube zu und rief: »Na wartet, ihr - «

»Was wollen sie von meinem Sohn?«, keifte in dem Moment eine sehr robuste Frau hinter ihm.

»Er und seine Freunde belagern meine Grube« versuchte Andreas der aufgebrachten Mutter die Situation zu erklären.

»Dann such dir halt eine andere Grube« mischte sich eine zweite Mutter ein, die ebenfalls auf den Tumult aufmerksam geworden war. Andreas drehte sich zu ihr um und machte den Mund auf, um ihr zu wiedersprechen. Sie sah ihn an und ihr Blick veränderte sich augenblicklich. Jetzt schaute sie Andreas nahezu ängstlich an, dann rief sie ihrer Tochter zu: »Komm Clarissa, wir gehen!«

Anschließend beugte sie sich zu der anderen Mutter vor und flüsterte ihr etwas ins Ohr. Auch diese Mutter forderte ihren Sohn nun dazu auf, die Grube zu verlassen und zu ihr zukommen. Beide Mütter nahmen ihre Kinder und eilten davon.

Auch die anderen Kinder wurden jetzt von ihren Eltern gerufen und schließlich saß nur noch ein kleiner Junge hartnäckig in der Grube und schnitt Andreas gegenüber wilde Grimassen.

Dann rief aus einiger Entfernung seine Mutter: »LAURENZ, komm da weg!«

Enttäuscht verließ Laurenz die Grube, dafür steuerten Philipp und Thomas zielstrebig darauf zu.

»Haben wir was verpasst?«, fragte Philipp, kaum dass sie das von Andreas ausgehobene Loch erreicht hatten.

»Meine Grabstätte wurde von ein paar Kindern gekapert«, klärte ihn der Grubengräber auf, »aber dann wurden die alle von ihren Eltern zurückgepfiffen. Ich glaube, die eine Mutter hat mich und das, was von Viktoria übrig ist, wiedererkannt und den anderen gesagt, ich wäre ein Gestörter, der ihren Kindern etwas antun will.«

»Sie sind dir also auf die Schliche gekommen?«, fragte Thomas.

»Schade, dass man das Motiv deines Sonnenbrands nicht mehr erkennen kann, das hätte den Gesamteindruck noch gut verstärkt«, merkte Philipp an.

Andreas sah ihn mit hochgezogener Augenbraue an, dann sagte er etwas genervt in die Runde: »Bringen wir es einfach hinter uns.«

Bemüht, feierlich zu wirken, legte Andreas die luftleere Puppe in das Loch und faltete sogar ihre schlaffen Arme. Dann stellte er sich vor das Grab und räusperte sich. Er holte noch einige Male tief Luft und begann mit zittriger Stimme seine Grabrede:

»Liebe Trauergemeinde, wir haben uns hier versammelt, um Abschied von Viktoria zu nehmen. Sie war eine Gefährtin an guten und an schlechten Tagen. Also eigentlich doch nur an den guten Tagen, denn schlechte hatten wir in diesem Urlaub noch nicht.

Wann immer wir ein offenes Ohr oder auch ein anderes ihrer Löcher brauchten, war sie für uns da. Und jetzt ist die Luft raus.

Ich möchte enden mit einem Reim, denn klar ist, dass, wer stirbt, den and'ren nur den Tag verdirbt.«

Dann griff Andreas theatralisch schluchzend in den Sand unter sich, nahm eine Hand voll und warf sie mit Trauermine auf das Plastik. Thomas und Philipp, die hinter ihm gestanden und Krokodilstränen geheult hatten, taten es ihm gleich.

Anschließend schob Andreas mit vollen Händen Sand auf die beerdigte Puppe, bis von dieser nichts mehr zu sehen war. Er nahm einen der Wassereimer, die die Kinder neben dem Loch hatten stehen lassen, und goss mit dem Wasser aus dem Eimer ein Kreuz in den Sand. Er verbeugte sich noch einmal ehrfürchtig vor dem Grab, dann kehrte er diesem den Rücken zu und schritt, ohne einen weiteren Blick zurück, andächtig ins Meer.

Philipp und Thomas folgten ihm nicht minder dramatisch. Erst, als die Trauerprozession bis zur Brusthöhe im Meer stand, hielten die drei inne, sahen sich einen Moment lang schweigend an und brachen dann in schallendes Gelächter aus.

Den restlichen Nachmittag tummelten sie sich ausgelassen im Wasser oder sonnten sich am Strand.

Schließlich sagte Thomas mit einem Blick auf die Uhr: »Es wird langsam Zeit, sich für das Abendessen fertig zu machen.«

Also packten sie ihre Sachen, verneigten sich noch einmal ehrfurchtsvoll vor der Stelle, wo sie Viktorias Grab vermuteten, dass inzwischen wieder genau so aussah, wie der restliche Strand, und kehrten zurück in das Hotel.

# Spieleabend

Kurz nach dem Abendessen gingen Andreas, Philipp und Thomas, jeweils mit einem Cocktail in der Hand, den sie sich an der Poolbar geholt hatten, zu den Tischen vor der Showbühne des Hotels.

Da an diesem Abend kein Animationsprogramm stattfand, waren mehr Tische unbesetzt, als an den Tagen zuvor. Die drei entschieden sich, dieselben Plätze, wie schon am Vorabend zu nehmen. Sie stellten ihre Getränke auf der leeren Bühne ab und schoben zwei Tische direkt davor zusammen. Dann scharrten sie einige Stühle darum und lehnten sich entspannt mit ihren Getränken in diesen zurück.

Wenig später stießen auch die sieben Mädchen hinzu und setzten sich auf die noch freien Plätze.

»Was spielen wir denn nun?« wiederholte Thomas seine Frage vom Mittagessen.

Lena antwortete ihm mit einem begeisterten Leuchten in den Augen: »Da sich unser Urlaub langsam, aber sicher, dem Ende nähert und wir ihn morgen Abend ruhig ausklingen lassen wollen, haben wir uns entschieden, heute noch mal richtig Gas zu geben. Deshalb wollen wir heute Abend Trinkspiele spielen.«

»Anfangen wollten wir mit dem allseits bekannten Spiel ›Hut‹« ergänzte Kim.

»Also mir ist es nicht bekannt« erwiderte Philipp.

Thomas schloss sich ihm an: »Ich kenne es auch nicht.«

»Mir geht es da ähnlich. Wie funktioniert das Spiel denn?« fragte Andreas nach.

Marie erklärte es ihnen: »Du würfelst mit zwei normalen Würfeln. Dann legst du die beiden Würfel nebeneinander und wenn die gewürfelte Zahl eine Eins enthält, muss derjenige links von dir trinken, enthält die Zahl eine Sechs, muss dein rechter Sitznachbar trinken. Bei einer Drei trinkt der Hut und bei einer Zwölf oder Einundzwanzig wirst du selbst zum Hut. Und du würfelst so lange, bis nach einem Wurf niemand mehr trinken muss, also du nur Zweien, Vieren oder Fünfen gewürfelt hast.«

Philipp blickte sie fragend an: »Das konnte ich mir so schnell nicht merken, kannst du das noch mal wiederholen?«

Viktoria antwortete ihm: »Das lernst du ganz schnell beim Spielen und wir passen ja auch mit auf, dass jeder dann trinkt, wenn er muss.«

»Ich fange an!« rief Marie und schmiss zwei Würfel auf den Tisch.

Mit jedem Wurf verinnerlichten die Jungs die Regeln mehr und konnten, als Andreas, der in der Mitte zwischen Thomas und Philipp saß, zum zweiten Mal an der Reihe war, genau sagen, wann wer von ihnen trinken musste.

Während des Spiels fragte Helena den neben ihr sitzenden Thomas: »Wohin warst du eigentlich gestern Abend auf einmal verschwunden?«

Thomas blickte sie verlegen an. Um Zeit zu gewinnen leerte er sein Getränk.

»Ich hole mir eben einen neuen« sagte er zu Helena und wackelte mit dem leeren Becher vor ihrer Nase herum. Er stand auf und ging den schmalen Patt von der Bühne zur Bar entlang. Auf diesem Weg fand inzwischen eine regelrechte Polonaise der drei Jungs und sieben Mädchen vom Tisch vor der Bühne statt, da sie alle in regelmäßig kurzen Abständen neue Getränke brauchten, um das Spiel fortsetzen zu können.

Als Thomas mit einem neuen Getränk zurückkehrte, fiel Anja bereits zum dritten Mal in dieser Runde ein Würfel auf den Boden. Kichernd tauchte sie unter den Tisch ab, um ihn zu suchen.

»Ich denke«, sagte Johanna leicht genervt, »dass wir mit diesem Spiel jetzt aufhören sollten, bevor uns noch die Würfel verloren gehen. Außerdem habe ich das Gefühl, dass der Abend, wenn wir noch länger ›Hut‹ spielen, alsbald gelaufen sein dürfte.«

»Womit machen wir dann weiter?«, fragte Andreas nach.

»Wie wäre es mit ›Ich hab noch nie‹?«, schlug Lena vor.

Als sich die anderen Mädchen damit einverstanden erklärten, wechselten die Jungs ein paar vielsagende Blicke. Philipp flüsterte ihnen zu: »Das wird jetzt ganz grausam.«

Die beiden nickten stumm.

Während sich die anderen Mitspieler darüber einigten, ob diejenigen trinken mussten, die das Genannte schon einmal gemacht hatten, oder die, die es eben noch nicht getan hatten, wiederholte Helena ihre Frage an Thomas: »Also, sag schon, wo bist du gestern Abend hin verschwunden?«

Thomas antwortete ihr prophezeiend: »Ich glaube, dass du dir das spätestens in der dritten Runde dieses Spiels selbst zusammen reimen kannst aufgrund dessen, was die anderen beiden Knalltüten hier neben mir sagen werden.«

»Aber, wenn nicht«, erwiderte Helena, »dann sagst du es mir nach diesem Spiel.«

Thomas nickte grimmig, dann wandte er sich an Andreas: »Muss jetzt derjenige trinken, der schon mal das Gesagte gemacht hat, oder der, der das noch nicht gemacht hat?«

Andreas antwortete ihm: »Derjenige, der das Genannte schon mal gemacht hat, muss trinken.«

Johanna leitete die erste Runde ein: »Ich habe noch nie einen Filmriss nach Alkoholkonsum gehabt.«

Kim, Maire und Thomas hoben ihre Becher und prosteten sich gegenseitig zu. Nachdem Thomas seinen Schluck genommen hatte, sah er seine beiden Freunde ungläubig an: »Ihr wollt mir doch wohl nicht erzählen, dass ihr beide noch nie einen Filmriss hattet.«

Philipp zuckte mit den Schultern und Andreas antwortete knapp: »Nö.«

In der ersten Runde blieben die Themen noch harmlos. Es wurde nach dem Pinkeln unter der Dusche, Schule schwänzen, etwas klauen und unter freiem Himmel schlafen gefragt.

Dann war Philipp an der Reihe und sagte mit einem schelmischen Grinsen zu Thomas herüber, der angespannt zurückblickte und sachte dem Kopf schüttelte: »Ich habe noch nie eine Ohrfeige von einem Mädchen bekommen.«

Der Blick von Thomas entspannte sich wieder ein wenig. Andreas lehnte sich zu ihm herüber und forderte: »Also bei der Frage musst du eigentlich deinen Becher exen.«

Thomas schielte in seinen noch fast vollen Becher, dann setzte er diesen an seinen Mund und leerte ihn, den Blick fest auf Andreas gerichtet, mit einem Zug.

Während er sich abermals zur Bar begab, setzte Lena das Spiel fort: »Ich habe noch nie ein Mädchen geküsst.«

Zum allgemeinen Erstaunen der Gruppe, war Philipp der Einzige, der sein Glas nicht hob. Die anderen am Tisch Sitzenden sprachen ihm ihr Bedauern und Beileid aus. Andreas klopfte seinem Sitznachbarn sogar mitfühlend auf die Schulter.

Viktoria fuhr mit dem Spiel fort: »Ich habe noch nie Sex gehabt.«

Helena, Kim, Marie und Anja hoben ihre Becher.

Schließlich war Thomas an der Reihe und warf Philipp einen Blick zu, der ihm ankündigte, dass nun die Rache für die vorherige Runde folgte.

»Ich habe noch nie daran gedacht, mit einer hier am Tisch sitzenden Person zu schlafen.«

Neben Philipp hoben auch Andreas, Helena, Kim, Johanna und Viktoria ihre Becher.

Ein flüchtiges Lächeln glitt über Philipps Gesicht, ehe er einen Schluck aus seinem Becher nahm.

»Ich habe noch nie«, begann Andreas, »meine Lehrerin mit ›Mami‹ angesprochen.«

Philipp trank als einziger, dann sagte er: »Na schön, wenn du das Spiel so spielen willst: Ich habe noch nie einem nichtsahnenden, im Wasser treibenden Mädchen meinen nackten Arsch ins Gesicht gehalten.«

Kim, die noch ihren Schluck aus einer der vorherigen Runden zu sich nahm, prustete in ihren Becher. »Wie muss ich mir das denn vorstellen?« fragte Anja.

»Ich glaube« antwortete ihr Marie, »Kim hat da schon eine ungefähre Vorstellung.«

Kim, die sich gerade wieder beruhigt hatte, bekam einen erneuten Lachanfall und konnte sich dieses Mal nur schwer wieder einkriegen.

Andreas versuchte seinen hochroten Kopf hinter dem Becher zu verbergen, als er seinen Schluck nahm.

»Was ist bloß los mit euch?« fragte Marie die Jungs, die zur Antwort nur mit den Schultern zuckten.

Nachdem Thomas in der nächsten Runde behauptete, er habe noch nie mit einer Sexpuppe geschlafen, woraufhin sich Andreas und Philipp zuprosteten, meinte Johanna etwas verärgert: »Das Spiel dient doch nicht dazu, dass ihr euch hier gegenseitig bloßstellt. Ich schlage vor, wir wechseln zu Wahrheit oder Pflicht und ihr drei setzt euch auseinander.«

Philipp tauschte mit der neben ihm sitzenden Lena den Platz und Andreas setzte sich zwischen Kim und Anja auf Johannas Platz, die sich dafür auf seinem nun freien Stuhl niederließ.

»Dann erfahre ich ja jetzt doch, wo du gestern Abend warst« sagte Helena zu dem immer noch neben ihr sitzenden Thomas.

»Spielen wir mit der Tauschregel?« fragte Kim in die Runde.

»Was ist denn die Tauschregel?« hakte Philipp nach.

Johanna erklärte: »Bei jeder dritten Pflicht muss man als Aufgabe automatisch die Hose mit der Person drei Plätze weiter tauschen.«

»Und was ist mit Kim und Marie, die ja ein Kleid tragen?« fragte Andreas.

»Ein Kleid zählt als Oberteil« antwortete Kim, »also wenn Marie oder ich tauschen müssen, ziehen wir die Hose an und unser Tauschpartner geht leer aus.«

Viktoria protestierte gegen die Tauschregel, wurde jedoch überstimmt und beugte sich schließlich dem Mehrheitswillen.

# Wahrheit oder Pflicht

»Da Thomas eben zuletzt dran war, bin ich jetzt an der Reihe«, stellte Johanna fest. Die anderen nickten.

»Dann«, sagte Johanna zu der nun neben ihr sitzenden Lena, »musst du dich entscheiden: Wahrheit oder Pflicht?«

Lena entschied sich für Wahrheit und musste die Frage beantworten, mit welcher Person sie gerne schlafen würde, wenn sie die freie Wahl hätte. Leicht errötend sagte sie: »Taylor Lautner.«

»Wer soll das denn sein?«, fragte Andreas nach.

Anja klärte ihm auf: »Das ist der heiße Werwolf aus Twilight.«

»Aha«, nahm Andreas die Antwort zur Kenntnis.

»Und was nimmst du, Wahrheit oder Pflicht?«, fragte Lena Philipp.

»Pflicht«, antwortete dieser knapp.

Lena und Johanna tuschelten kurz, dann sagte Lena zu Philipp: »Da du ja noch nie ein Mädchen geküsst hast, ist es deine Pflicht, Vicky zu küssen.«

Philipp blickte hilfesuchend zu dem ihm nun gegenübersitzenden Andreas, der ihm jedoch lediglich amüsiert zunickte. Sichtlich nervös wandte er sich Viktoria zu. Diese lächelte ihn aufmunternd an und beugte sich auf ihrem Stuhl zu ihm hinüber. Auch Philipp beugte sich ihr entgegen. Seine Hände zitterten, während sich ihre Gesichter immer näherkamen. Nur noch wenige Zentimeter von Viktorias Gesicht entfernt, schloss er die Augen und formte seine Lippen zu einem Kussmund.

Als seine Lippen ihre berührten, glühte Philipps Kopf feuerrot. Auch Viktorias Gesicht war leicht errötet. Die Lippen der beiden verschmolzen, während sie jetzt auch ihre Hände an den Körper des jeweils anderen legten. Von den anderen Mitspielern kamen anfeuernde Kommentare und anerkennende Pfiffe und Ausrufe.

Schließlich lösten sich Philipp und Viktoria wieder voneinander. Sie lehnten sich in ihren Stühlen zurück und hatten beide ein Lächeln aufgesetzt, das innere Glückseligkeit widerspiegelte. Philipp ließ sich einen Moment Zeit. Dann fragte er Viktoria: »Wahrheit oder Pflicht, Rebekka?«

Nachdem ›Rebekka‹ Philipp energisch darauf hingewiesen hatte, wie ihr richtiger Name lautete, entschied sie sich für Wahrheit. Philipp überlegte kurz, dann sagte er: »Ich fragte mich seit der einen Runde ›ich hab noch nie‹ vorhin, mit wem aus dieser Gruppe du dir schon vorgestellt hast, Sex zu haben...«

Ihr Gesicht lief nun in einem noch um einiges dunkleren Rot an, als das von Philipp zuvor. Sie druckste ein wenig herum, dann antwortete sie beschämt: »Mit Marie und mit dir.«

»Einen Dreier?« fragten gleichzeitig Philipp, Thomas, Marie, Helena und Anja in einer Mischung aus Erstaunen und Entsetzten.

»Natürlich nicht!« antwortete Viktoria entrüstet, ehe sie ihren hochroten Kopf verbarg, indem sie ihr noch halb volles Getränk in einem Zug leerte. Nachdem sie den Becher wieder abgesetzt hatte, fragte sie mit aufgeräumten Ton die neben ihr sitzende Marie: »Und was nimmst du, Wahrheit oder Pflicht?«

»Ich nehme Pflicht« antwortete die Gefragte.

»Dann« verkündete ihr Viktoria, »darfst du jetzt in den Pool springen.«

161

»Aber dann verläuft doch das ganze Make-up!« protestierte Marie.

Viktoria zog eine Augenbraue hoch und unter ihrem herrischen Blick erhob sich Marie und ging missmutig in Richtung des Pools. Der Rest der Gruppe folgte ihr.

Am Beckenrand drehte sich Marie noch einmal zu Viktoria um und fragte mit einer Spur Verzweiflung in der Stimme: »Muss das wirklich sein?«

Viktoria nickte unnachgiebig und der Rest der Gruppe fing an, rhythmisch zu klatschen und zu rufen: »Springen! Springen! Springen!«

Marie stellte ihre Riemchensandalen neben sich an den Beckenrand, dann richtete sie sich auf, schaute noch ein letztes Mal nach hinten zu den anderen und machte dann einen Schrittsprung in den Pool.

Während sie in das kühle Nass sank, wurde ihr mitternachtsblaues Sommerkleid von den Wassermassen aufgehalten. Maries Kopf verschwand zuletzt in dem durch die Unterwasserbeleuchtung bläulich schimmernden Pool. Während die Fluten über ihr klatschend wieder zusammenflossen, riss ihr Kleid über ihren Kopf hinweg und trieb, gebläht von zahlreichen aufsteigenden Luftbasen, an der Wasseroberfläche.

Prustend tauchte Marie, deren einzige Bekleidung nun aus ihrem dunkelblauen Slip bestand, neben ihrem Kleid wieder auf. Sie holte kurz Luft und tauchte wieder unter. Von unten schwamm sie nun in ihr Kleid und zog es sich wieder über den rot angelaufenen Kopf. Nachdem das Kleidungsstück wieder ansatzweise an Ort und Stelle war, schwamm sie zur Leiter und kletterte aus dem Pool.

»Aber du weißt schon, dass das hier nicht der FKK-Strand ist?« fragte Lena Marie, als diese wieder in ihre Sandalen schlüpfte. Marie schnaubte sie zur Antwort an.

Auf dem Weg zurück an ihren Tisch stichelte Viktoria: »Da war das Make-up wohl wasserfester, als das Kleid.«

Marie überging diese Provokation und als sie tropfend wieder an ihrem Platz saß, fragte sie Kim, als wäre nichts gewesen: »Wahrheit oder Pflicht?«

»Da das ja bisher so schön abwechselnd ging, will ich den Trend mal weiter fortsetzten und nehme Wahrheit«, entschied sich diese.

»Dann lautet deine Frage: Mit wie vielen Typen hast du schon geschlafen?«

Kim überlegte und fing, leise vor sich hin murmelt, an, mithilfe ihrer Finger abzuzählen, wie viele es waren.

»Acht« antwortete sie schließlich knapp und ohne auch nur die geringste Spur von Scham zu offenbaren.

»Und was nimmst du, Andreas?« führte Kim das Spiel abgeklärt weiter fort.

»Dann muss ich wohl wieder Pflicht nehmen« antwortete Andreas.

Noch während Kim Luft holte, um ihm seine Aufgabe zu erklären, rief Anja dazwischen: »Hosentausch!«

Drei Plätze weiter meldete sich Thomas zu Wort: »Musstest du mich da mit rein ziehen?«

Andreas zuckte mit den Schultern, dann erhob er sich und trat zu seinem Tauschpartner, der sich ebenfalls erhob. Sie zogen ihre Hosen unter begeisterten Anfeuerungsrufen der Mädchen aus und überreichten sie sich gegenseitig feierlich, ehe sie die Jeans des jeweils anderen wieder anzogen.

Als er wieder saß, führte Andreas das Spiel ohne viel Federlesen weiter, indem er Anja fragte, ob sie Wahrheit oder Pflicht wähle. Sie entschied sich für eine Wahrheit und so fragte Andreas: »Was ist das Peinlichste, das dir je im Leben passiert ist, oder das du je getan hast?«

Anja dachte nur kurz nach, bevor sie antwortete: »In der sechsten Klasse waren wir auf Klassenfahrt und die Jungendherberge, in der wir waren, hatte nur Gemeinschaftsduschen. Eine für die Jungs und eine für uns Mädchen.«

»Ich ahne, worauf das hinausläuft«, flüsterte Philipp Viktoria zu, die grinsend nickte.

»Ich betrat einen der Duschräume«, fuhr Anja fort, »hängte meine Klamotten an einen Haken und stellte mich unter die Dusche. Gerade als ich mich einshampooniert hatte, traten acht Jungs aus unserer Klasse in den Duschraum.«

Anja wurde rot. Ihrem Gesichtsausdruck nach durchlebte sie diese Situation gerade in Gedanken erneut.

»Wie sich heraus stellte, hatte ich den falschen Duschraum aufgesucht«, schloss Anja ihre Erzählung.

»Das ist doch eine Geschichte, die einen ewig verfolgt«, sagte Thomas.

Johanna nickte, dann bestätigte sie: »Stimmt, sie wurde die gesamte Schulzeit über daran erinnert.«

»Ja«, unterbrach Anja sie, »deswegen bin ich auch froh, dass die Schulzeit jetzt hinter mir liegt. Und nun musst du, Helena, dich entscheiden: Wahrheit oder Pflicht?«

»Der Reihenfolge nach muss ich ja jetzt wieder Pflicht nehmen«, antwortete Helena.

»Ok, dann machst du jetzt fünf Tiergeräusche nach. Aber nicht einfach ›wau, wau‹ sagen, sondern richtig bellen, bei einem Hund zum Beispiel«, erklärte Anja ihr ihre Aufgabe.

Helena schnatterte, blökte, röhrte, quarkte und bellte, bis die Hotelgäste an den Nachbartischen sie komisch ansahen. Dann sagte sie: »Bevor wir hier weiter machen, hätte ich gerne ein Gruppenfoto von uns allen zusammen.«

Thomas erkannte seinen Partner vom Bocciaspiel einige Tage zuvor an einem der Nachbartische und sagte in die Run-

164

de: »Ich gehe mal rüber und frage, ob Jupp ein Foto von uns machen kann.«

Er stand auf und ging auf Jupp zu. Dieser fragte ihn, nachdem sich die beiden begrüßt hatten, im Scherz: »Was ist denn das für ein Tumult an eurem Tisch?«

»Ach, das war nur Helena, die ist etwas *merkwürdig*«, antwortete Thomas.

»Junge, ich bin vielleicht alt«, erwiderte der Senior, »aber ich bin nicht von gestern. Meinst du, ich wüsste nicht, was ihr da treibt?«

Er lächelte Thomas verschmitzt an, dann flüsterte er: »Viel Glück dabei.«

Thomas bedankte sich und sagte: »Der eigentliche Grund, warum ich zu dir herübergekommen bin ist, dass ich dich bitten wollte, mal eben ein Gruppenfoto von uns zu machen.«

Jupp nickte und gemeinsam gingen die beiden an den Gruppentisch, wo er Helenas Handy entgegennahm, während sich die Jungs und Mädels für das Foto aufstellten.

Nachdem er sie fünf Minuten lang in allen erdenklichen Positionen und Anordnungen mit Duckface, Schmollmund und vielen anderen Gesichtern fotografiert hatte, bedankte sich die Gruppe bei Jupp und setzte sich wieder in der bisherigen Reihenfolge an den Tisch. Dann wande sich Helena an Thomas: »Nimmst du Wahrheit oder Pflicht?«

»Da ich genau weiß, was mich bei Wahrheit erwartet, nehme ich Pflicht, auch, wenn ich dadurch das Muster durchbreche«, antwortete ihr Thomas.

»Nun«, erklärte ihm Helena seine Pflicht, »dann gehen wir beide jetzt neue Getränke für den Tisch holen und du flirtest dabei ein wenig mit dem Barkeeper.«

Widerwillig stand Thomas auf und trottete der leichtfüßig vor ihm hertänzelnden Helena nach in Richtung der Bar. Auf dem Weg fragte er: »Was genau heißt denn ›ein bisschen flirten‹?«

»Das heißt«, antwortete Helena, »du versuchst jetzt, ihn ins Bett zu bekommen.«

Mit einem breiten Grinsen schob sie noch hinterher: »Stell dir einfach vor, er wäre ich, wenn's hilft.«

Hinter Helenas Rücken blickte Thomas flehentlich zum Himmel. Dabei blieb er mit dem Fuß an einer der aus dem Weg hervorstechenden Kanten hängen und verlor fast das Gleichgewicht. Während er noch mit den Armen ruderte, um sich aufrecht zu halten, drehte sich Helena zu ihm um und sagte freundlich aber bestimmt: »Du gehst vor, damit ich die Show auch genießen kann.«

Thomas warf ihr im Vorübergehen einen verdrießlichen Blick zu, als er tat wie ihm geheißen. Während er auf die Bar zuschritt, sagte er leise: »Hoffentlich kann er nicht allzu gut Deutsch.«

Thomas lehnte sich lässig an die Theke und sagte, als ihn der Barkeeper ansah: »Also, Schnucki, ich hätte gerne zwei Gin-Lemon, einen Gin-Tonic, zwei Sex on the Beach, zwei Tequila Sunrise, drei Cuba Libre und deine Telefonnummer.«

Während er die Bestellung aufgab, versuchte er, liebreizend zu lächeln und klimperte mit den Augenliedern.

Der Barkeeper fing an, die Drinks zu mischen und stellte sie vor Thomas auf die Theke. Als dieser die Gläser entgegennahm und an Helena weiterreichte, strich er mit seiner Hand zärtlich am Unterarm des Kellners entlang, der diesen augenblicklich wegzog.

Helena nahm die Getränke von Thomas entgegen und wartete in etwa zwei Metern Abstand zur Bar auf ihn.

Der Barkeeper wandte sich ihm wieder zu und Thomas setzte sein strahlendstes Lächeln auf, dann sagte er: »Das waren die Drinks, Schatzi, jetzt kommt das Dessert.«

Dabei zwinkerte er dem Kellner zu. Abrupt drehte dieser sich um und bezog hinter seinem Zapfhahn Stellung. Nachdem Thomas dem Kellner zum Abschied zugezwinkert hatte, nahm er die Getränke und trabte hinter Helena her zurück zum Tisch.

Dort angekommen, sagte er an Andreas und Philipp gerichtet: »Jungs, für den Rest des Urlaubs holt ihr unsere Getränke.«

»Dann warst du nicht sein Typ?«, forschte Philipp nach. Thomas funkelte ihn zornig an.

»Ich nehme auch Pflicht!«, rief Johanna dazwischen.

Philipp blickte auf: »Das ist die dritte.«

Die anderen am Tisch nickten.

»Na dann, Vicky...«, sagte Johanna und erhob sich von ihrem Stuhl.

Die drei Plätze weiter sitzende Viktoria tat es ihr gleich. Beide schlüpften aus ihren Hosen. Dabei wurden sie vom Rest des Tisches beobachtet, wobei vor allem Philipp einen gierigen Blick auf das Schauspiel warf. Auch Viktoria warf ihm, während sie Johannas Hose an ihren Beinen hochzog, einen lasziven Blick zu, der zu fragen schien ›gefällt dir, was du siehst?‹

Andreas und Thomas, denen dies nicht entging, tauschten, von Philipp unbemerkt, hinter dessen Rücken vielsagende Blicke aus.

Nachdem Viktoria und Johanna die Hose der jeweils anderen angezogen hatten, setzten sie sich wieder an den Tisch und Johanna fragte Lena: »Was nimmst du?«

»Ich nehme zur Abwechslung mal wieder Wahrheit«, antwortete die Gefragte.

»In dem Fall« erklärte Johanna ihr, »spielst du eine Runde des Klassikers ›Töten, heiraten, flachlegen‹ mit den drei hier anwesenden Herren.«

Lena ließ langsam ihren Blick über die Anwesenden kreisen. Dabei blickte sie jeden der drei Jungs kurz eindringlich an. Schließlich sagte sie: »Töten würde ich Thomas, heiraten Philipp und flachlegen Andreas.«

»Interessante Wahl. Möchtest du deine Entscheidung begründen?«, fragte Johanna nach.

»Eigentlich nicht, aber ich nehme an, du bestehst darauf«, antwortete Lena.

Johanna nickte. Lena seufzte, dann erklärte sie: »Also, ich würde Thomas töten, damit er mir nicht einen der beiden Männer ausspannt, Philipp würde ich heiraten, da er augenscheinlich ein netter und zurückhaltender junger Mann ist und Andreas würde ich flachlegen, weil ich denke, dass in ihm ein wildes Tier steckt, wenn er schon arglosen Mädchen im Wasser sein Hinterteil feilbietet.«

Andreas zog die Augenbrauen hoch: »Wie soll ich das denn jetzt verstehen?«

Lena hob abwehrend die Hände, bevor sie antwortete: »Ich musste einen Jungen flachlegen und da Philipp ja gerade auf Tuchfühlung mit Viktoria gegangen ist und Thomas auf dem besten Wege, sich einen feschen Kellner zu angeln, bliebst nur du übrig, aber ich dachte, die Begründung klingt nicht so schön, also habe ich mir schnell etwas anderes ausgedacht.«

Philipp und Thomas sahen Andreas an und fingen fast gleichzeitig an zu singen: »Schatz, es tut mir so leid, du bist nur der Trostpreis.«

Philipp ergänzte noch an Lena gerichtet: »Ich würde dann Wahrheit nehmen.«

»Dann mal Karten auf den Tisch«, sagte Lena, »wie lang ist er?«

»Ich bin mir nicht sicher, ob ich dich richtig verstanden habe. Wie lang ist wer?«, fragte Philipp nach.

Mit leicht genervten Tonfall antwortete Lena: »Na dein Schniepel. Wie lang ist dein Schniedelwutz?«

»Jetzt geht sie in die Vollen« sagte Kim anerkennend von der anderen Seite des Tisches aus.

Philipp zuckte ahnungslos mit den Achseln.

»Was soll das heißen?« fragte Viktoria von links.

»Das heißt« antwortete Philipp eine Spur gereizt, »dass ich das noch nie nachgemessen habe.«

»Dann würde ich sagen, Hosen runter, wir messen hier und jetzt nach« erwiderte Lena zu seiner Rechten.

»Ganz sicher nicht« blockte Philipp diesen Vorschlag sehr bestimmt ab.

»Ich will jetzt aber eine Antwort haben« blieb Lena hartnäckig.

Philipp sah ihr direkt in die Augen und sagte: »Besorg mir ein Maßband, dann gehe ich sofort los und messe nach.«

Marie begann, in ihrer Handtasche zu kramen und zog mit triumphierendem Blick ein Maßband aus Papier hervor. Strahlend hielt sie es in die Höhe und Philipp nahm es missmutig entgegen.

»Das kann doch wohl nicht wahr sein« stöhnte er auf und verschwand mit dem Band in Richtung der Toiletten. Einige Minuten später kehrte er zurück, knallte das Zentimetermaß vor Marie auf den Tisch und gab das Ergebnis seiner Messung bekannt: »Fünfzehn.«

»Nimm das Ding da wieder weg, ich fasse das jetzt bestimmt nicht mehr an« sagte Marie mit angewidertem Blick auf das Maßband.

Philipp ließ es daraufhin in seiner Hosentasche verschwinden, setzte sich wieder auf seinen Platz und fragte dann Viktoria mit etwas sanfterer Stimme: »Wahrheit oder Pflicht?«

»Ich glaube, es ist besser, wenn ich Pflicht nehme« antwortete sie ihm.

»Dann, liebe Wibke« sagte Philipp, »darfst du jetzt einen Orgasmus vortäuschen.«

Viktoria brauchte einen Moment, bis sie die Fassung wiedererlangt hatte, dann fragte sie Philipp: »Macht dich das geil, oder was?«

»Vielleicht ein bisschen, aber das ist nicht der springende Punkt. Wenn *ihr* hier unter die Gürtellinie geht, dann darf ich das auch, also, wenn ich bitten darf...«

»Wenn du so lieb fragst...«, antwortete Viktoria bissig. Dann lehnte sie sich in ihrem Stuhl zurück und schloss die Augen. Sie öffnete sie jedoch nur wenige Sekunden später wieder und sagte entschuldigend in die Runde: »Tut mir leid, ich brauche einen kurzen Moment.«

Sie trank einen großen Schluck von ihrem Gin-Lemon, dann lehnte sie sich erneut in ihrem Stuhl zurück. Mit geschlossenen Augen fing sie an zu stöhnen, schließlich rief sie halbherzig: »Oh ja! Ja! Jaaa!«

Dann öffnete sie die Augen wieder und sah erwartungsvoll in die Runde.

»Also wenn das bei dir ein Orgasmus ist« sagte Kim bestürzt, »muss der Sex echt beschissen gewesen sein.«

»In der Tat: Das klang, als hättest du noch nicht viel Schönes erlebt in deinem Leben« pflichtete ihr Anja bei.

»Ihr beiden werdet es wissen, ihr habt dahingehend mehr Erfahrung als ich« wurden sie zur Antwort von Viktoria angezickt.

»Die Nachbartische fanden es auch nicht so toll« ergänzte Andreas mit einem Blick auf die Hotelgäste an den anderen Tischen, von denen einige pikiert zu ihnen herüber blickten. Viktoria zuckte unbekümmert mit den Achseln, ehe sie Marie fragte, ob diese Wahrheit oder Pflicht nehmen wolle.

Sie entschied sich für Wahrheit und musste die Frage beantworten, was sie letzte Nacht geträumt hatte.

»Ich kann mich immer nur bruchstückhaft an meine Träume erinnern«, erklärte Marie.

»Dann erzähl, woran du dich erinnerst«, forderte Viktoria.

»Ok, aber ich warne euch besser gleich vor: Meine Träume sind meistens ziemlich krank.

Also: Ich habe im Gefängnis gesessen, weil ich einen Autounfall verursacht hatte. Eine meiner Mitinsassinnen hatte es auf mich abgesehen und wollte mich umbringen. Dann bekam ich eine neue Zellengenossin, die mir geholfen hat, in Isolationshaft zu kommen, wo ich vor der anderen Irren in Sicherheit war. Kurz darauf sind wir gemeinsam aus dem Gefängnis ausgebrochen, indem der Freund meiner Zellengenossin mit einem Panzer durch die Mauer gebrochen ist und uns so den Weg in die Freiheit ermöglichte.«

»Als wäre ich live dabei gewesen«, kommentierte Anja mit sarkastischem Tonfall.

Marie sah sie herausfordernd an: »Wenn ich es mit allen schaurigen Details erzählt hätte, könnte man damit ein ganzes Buch – oder zumindest ein Kapitel – füllen und die Zeit haben wir jetzt nicht.«

Anschließend drehte sie sich zu Kim um und fragte: »Wählst du Wahrheit oder Pflicht?«

Ihre Wahl fiel auf die Pflichtaufgabe und Marie erklärte: »Du darfst jetzt Andreas anflirten. Und gib alles, ich weiß, dass du es kannst.«

Kim schlug die Beine übereinander, drehte sich zu ihrem Sitznachbarn um, sah ihm verführerisch in die Augen und säuselte: »Na, Süßer, heute schon was vor?«

Andreas lief augenblicklich rot an und antwortete schließlich etwas verlegen: »Ja, wir wollten eigentlich gleich los und die Clubs unsicher machen.«

Kim beugte sich weiter vor, dabei strich sie, wie nebenbei, mit der rechten Hand die Haare hinter ihr Ohr, ehe sie wisperte: »Du willst also eine heiße Party-Nacht verbringen? Ich find's klasse, wenn Männer wissen, was sie wollen. Lass uns die Party doch zusammen feiern.«

»Ok, du kannst gerne mitkommen, wenn du willst«, antwortete ihr Andreas plump.

Die meisten am Tisch Sitzenden schlugen sich die Hände vor die Augen, doch Kim blieb in der Rolle und machte mit ihrer Show unbeeindruckt weiter. Jetzt flüsterte sie beinahe in Andreas' Ohr: »Ja, Süßer, das könnte ich, oder wir beiden Hübschen feiern die Party privat auf meinem Zimmer.«

Dabei hauchte sie ihm einen Kuss auf die Wange. Dann setzte sie sich wieder aufrecht hin, befreite die Haare hinter ihrem Ohr und nahm den anerkennenden Applaus der Gruppe entgegen. Nachdem sie einen Schluck aus ihrem Glas genommen hatte, sagte sie in die Runde: »Er hat es mir aber auch nicht leicht gemacht.«

»Ja, flirten kann er, der Andreas«, bestätigte Philipp und zwinkerte ihr zu.

Andreas wartete, bis sich alle wieder beruhigt hatten, ehe er zu Kim sagte: »Ich lehne dein Angebot dankend ab, nehme dann aber die Wahrheit.«

»Das trifft sich gut« sagte Kim, »denn ich wollte die ganze Zeit über schon wissen, was es mit dieser Sexpuppe auf sich hatte.«

Für den Bruchteil einer Sekunde verlor Andreas die Kontrolle über sein Gesicht. Sein Mund öffnete sich einen Spalt, seine Augenbrauen schnellten in die Höhe und sein Blick flackerte panisch erst zu Philipp, dann zu Thomas herüber. Während Thomas siegessicher grinste, schüttelte Philipp kaum merklich den Kopf. Dann fing Andreas sich wieder und begann zu erklären: »Das mit der Sexpuppe ist folgendermaßen...«

Er sprach langsam und suchte mit den Augen nach Worten.

172

»Wir haben vor den mündlichen Abiturprüfungen eine Art Wette abgeschlossen, um uns gegenseitig zu motivieren und der Einsatz war, dass derjenige mit dem schlechtesten Ergebnis von uns diesen Urlaub über eine Sexpuppe mit sich herum tragen musste. Ich war leider der Dümmste.«

Zufrieden lächelte Andreas Philipp und Thomas an. Philipp nickte leicht, Thomas hingegen war das Grinsen vergangen. Er blickte Andreas an, als hätte dieser ihm gerade gesagt, dass es den Weihnachtsmann gar nicht gibt.

Schließlich fragte Andreas Anja, ob sie Wahrheit oder Pflicht nehmen wolle. Anja entschied sich für Pflicht und wurde von mehreren Ecken des Tisches darauf hingewiesen, dass dies die dritte Pflichtaufgabe sei und sie die Hose tauschen musste.

Anja ging um den Tisch herum und wechselte mit Johanna die Jeans. Wieder an ihrem Platz sitzend fasste sie neugierig in die Tasche ihrer neuen Hose und zog überrascht die knisternde Verpackung eines einzelnen Kondoms hervor.

»Oh, Johanna, hast du heute Abend noch was vor?«, fragte sie ihre Tauschpartnerin.

Mit schiefem Blick auf das Kondom antwortete Johanna: »Das ist nicht meine Hose gewesen...«

Alle Blicke richteten sich auf die erneut leicht errötende Viktoria, die jedoch peinlich berührt schwieg.

»Ist ja auch egal« führte Anja das Spiel schließlich fort. »Was nimmst du denn, Helena, Wahrheit oder Pflicht?«

»Ich nehme dann auch Pflicht« antwortete Helena.

»Deine Aufgabe ist es« erklärte Anja, »zu Jupp rüber zu gehen und ihn zu fragen, wie viel er bereit ist, für eine Nacht mit dir zu bezahlen.«

»Du willst, dass ich mich prostituiere?« fragte Helena ungläubig.

»Du sollst es ja nicht wirklich tun. Du sollst nur deinen Marktwert erfragen« antwortete Anja.

Helena ging kopfschüttelnd zu Jupp an den Tisch.

Der Rest der Gruppe beobachtete gespannt, wie sie sich mit Jupp unterhielt. Die beiden lachten, schließlich verabschiedeten sie sich per Handschlag und Helena kehrte zu den anderen zurück.

»Und, wie hoch stehst du im Kurs?« fragte Johanna, kaum dass Helena sich wieder gesetzt hatte.

»Jupp ist ein Gentleman« klärte Helena die Gruppe auf. »Er sagt, ich wäre unbezahlbar.«

»Das ist ja süß« sagte Viktoria verzückt.

Helena fragte Thomas: »Wahrheit oder Pflicht?«

»Wahrheit« antwortete Thomas, doch kaum, dass er das Wort ausgesprochen hatte, weiteten sich seine Augen und er schlug die Hände auf den Mund. »Pflicht, Pflicht, ich meinte Pflicht« presste er zwischen seinen Fingern hindurch.

Helena lächelte kühl, dann sagte sie: »Zu spät. Du hast Wahrheit gesagt, also wirst du mir jetzt erzählen, was gestern Abend passiert ist, nachdem du dich von uns getrennt hast.«

Thomas seufzte, dann schilderte er erneut die Ereignisse der vergangenen Nacht. Er erntete spöttisches Gelächter und nachdem er seine Geschichte beendet hatte gab sich Helena zufrieden: »Ich weiß jetzt, was ich wissen wollte, von mir aus können wir mit dem Spiel aufhören.«

»Es wird auch langsam spät und da wir ja noch tanzen gehen wollten, wie Andreas bereits so charmant verkündet hat«, sagte Viktoria und zwinkerte Andreas zu, »sollten wir uns langsam auf den Weg machen.«

Sie leerten ihre Becher und machten sich auf den Weg in den Club. Dort zappelten sie, wie schon an den Abenden zuvor, einige Stunden zur laut aus den Boxen dröhnenden Musik. In dieser Nacht war es vor allem Helena, die sich vor jungen

Männern, die mit ihr tanzen wollten, kaum retten konnte. Mit leicht eifersüchtigem Blick wurde sie dabei von Johanna beobachtet, für die sich dieses Mal niemand zu interessieren schien.

Gegen fünf Uhr morgens kehrte die Gruppe schließlich in ihr Hotel zurück.

»Hey, dieses Mal sind wir ja sogar vollzählig zurückgekehrt«, sagte Anja augenzwinkernd, ehe sie sich gegenseitig eine gute Nacht wünschten und sich auf ihre jeweiligen Zimmer begaben.

In diesem angekommen, zog Philipp das Maßband von Marie aus seiner Hosentasche und sagte zu seinen beiden Zimmergenossen: »Dann kann ich jetzt nachmessen, wie tief ihr schlaft.«

Die Reaktion auf diesen Witz war, dass ihm zum wiederholten Male die Kopfkissen aus dem Doppelbett entgegen flogen.

# Badespaß

Lediglich drei Stunden später wachte Thomas wieder auf. Mit einem Blick auf seine beiden Zimmergenossen stand er so leise es ihm möglich war auf und zog sich an. Dabei schwankte er gewaltig und musste sich zwischenzeitlich sogar an seinem Bett abstützen, um nicht umzufallen.

Er ging zum Frühstücken in den Speisesaal, wo er sich am Buffet noch einmal zur Tür umblickte und anschließend mit zufriedenem Grinsen ein fürstliches Frühstück auf vier verschiedenen Tellern zusammenstellte. Seine reichlich gefüllten Teller – zwei in jeder Hand – trug Thomas wackelnd und schwankend in nur einem Gang zu dem Tisch, an dem sich am Tag zuvor bereits Philipp sein Frühstück zu Gemüte geführt hatte.

Mit wachsender Begeisterung fing er an, sein Mahl zu verspeisen. Immer wieder blickte er sich währenddessen im Saal um, aber seine Kameraden tauchten nicht auf. Auch von den Mädchen fehlte jede Spur.

Eine halbe Stunde später kehrte er auf das Zimmer vier Stockwerke höher zurück und schlüpfte in seine Badesachen. Nachdem er sich umgezogen hatte, drehte sich Thomas um und wollte in Richtung der Zimmertür aufbrechen, da stieß er mit seinem kleinen Zeh an einen der Bettpfosten.

Er sprang mit schmerzverzerrtem Gesicht auf einem Bein herum und ließ sich schließlich auf sein Bett fallen. Dabei fluchte er halblaut. Neben ihm wurde Andreas wach, sah ihn schlaftrunken an und fragte mit kleinen Augen: »Kannst du nicht leiser fluchen?«

»Entschuldige bitte, kommt nicht wieder vor«, fauchte Thomas ihn im Flüsterton an.

»Danke sehr«, brummte Andreas, drehte sich um und schlief fast augenblicklich wieder ein. Thomas umklammerte indessen, das Gesicht zu seinem Ausdruck stummen Leidens verzogen, seinen schmerzenden Zeh. Schließlich raffte er sich wieder auf und verließ behutsam auftretend das Zimmer.

Als er aus dem Lift in die Lobby trat, verließ Helena den zweiten Fahrstuhl direkt neben ihm. Sie trug einen blau-weiß gestreiften Bikini und darüber ein transparentes Seidentuch.

»Na, auch schon wach?« begrüßte sie Thomas mit einem Lächeln. Dieser nickte: »Ich wurde von einer krächzenden Möwe geweckt und konnte nicht mehr einschlafen.«

»Ich habe hier noch nicht eine Möwe gesehen« wunderte sich Helena. Thomas zuckte mit den Schultern. »Dann war das wohl Andreas« erwiderte er.

»Und jetzt willst du schwimmen gehen?« fragte Helena mit Blick auf Thomas' Outfit.

»Das war mein Plan« antwortete er ihr. »Du auch?«
Helena nickte.

»Lust auf ein kleines Wettschwimmen?« fragte Thomas. Helena grinste ihn an: »Wo wollen wir denn hinschwimmen?«

»Wie wäre es, wenn wir gemeinsam raus schwimmen und dann gucken, wer zuerst wieder am Strand ist?« schlug Thomas vor.

»Das klingt gut« antwortete Helena.
Am noch weitestgehend menschenleeren Strand legte Helena ihr Tuch ab, stellte ihre Strandtasche darauf und rannte ins Meer. Thomas folgte ihr und ließ sich in die Wellen fallen. Nachdem sich die beiden kurz an die Wassertemperatur ge-

wöhnt hatten, schwammen sie gemeinsam immer weiter vom Strand weg.

»Wie gut kannst du schwimmen?« fragte Thomas Helena.

»Ich habe den silbernen Rettungsschwimmer« antwortete sie.

»Oh, dann habe ich ja keine Chance« jammerte Thomas. Helena sah ihn mit hochgezogener Augenbraue an. »Was ist denn deine Qualifikation?«, fragte sie.

»Ich habe irgendwann mal das normale Schwimmabzeichen in Gold gemacht« antwortete er.

»Wir werden sehen« munterte Helena ihn auf.

Einige entgegenkommende Wellen später sagte Thomas mit Blick auf den inzwischen etwa zweihundert Meter entfernten Strand: »Ich glaube, das reicht jetzt, wir sollten umdrehen.«

Seine Gefährtin stimmte ihm zu. Die beiden brachten sich für ihr Wettschwimmen in Position und auf der Stelle schwimmend zählte Helena herunter: »Drei...zwei...eins...los!«

Ohne eine Möglichkeit, sich abzustoßen, gelang es den beiden Kontrahenten nur langsam, Geschwindigkeit aufzunehmen. Helena hatte jedoch die bessere Technik und konnte sich so einen Vorsprung von etwa zwei Körperlängen auf Thomas erarbeiten.

Diesen leichten Vorsprung hielt sie eine ganze Weile, doch nach etwa der halben Strecke begann Thomas, langsam aufzuholen. Schließlich ergriff er ihr Bein und zog sie zurück. Mit zwei kräftigen Bewegungen zog er nach diesem Foul an seiner Kontrahentin vorbei.

Helena spritzte ihm mit der Hand Wasser hinterher. Nur noch wenige Meter vom Strand entfernt, tauchte sie schließlich direkt hinter Thomas unter. Dieser blickte mit siegessicherer Miene hinter sich. Das überhebliche Grinsen in seinem Gesicht wich einem Ausdruck milder Überraschung, als er Helena nicht wie erwartet hinter sich entdeckte. Er wandte seinen Blick wieder in Schwimmrichtung, als sie direkt vor ihm auftauchte, sich im noch etwa hüfthohen Wasser vor ihm hinstellte und süffisant grinsend sagte: »Dann habe ich wohl gewonnen.«

Thomas öffnete gerade den Mund, um ihr etwas zu entgegnen, als er von hinten von einer kräftigen Welle erfasst und Helena entgegen geschleudert wurde. Mit dem Kopf voran traf er sie in Bauchhöhe und riss sie um.

Prustend tauchten beide wieder aus dem Wasser auf.

»Einigen wir uns auf Unentschieden«, schlug Thomas vor.

Beide blödelten noch ein wenig im Wasser herum und legten sich schließlich am Strand in den weichen Sand, um ein wenig Sonne zu tanken.

Gegen Mittag gingen sie zum Essen in den Speisesaal, wo auch Andreas, Philipp und der Rest der Mädchengruppe wieder zu ihnen stießen. Mit Bedauern in seinem Blick nahm Thomas sich nur einen Teller, den er so gut es ging mit Essen füllte.

Als alle am Tisch saßen, fragte Marie: »Was haltet ihr davon, wenn wir nachher alle zusammen Banana-Boat fahren?«

Diese Idee stieß auf allgemeinen Anklang und so machte sich die Gruppe nach dem Mittagessen in die benachbarte Bucht auf, wo Marie am Vortag den Stand eines Wassersportanbieters gesehen hatte.

Die Gruppe trat vor die kleine Holzhütte des Wassersportanbieters. An einer Seite der Baracke befand sich eine Theke, über die man von draußen nach drinnen und andersherum Geschäfte abwickeln konnte. Vor ebendiese Theke trat Marie nun und sagte zu dem Spanier im Innern der Hütte: »Wir würden gerne Banana-Boat fahren.«

Der Mann ließ seinen Blick über die Gruppe schweifen, dann antwortete er ihr: »Banana-Boat können nur acht Menschen gleichzeitig.«

Augenblicklich fing die Gruppe an zu diskutieren, wie man verfahren sollte, ob in zwei Fünfer-Gruppen und wenn ja, wer mit wem, oder doch lieber zu viert und zu sechst.

Viktorias Blick ging indes an dem Mann in der kleinen Holzhütte vorbei und fiel auf ein Plakat an der Rückwand, auf dem die Attraktionen, die hier angeboten wurden, aufgelistet waren. Sie flüsterte Philipp etwas ins Ohr. Er sah sie einen Moment irritiert an, dann nickte er langsam, während die anderen acht immer noch wild durcheinander redeten.

Viktoria nahm zwei Finger in den Mund und pfiff einmal kräftig. Der Rest der Gruppe verstummte augenblicklich und sah sie erwartungsvoll an.

»Philipp und ich verzichten, ihr könnt also alle zusammen auf eine Banane«, erklärte sie der restlichen Gruppe.

»Warum das denn?«, fragte Marie.

»Weil wir«, antwortete Viktoria ihr, »stattdessen Parasailing machen.«

Marie hatte noch Diskussionsbedarf, da sich jedoch noch eine weitere Gruppe bei dem Anbieter nach dem Banana-Boat erkundigte, gab sie klein bei und nahm die vollendeten Tatsachen, vor die Viktoria sie gestellt hatte, hin.

»Wir haben nur ein Boot, also erst Banana-Boat, dann Parasailing«, erklärte der Mann hinter der Theke. Die Gruppe erklärte sich einverstanden und bezahlte im Voraus.

Der Spanier nahm das Geld entgegen, dann reichte er ihnen zehn Schwimmwesten und trat aus seiner Hütte.

Während sie sich die Westen überstreiften, ging der Mann zu einem im Wasser vor Anker liegenden Motorboot und schnallte eine etwa sieben Meter lange, mit Luft gefüllte Gummibanane daran fest.

Andreas war der Erste, der mit festgezogener Schwimmweste an die Banane trat. Er sicherte sich den Platz ganz vorne. Hinter ihm nahmen erst Kim und dann Marie Platz. Den vierten Platz sicherte sich Helena, hinter ihr saß Thomas. Ihm folgte Anja, danach Lena und ganz hinten setzte sich Johanna auf die Banane.

Der Spanier überprüfte noch einmal das Geschirr, mit dem die Banane an das Boot geschnallt war, indem er kräftig daran zog. Dann sprang er in das Boot und ließ den Motor an.

»Ihr könnt bei mir im Boot mitfahren!« rief er Viktoria und Philipp zu. Die beiden sahen sich an, dann liefen sie durch den Sand und das seichte Wasser und sprangen ebenfalls auf das Boot.

Kaum, dass sie sich gesetzt hatten, gab der Mann Gas. Das Boot fuhr rasch vorwärts, die Seile, die es mit der Banane verbanden, spannten sich. Mit einem Ruck setzte sich schließlich auch die Banane in Bewegung und mit einem überraschten Schrei fiel Johanna rückwärts herunter.

»Mann über Board!« rief Philipp dem Fahrer zu, korrigierte sich dann aber selber: »Frau über Board!«

Der Skipper hielt das Boot an und Johanna schwamm der Banane hinterher. Als sie diese endlich erreicht hatte, versuchte sie, sich wieder hinauf zu hieven. Dabei rutschte sie zweimal ab und landete unter tosendem Gelächter wieder im Wasser. Schließlich gelang es ihr aber doch noch, ihre Position ganz hinten auf der Banane wieder einzunehmen.

»Du hast ja *richtig lange* durchgehalten« wurde sie von Lena wieder an Board willkommen geheißen.

Der Skipper gab wieder Gas. Erneut spannten sich die Seile und als die Banane abermals mit einem Ruck anzog, blieben alle auf ihr sitzen. Nun ging es mit Tempo über die Wellen. Der Skipper fuhr mehrere weite Kurven, dann steuerte er auf das offene Meer hinaus und drehte schließlich eine sehr enge Kurve, in der die Banane zur Seite kippte und die auf ihr Sitzenden ins Wasser beförderte.

Prustend und lachend tauchten die acht Reiter der Banane wieder auf und kletterten zurück auf ihre Plätze. Als alle wieder saßen, steuerte der Skipper an den Strand zurück und koppelte die Banane vom Boot ab.

Während die Bananenreiter ihre Schwimmwesten ablegten, schirrte er einen Fallschirm an das Boot und legte anschließend Viktoria und Philipp ihr Geschirr für den Flug an.

Die beiden drehten sich noch einmal um und winkten ihren Freunden zu, bevor sich der Schirm hinter ihnen aufblähte und ihre Füße den Kontakt zum Boden verloren.

Unter ihnen nahm der Abstand zur Wasseroberfläche immer weiter zu. Schließlich spannte sich das Seil, das sie mit dem Boot verband. Sie erreichten eine Höhe von etwa siebzig Metern und wurden nun vom Skipper mit dem Boot an der Küstenlinie entlang gezogen.

Während sie die vielen Menschen unter sich am Strand und im Meer beobachteten, kreischte Viktoria vor Begeisterung laut auf. Ihr und Philipp bot sich ein weiter Blick in Richtung des Inselinneren und auf das offene Meer hinaus.

»Wir sollten über gestern Abend reden« sagte Philipp schließlich zu Viktoria.

Sie sah ihn an und fragte: »Kommt jetzt die Frage, die alle Männer stellen?«

»Welche soll das sein?« fragte Philipp irritiert. Spöttisch grinsend antwortete Viktoria: »›Wie war ich?‹«

Philipp schüttelte den Kopf. Er presste die Lippen zusammen. Dann machte er den Mund auf, holte tief Luft und sah Viktoria direkt in die Augen: »Also ich, äh, ich fand unseren Kuss sehr schön und irgendwie, naja, war das gestern Abend für mich mehr, als nur die Erfüllung einer Pflichtaufgabe.«

»Was meinst du damit?«, fragte Viktoria mit Unschuldsmiene.

»Damit meine ich«, antwortete ihr Philipp zögerlich, »ich glaube, ich habe mich in dich verknallt.«

Viktoria ließ den Blick über den Strand und das Inselinnere schweifen, dann sah sie wieder Philipp an und sagte nachdenklich: »Das hier wäre die perfekte Kulisse für ein Date, meinst du nicht auch?«

Philipp nickte mit knallrotem Kopf zustimmend.

»Dann lass uns daraus auch eins machen«, sagte Viktoria und griff Philipps Hand.

Sie zog ihn zu sich herüber und beide verschmolzen in einem langanhaltenden Kuss, während unter ihnen das Boot eine lang gezogene Kurve fuhr und sich auf den Rückweg machte. Als sie sich wieder voneinander lösten, fragte Philipp: »Und was heißt das jetzt für uns?«

»Ich glaube«, antwortete Viktoria, »dass heißt, wir sind jetzt zusammen. Zumindest bis zum Ende dieses Urlaubs.«

Die beiden küssten sich noch einige Male leidenschaftlich, ehe sie zu sinken begannen.

Hand in Hand landeten sie wieder im weichen Sand des Strandes. Ihre Freunde kamen auf sie zu gelaufen. Mit einem Blick auf die einander festhaltenden Hände von Philipp und Viktoria sagte Thomas zu Andreas: »Ach du Scheiße!«

Dieser antwortete mit demselben entgeisterten Tonfall: »Leck mich fett, ich fass' es nicht!«

Die Mädchen jedoch riefen allesamt, nachdem sie realisiert hatten, was in der Luft vor sich gegangen sein musste, voller Verzückung: »Ohhh!«

Philipp grinste verlegen, während Viktoria ihre Freundinnen freudig anstrahlte.

Gemeinsam machte sich die Gruppe auf den Weg zurück zu ihrem Hotel. Am dortigen Strand angekommen liefen sie ins Wasser und plantschten alle gemeinsam darin herum.

»Hat jemand einen Ball dabei?« fragte Johanna schließlich in die Runde.

»Nein, aber ich könnte einen holen« antwortete Thomas ihr.

Johanna nickte begeistert.

Thomas machte sich alleine auf den Weg ins Hotel, um den Ball zu holen. Als der Rest der Gruppe ihn zurückkehren sah, stellten sie sich im bauchhohen Wasser in einem Kreis auf und warteten darauf, dass er sich mitsamt des Balls durch die niedrigen Wellen wieder zu ihnen gekämpft hatte. Thomas nahm sofort seinen Platz im Kreis ein und warf den Ball der ihm gegenüberstehenden Lena zu.

Die Gruppe passte sich weiter gegenseitig den Ball zu, bis schließlich Andreas diesen in den Händen hielt. Gerade in diesem Moment schwamm knapp hinter Thomas ein Mädchen in seinem Alter entlang. Andreas holte aus, warf den Ball schwungvoll Thomas zu und rief dabei: »LAURENZ!«

Mit einem eleganten Sprung fischte dieser den Ball aus der Luft und erntete dafür von den Damen der Gruppe Szenenapplaus. Anja, die neben Andreas stand, drehte sich jedoch zu ihm um und fragte: »Und warum genau hast du jetzt ›Laurenz‹ gerufen?«

»Ja, Andreas« mischte sich Philipp, der auf der anderen Seite neben ihm stand ein, »warum hast du jetzt ›Laurenz‹ gerufen?«

»Ähm, naja« stotterte Andreas verlegen, »das rufen wir immer, bevor ein kräftiger Wurf kommt, um den anderen vorzuwarnen.«

»Aha« quittierten Anja und Philipp diese Erklärung wie aus einem Munde.

Nach dem Ballspiel legten sie sich an den Strand, um noch ein wenig die Abendsonne zu genießen, ehe sie auf ihre jeweiligen Zimmer zurückkehrten, um sich für das Abendessen fertig zu machen.

Kaum, dass die Zimmertür hinter den Jungs und Schloss gefallen war, stürzten sich Andreas und Thomas auf Philipp:

»Seid ihr jetzt zusammen?«

»Wie ist das passiert?«

»Nur für den Urlaub, oder auch darüber hinaus?«

»Wollt ihr es heute Nacht noch treiben?«

Philipp hob abwehrend die Hände und versuchte sie zu beruhigen: »Jungs! *Jungs*! JUNGS!«

Das letzte Wort schrie er beinahe. Seine beiden Zimmergenossen verstummten. Jetzt, wo wieder Ruhe im Zimmer eingekehrt war, setzte Philipp zu einem Antwortversuch an: »Ja, wir sind jetzt zusammen. Zumindest für den Rest des Urlaubs, so ihre Worte. Alles andere geht euch eigentlich gar nichts an...«

»Pinky ist heute Abend fällig« verkündete Andreas, während er Philipp die Schultern mit sanfter Gewalt massierte, »die wird nachher ordentlich weggeflankt.«

»Genau« pflichtete ihm Thomas bei, »wenn du schon ein Eisen im Feuer hast, dann musst du es auch schmieden.«

Philipp hob erneut die Hände. Mit ruhiger Stimme sagte er: »Jetzt hört mal: Ich habe vor nicht mal vierundzwanzig Stunden das erste Mal in meinem Leben ein Mädchen geküsst, das reicht mir erst mal. Und Thomas, bist du dir sicher, dass das Sprichwort so geht?«

Mit einem Schulterzucken sagte Thomas: »Keine Ahnung, aber ich bin ja dank dir darin geübt, Synonyme zu finden, also kannst du von mir aus auch das Pferd reiten, das Brett nageln, den Hasen hoppeln lassen, ich kann ewig so weiter machen.«

»Brauchst du nicht, ich habe schon verstanden, worauf du hinaus willst« antwortete Philipp.

»In den Hafen einschiffen, die Höhle erforschen, das Loch stopfen« fuhr Thomas fort.

185

»Ich sagte doch, dass ich es verstanden habe« fuhr ihm Philipp eine Spur energischer dazwischen.

»Den Klappstuhl ausgraben, ein Rohr verlegen, den Kanal reinigen« setzte Thomas seine Aufzählung fort.

»Es ist gut!« herrschte ihn Philipp an.

»Den Korken ziehen, die Pizza belegen, das Fass anstechen« monologisierte Thomas unbeeindruckt weiter.

Ein zorniger Blick von Philipp brachte ihn schließlich zum Verstummen.

Philipp verschwand als erster im Bad. Als die Tür hinter ihm ins Schloss fiel, drehte sich Thomas schulterzuckend zu Andreas um und sagte: »Den Acker pflügen, das Feld bestellen, in See stechen.«

»Ich kann euch immer noch hören« drang Philipps Stimme aus dem Badezimmer.

»Ich höre ja schon auf« rief Thomas zurück. Dann sagte er leise zu Andreas: »Den Wagen parken, die Garage fegen, die Torte anschneiden.«

# Ruhiger Abend

Während des Abendessens besprach die Gruppe den Verlauf des restlichen Tages.

»Da dies unser letzter Abend hier ist, haben wir, wie bereits gestern gesagt, beschlossen, unseren Urlaub heute ruhig aus- klingen zu lassen«, informierte Marie die Jungs.

»Was sollen wir uns darunter vorstellen?«, fragte Andreas nach.

»Wir wollten nach dem Abendessen noch einmal durch die abendliche Stadt flanieren«, antwortete ihm Viktoria, »danach in Ruhe an der Hotelbar auf den zu Ende gehenden Urlaub anstoßen und dann früh ins Bett gehen.«

Philipp sah seine beiden Freunde an und sagte: »Das kön- nen wir doch auch machen und morgen, an *unserem* letzten Tag, geben wir dann noch einmal richtig Gas.«

Thomas und Andreas nickten.

Nach einem ausgiebigen Mahl, bei dem viel gelacht wurde, startete die Truppe ihren Rundgang durch die Stadt. Die Mäd- chen wollten unbedingt noch ein letztes Mal in das örtliche Shoppingcenter und ließen den Jungs keine andere Wahl, als sie zu begleiten.

»Dann sehen wir das wenigstens auch mal«, äußerte sich Andreas dazu.

Während die Mädels in ein Bekleidungsgeschäft nach dem anderen einfielen und sich dort jedes Mal im Rudel durch das Sortiment wühlten, steuerten Andreas, Philipp und Thomas eher die Souvenirläden und die Geschäfte mit technischem

Spielzeug an. Auch in den Schuhgeschäften sahen sie sich um, wurden jedoch nirgendwo fündig, bis auf mehrere Postkarten, die sie ausfüllen und an die Familien in Deutschland schicken wollten.

»Eigentlich lohnt es sich gar nicht mehr, die abzuschicken«, sagte Philipp, als sie die Karten kauften. »Die wären schneller zu Hause, wenn wir sie ausfüllen und selbst mitnehmen würden.«

»Ja, aber das ist einfach nicht das Gleiche«, antwortete Andreas.

Die Mädchen hatten auf ihrer Shopping-Tour wesentlich mehr abgeräumt. Jede von ihnen trug mindestens eine volle Einkaufstüte am Arm, als sie die Mall wieder verließen.

Nach einem Rundgang durch die Stadt spazierte die Gruppe an der Strandpromenade entlang zurück in Richtung des Hotels. Inzwischen war es dunkel geworden und die Beleuchtung am Wegesrand spendete ihnen ein gemütliches Schummerlicht.

Wieder an ihrem Hotel angekommen, schlug Viktoria, die, seit sie die Mall verlassen hatten, mit Philipp Hand in Hand ging, diesem vor: »Lass uns doch noch einen romantischen Strandspaziergang im Mondschein machen.«

Philipp willigte ein und wartete vor dem Hoteleingang, während Viktoria ihren Einkauf auf ihr Zimmer brachte. Als sie zurückgekehrt war, schlenderten die beiden Hand in Hand zurück an den Strand. Sie streiften ihre Schuhe ab und liefen barfuß durch den immer noch warmen Sand bis hinunter zum Wasser. Gemeinsam gingen sie, begleitet vom Rauschen des Meeres, an der Wasserkante entlang. Immer wieder umspülten Wellen ihre Füße, während zu ihrer Seite das Meer rauschte und über ihnen die Sterne und der Mond am Nachthimmel leuchteten.

»Ich habe Lust, eine Runde zu schwimmen« sagte Viktoria plötzlich.

Philipp blickte sie verunsichert an: »Hast du etwa Badesachen drunter? Ich zumindest nicht.«

Seine Freundin schüttelte den Kopf, dann sagte sie: »Aber es ist dunkel und wir sind die einzigen Menschen weit und breit.«

»Ich weiß nicht so recht.«

»Ach komm schon, hast du nicht auch Lust, mal etwas Verrücktes zu tun?« versuchte sie ihn zu überzeugen.

Zögernd willigte Philipp schließlich ein.

Viktoria stellte ihre Schuhe neben sich in den Sand und schob die Träger ihres Kleides von den Schultern. Der Stoff glitt an ihr herab zu Boden. Noch während Philipp sich das Shirt über den Kopf streifte, hatte sie ihren BH abgelegt und ließ ihr Höschen zu Boden gleiten. Sie lief ins Wasser. Philipp, der währenddessen damit beschäftigt war, seine Hose auszuziehen, blickte ihr nach, bis sie bis zum Hals im Wasser verschwunden war. Auch er ließ seine Hose zu Boden gleiten und stand nun zögerlich nur mit Boxershorts bekleidet am Strand.

»Na komm!« rief Viktoria aus dem Wasser und winkte ihn zu sich, »sei nicht so schüchtern!«

Mit einem Seufzer streifte er die Shorts ab und folgte seiner Freundin ins Wasser.

Die beiden bespritzten sich gegenseitig mit Wasser und alberten ausgelassen im Meer herum. Sie unterbrachen ihr fröhliches Treiben erst, als plötzlich vom Strand Musik, Stimmen und Gelächter zu ihnen herüber wehten.

Mit entsetzten Blicken mussten sie feststellen, dass sich nicht unweit ihrer Habseligkeiten eine Gruppe von etwa zwanzig Leuten mit Musik und, dem Klimpern von Glasflaschen nach zu urteilen, auch mit diversen Getränken niederließ.

»Und jetzt?« fragte Philipp.

Viktoria sah ihn unbeeindruckt an und antwortete: »Warten wir?«

»Ich habe nicht das Gefühl, dass die sich alsbald wieder verziehen werden«, mutmaßte Philipp.

»Dann müssen wir wohl in den sauren Apfel beißen...«, sagte Viktoria und biss sich auf die Unterlippe.

Die beiden eilten aus dem Wasser zu ihren Klamotten. Sie hatten gerade ihre im Sand liegenden Habseligkeiten erreicht, da wurden sie von der Gruppe entdeckt. Sofort fingen die angetrunken wirkenden jungen Männer und Frauen an, zu ihnen herüber zu grölen.

Das frisch verliebte Pärchen versuchte, seine Zaungäste so gut es ging zu ignorieren.

Nachdem sie wieder angezogen waren, machten sie sich raschen Schrittes auf den Rückweg in das Hotel. Als dieses in Sicht kam, eröffnete Viktoria ihrem Freund: »Ich habe vorhin mit Lena gesprochen, sie schläft heute Nacht bei Kim und Marie, wir hätten mein Zimmer also ganz für uns alleine...«

Philipp sah sie ungläubig an. Sie grinste ihm entgegen.

»Wollen wir den anderen nicht noch etwas Gesellschaft leisten?« fragte Philipp, als sie die Lobby des Hotels betraten. Viktoria jedoch steuerte zielstrebig auf den Fahrstuhl zu: »Die kommen auch gut ohne uns klar.«

Als sich die Fahrstuhltüren hinter ihnen schlossen, verschmolzen die beiden in einen innigen Kuss miteinander, aus dem sie sich erst wieder lösten, als sich die Fahrstuhltüren drei Stockwerke weiter oben wieder öffneten.

Auf dem Weg zu ihrem Zimmer forderte Viktoria Philipp auf: »Jetzt erzähl mir erst mal, was es wirklich mit Andreas und der Sexpuppe auf sich hatte!«

»Wie Andreas schon gesagt hat...«, fing Philipp an.

»Du glaubst doch nicht im Ernst«, fiel ihm seine Freundin ins Wort, während sie das elektronische Schloss ihrer Zimmertür mit der Schlüsselkarte bearbeitete, »dass wir euch diesen Schwachsinn abgekauft haben?«

Er holte noch einmal tief Luft, dann erzählte er ihr die ganze Geschichte mit den Aufgaben, die sie sich gegenseitig stellten und erklärte ihr genau, wer welche Aufgaben bisher zu erledigen hatte. Während er erzählte, gelang es Viktoria, ihre Zimmertür zu öffnen und sie ließen sich auf ihrer Bettkante nieder.

»Aber verrate bitte niemandem, dass ich dir das gesagt habe, sonst wird das noch ein verdammt teurer Urlaub für mich«, beendete Philipp schließlich seine Erzählung.

»Werde ich nicht«, versprach Viktoria ihm.

Mit einem Lächeln fügte sie noch hinzu: »Also brauche ich mir keine Sorgen zu machen, dass du meinen richtigen Namen ständig vergisst?«

»Aber nein, ich weiß doch, dass du Tamara heißt«, antwortete ihr Philipp beschwichtigend.

Viktoria quittierte dies, indem sie ihm ihr Kopfkissen entgegen schleuderte.

»Jetzt fängst du auch noch mit dem Kissen an...«, warf ihr Philipp mit gespielt genervtem Tonfall vor.

»Was soll das denn heißen?«

Philipp nahm das Kissen und drückte es Viktoria liebevoll ins Gesicht, während er antwortete: »Irgendwie übe ich in diesem Urlaub eine erstaunliche Anziehungskraft auf Kopfkissen aus. Die von Andreas und Thomas jedenfalls sind mir hier schon öfter entgegen geflogen.«

Die auf der Bettkante sitzende Viktoria ließ sich nach hinten auf ihr Bett fallen. Philipp, der ihr immer noch das Kissen entgegen drückte, kippte ebenfalls nach vorne und landete, das Kissen zwischen sich und ihr, auf seiner Freundin.

Viktoria zog es zwischen ihnen weg und die beiden Liebenden küssten sich lang und innig.

Sie warf einen prüfenden Blick auf die verschlossene Zimmertür, dann griff Viktoria in ihre Nachttischschublade und zog das Kondom, welches Anja bereits am Vorabend in ihrer Hosentasche entdeckt hatte, heraus. Sie legte es neben sich auf das Bett, während sie und Philipp sich immer noch leidenschaftlich küssten.

Er löste die seinen von den Lippen Viktorias und blickte erst ihr fragend in die Augen, dann wanderte sein Blick auf das verpackte Kondom auf dem Nachttisch und wieder zurück zu seiner Freundin. Sie nickte leicht.

An der Hotelbar saßen die verbliebenen Mitglieder der Gruppe in gemütlicher Runde beisammen und redeten darüber, wie sie sich ihre Zukunft jetzt, nach dem Ende ihrer Schullaufbahn vorstellten. Nebenbei spielten sie Karten und nahmen das eine oder andere alkoholische Getränk zu sich.

Mit einem Blick auf die Uhr an seinem Handgelenk fragte Andreas schließlich in die Runde: »Wo bleiben eigentlich Philipp und Pinky?«

»Ich glaube, auf *Vicky* und Böhnchen brauchst du nicht mehr warten«, antwortete ihm Lena.

»Was meinst du da- ?«, setzte Andreas an, doch dann wurden seine Augen groß und seinen Lippen entfuhr ein verstehendes »Ohhh«

Helena blickte nun ebenfalls auf ihre Uhr und sagte: »Mädels, ich glaube, es wird langsam Zeit. Wir müssen morgen früh raus und ich für meinen Teil habe noch längst nicht alle Sachen gepackt.«

Die anderen Damen am Tisch stimmten ihr zu und als sie ihre Getränke einige Minuten später geleert hatten, erhoben sie sich und verabschiedeten sich wort- und umarmungsreich von Andreas und Thomas.

Die beiden wiederum blieben, nachdem sie die Mädchen verabschiedet hatten, noch an ihrem Tisch sitzen und schlürften gemütlich ihre Drinks.

»Eigentlich könnten wir ja jetzt doch noch mal los und die Clubs der Stadt unsicher machen«, schlug Thomas vor.

»Ja, das könnten wir. Aber, wenn ich ehrlich bin, war der Urlaub bisher schon ganz schön anstrengend, sodass ich nichts dagegen hätte, heute einfach mal früh schlafen zu gehen. Außerdem haben wir übermorgen einen so frühen Rückflug, dass ich überlegt habe, ob es nicht vielleicht sinnvoll wäre, morgen einfach die komplette Nacht durchzumachen und dann quasi aus dem Club in den Flieger zu wechseln.«

»Die Idee ist tatsächlich reizvoll«, bestätigte Thomas.

Andreas leerte seinen Becher, dann sagte er: »Ich schlage vor, dass wir uns noch einen Drink holen und dann auch ins Bett gehen.«

Thomas nickte.

# Abschied

Um kurz vor sieben klingelte der Wecker, den sich Viktoria auf ihrem Handy gestellt hatte.

Philipp schlug die Augen auf. Ein breites Grinsen legte sich auf sein Gesicht. Er lag in Löffelstellung mit Viktoria in ihrem Bett. Sein rechter Arm lag über der Bettdecke um ihre Taille geschlungen. Auch sie schlug die Augen mit einem breiten Grinsen auf. Sie gähnte herzhaft, was ein wenig wie ein Jaulen klang, dann drehte sie sich um und blickte Philipp an.

»Guten Morgen«, strahlte sie ihn an.

»Den wünsche ich dir auch«, antwortete er.

Der Wecker auf ihrem Handy klingelte zum zweiten Mal. Viktoria streckte die Hand nach ihrem Telefon aus und schaltete den Wecker ab. Dann drehte sie sich wieder zu Philipp um und sagte: »Ich muss meinen Koffer noch packen, in einer halben Stunde kommt schon der Transferbus.«

Sie sprang aus dem Bett und fing hektisch an, ihre Habseligkeiten in ihren Koffer zu werfen.

»Kann ich dir irgendwie helfen?«, fragte Philipp.

Viktoria antwortete, während sie durch das Zimmer wuselte: »Nein, nein, lass nur, ich komme schon klar.«

»Dann gehe ich mal sehen, was meine Jungs so treiben«, sagte Philipp und stand auf. Er zog seine Hose und sein Shirt an und ging zur Tür. Dort angekommen drehte er sich noch einmal zu seiner Freundin um und sagte: »Wir sehen uns dann gleich beim Frühstück.«

»Ja, bis gleich«, antwortete diese über ihren Koffer gebeugt.

Mit federnden Schritten ging Philipp die Flure entlang zu seinem Zimmer, das ein Stockwerk höher gelegen war. Zur Feier des Tages nahm er sogar die Treppe. Während er die Stufen erklomm, pfiff er ein fröhliches Liedchen.

Erst vor der Zimmertür fiel ihm, die Taschen seiner Hose abklopfend, auf, dass er gar keine Schlüsselkarte bei sich trug. Er klopfte an der Tür. Als sich nach etwa einer Minute noch nichts getan hatte, hämmerte er energischer gegen selbige.

Aus dem Zimmer konnte er Stimmen hören, dann wurde ihm geöffnet.

»Hast du mal auf die Uhr geguckt?« begrüßte ihn der verschlafen dreinblickende Thomas.

»Ja, es ist sieben Uhr, warum fragst du?« erwiderte Philipp den Gruß gut gelaunt.

Als Thomas zurück in sein Bett kroch, brummte er: »Verarschen kann ich mich auch alleine.«

Philipp ging nicht weiter darauf ein, sondern fragte stattdessen: »Kommt einer von euch mit zum Frühstück?«

Die beiden Gefragten brummten zur Antwort ihre Kissen an.

»Dann halt nicht, aber es ist die letzte Chance, sich noch von den Mädels zu verabschieden« sagte Philipp und ging zurück zur Zimmertür, die ihm gerade erst geöffnet worden war.

»Wir haben uns gestern Abend schon ausgiebig verabschiedet« klärte ihn Andreas auf, »aber ich habe gerade beschlossen, trotzdem mit zu kommen.«

Philipp wartete auf dem Hotelflur, während sich Andreas anzog, dann gingen die beiden gemeinsam die Treppe hinunter zum Speisesaal. Andreas musterte Philipps Hinterkopf, während dieser vor ihm die Treppe nahm. Schließlich fragte er ihn: »Und, wie war die Nacht mit Pinky?«

Philipp konnte ein breites Grinsen nicht unterdrücken, als er sich zu Andreas umdrehte.

»Ein Gentleman genießt und schweigt«, antwortete er süffisant grinsend.

Andreas zog die Augenbraue hoch: »Also hast du genossen?«

»Wir haben viel geredet«, wich Philipp der Frage aus.

»Und über was?« ließ Andreas nicht locker.

»Zum Beispiel darüber, dass wir beide vorhaben, demnächst in Köln zu studieren«, antwortete Philipp.

Damit begnügte sich Andreas vorerst und schweigend nahmen sie den letzten Treppenabsatz, ehe sie in die Lobby traten. Sie durchschritten diese und öffneten die Tür zum fast menschenleeren Speisesaal. Philipp sah sich um und sagte: »Es scheint noch nicht viel los zu sein um diese Uhrzeit. Aber ich kann unsere Mädels gar nicht sehen.«

»Ich auch nicht«, bestätigte ihm Andreas.

Die beiden suchten sich ihr Frühstück am Buffet zusammen und setzten sich an einen Tisch von dem aus sie den Eingang des Speisesaals gut im Blick hatten.

Als sie ihr Mahl fast beendet hatten, hörten sie aus der Lobby bekannte Stimmen.

»Ich glaube, die Mädels checken gerade aus«, sagte Philipp zu Andreas und erhob sich eilig von seinem Platz. Er war schon auf halbem Weg in die Lobby, als Andreas ihn noch einmal zurückrief: »Hey, Philipp! Deine nächste Aufgabe ist es-«

»Hat das nicht Zeit bis nachher?« unterbrach ihn Philipp.

»Nein, hat es nicht«, antwortete ihm Andreas, »denn deine nächste Aufgabe ist es, mir einen der Bikinis von Kim zu besorgen. Und zwar so, dass Vicky es mitbekommt.«

»Du blöder Penner!« fluchte Philipp, als er sich von Andreas abwandte und aus dem Speisesaal stürmte.

In der Lobby standen nur noch Helena, Anja und Marie an der Rezeption, um ihre Schlüsselkarten zurück zu geben. Viktoria und Lena verließen gerade mit ihren großen Reisekoffern und das Hotel.

»Hey, Irene, warte mal!« rief Philipp ihr hinterher.

»Wirklich?! Wir haben miteinander geschlafen und du kannst dir immer noch nicht meinen Namen merken?!« rief Viktoria zurück.

»Das war jetzt vielleicht ein bisschen laut« meldete sich die neben ihr stehende Lena zu Wort.

Viktoria schob ihren Koffer weiter zum Transferbus, der bereits vor dem Hotel auf sie wartete, während Philipp ihr nacheilte.

Am Bus hatte er sie eingeholt. Während sie ihren Koffer zu den zahlreichen, bereits im Bus verstauten anderen stellte, fragte er sie betont beiläufig: »Welcher von den Koffern gehört Kim?«

Viktoria drehte sich zu ihm um und sagte: »Keine Ahnung, warum willst du das denn wissen?«

»Weil ich dringend an ihren Koffer muss« antwortete Philipp ihr mit Nachdruck.

Neben den beiden stellten nun auch Helena, Anja und Marie ihre Koffer in den Bus und der Busfahrer machte die Klappe zum Laderaum des Busses zu. Er stieg wieder in den Bus und rief den vier noch draußen stehenden Mädchen zu: »Venga, venga!«

Philipp sah resignierend auf die geschlossene Ladeklappe.

»Das war's dann wohl« seufzte er leise.

Er zwang sich zu einem fröhlichen Gesichtsausdruck, umarmte seine Liebste und verabschiedete sich mit einem letzten, lange andauernden Kuss von ihr.

»Habe ich nicht super die angepisste Freundin gespielt, als du mich mit falschem Namen angesprochen hast?« flüsterte

Viktoria Philipp während der Umarmung mit einem Lächeln ins Ohr.

Schließlich löste sie sich von ihm und stieg in den Bus. Kaum, dass sie diesen betreten hatte, schloss der Fahrer mit gehetztem Blick die Tür hinter ihr. Viktoria setzte sich an einen Fensterplatz und winkte ihrem Freund zu. Die anderen Mädchen taten es ihr gleich.

Philipp stand alleingelassen vor dem Bus und winkte zurück. Auch Andreas, der mittlerweile im Hoteleingang stand, winkte den Mädchen zum Abschied, als der Bus davon fuhr.

Philipp sah ihnen noch nach, bis sie um die nächste Kurve gefahren und verschwunden waren, dann drehte er sich zu Andreas um. Dieser feixte ihn an.

»Wo ist denn mein Bikini?« fragte er mit einem siegessicheren Gesichtsausdruck.

Philipp sah ihn niedergeschlagen an.

Andreas hüpfte fast, so sehr federten seine Schritte, während er neben seinem deprimierten Kumpel herging. Auf dem Weg zurück in ihr Zimmer sprach keiner der beiden mehr ein Wort. Vor der Tür mit der Aufschrift 415 angekommen fragte Philipp: »Wollen wir ihm wirklich schon sagen, dass das Spiel vorbei ist?«

Andreas schüttelte mit einem schelmischen Grinsen den Kopf.

»Aber was sagen wir ihm dann, wenn er wissen will, was meine letzte Aufgabe gewesen ist?« fragte Philipp.

Andreas überlegte kurz, dann antwortete er: »Deine letzte Aufgabe war es, dich mit Abschiedskuss von Helena anstatt von Viktoria zu verabschieden.«

»Eine selten dämliche Idee« murmelte Philipp, während er die Tür öffnete.

Thomas schlief wieder, als die beiden eintraten.

»Wenn ich ehrlich bin, könnte ich auch noch ein bisschen Schlaf vertragen« sagte Philipp leise.

»Bist du letzte Nacht etwa nicht zum Schlafen gekommen?«, fragte Andreas ebenso leise.

Philipp warf ihm einen vielsagenden Blick zu, dann ließ er sich auf sein Bett fallen und schloss die Augen.

»Schlaf gut«, sagte Andreas, »ich gehe dann schon mal vor an den Strand und schwimme eine Runde.«

»Mh«, brummte Philipp in sein Kopfkissen.

Als Philipp drei Stunden später aus dem Bett stieg, wurde auch Thomas wieder wach.

»Ich gehe runter an den Strand und suche mal nach Andreas, kommst du mit?«, fragte Philipp.

Thomas grunzte zustimmend, dann verließ auch er sein Bett.

Auf dem Weg zum Strand fragte er: »Wie war eigentlich deine Nacht mit Vicky?«

Philipp verdrehte leicht die Augen. »Jetzt geht das wieder los«, stöhnte er.

»Das war keine Antwort«, stellte Thomas vorwurfsvoll fest.

Philipp nickte, dann erwiderte er: »Das hast du sehr gut erkannt. Ich kann dir nur das sagen, was ich heute Morgen auch schon zu Andreas gesagt habe: Ein Gentleman genießt und schweigt.«

»Also hast du genossen?«, fragte Thomas.

»Auf jeden Fall habe ich gerade ein ganz starkes Déjà-vu«, stellte Philipp fest. Er grinste seinen Freund an, der lediglich irritiert zurückblickte.

Am Strand angekommen fanden die beiden ihren Freund nach einigem Suchen auf einem Handtuch in der spanischen Mittagssonne liegend vor.

»Hat Philipp dich schon auf den neusten Stand gebracht?«
erkundigte sich Andreas bei Thomas, als dieser sich vor ihm
aufbaute und dadurch in Schatten hüllte.

»Nein, der feine Gentleman schweigt« antwortete Thomas.

»Viktoria hat nicht geschwiegen« erwiderte Andreas.

Neugierig fragte Thomas nach: »Was meinst du damit?«

Andreas grinste breit, dann antwortete er: »Nun ja, sie hat
heute Morgen quer durch die Lobby gebrüllt, dass die beiden
miteinander geschlafen haben.«

»Ist nicht wahr!« rief Thomas aus.

»Ist doch wahr« bestätigt Philipp halblaut.

Thomas ergriff Philipps Hand und schüttelte sie über-
schwänglich. Dabei rief er aus: »Hey, Philipp, alte Säge, herzli-
chen Glückwunsch!«

Philipp wurde rot und blickte beschämt zu Boden.

»Bevor du mich jetzt noch weiter in Verlegenheit bringst«
sagte er dann mit Blick auf die neugierig zu ihnen herüberse-
henden anderen Strandbesucher zu Thomas, »kannst du dich
lieber deiner nächsten Aufgabe widmen.«

»Ist nicht erst mal Andreas damit dran, dir eine zu stellen?«, fragte Thomas etwas irritiert in die Runde.

»Nö, Philipp hat seine Aufgabe schon erledigt« antwortete
Andreas.

Thomas sah Philipp argwöhnisch an, als er fragte: »Und
was war deine Aufgabe?«

Philipp und Andreas warfen sich einen kurzen Blick zu, ehe
Philipp antwortete: »Andreas hielt es für witzig, dass ich mich
statt von Vicky in aller Form von Helena verabschiede und ihr
einen Abschiedsschmatzer aufdrücke.«

Thomas musste lachen. Als er sich wieder beruhigt hatte,
fragte er: »Und wie hat Vicky reagiert?«

»Was glaubst du wohl?« entgegnete Philipp.

»Sie hat ihm nach allen Regeln der Kunst eine geklatscht«, belehrte Andreas Thomas.

»Ja, jetzt weiß ich mal, wie du dich den ganzen Urlaub über gefühlt haben musst«, führte Philipp das Gespräch fort.

»Deine nächste Aufgabe jedenfalls« sagte er dann zu Thomas, »ist es, innerhalb der nächsten zwei Stunden dreißig verschiedene Leute von ihren Luftmatratzen zu stoßen.«

Thomas runzelte die Stirn.

»Was hältst du davon, wenn wir jetzt erst mal eine halbe Stunde einfach so schwimmen gehen, danach zu Mittag essen und ich mir anschließend zwei Stunden Zeit nehme, um deiner Aufgabe nach zu kommen?« fragte Thomas.

Philipp erklärte sich einverstanden und die drei Jungs stürzten sich ins in die Fluten.

# Die letzte Aufgabe

Als sie eine gute Stunde später vom Mittagessen an den Strand zurückkehrten, blickte Philipp auf seine Uhr und gab Thomas das Startzeichen: »Deine Zeit läuft ab... Jetzt«

Thomas sah sich auf dem Wasser um. In unmittelbarer Nähe trieben nur sieben Luftmatratzen auf den Wellen.

»Sieht aus, als müsstest du auch noch zu den Nachbarständen«, sagte Andreas, der ebenfalls aufs Meer blickte.

»Eins nach dem anderen«, murmelte Thomas, dann lief er zügig ins Wasser.

Philipp und Andreas folgten ihm mit einigen Metern Abstand, als er auf sein erstes Opfer zuschwamm.

Auf einer blassblauen Luftmatratze trieb ein Mädchen von etwa fünfzehn Jahren auf den Wellen.

Noch knapp drei Meter von ihr entfernt tauchte Thomas ab. Er schwamm unter die Luftmatratze, stieß von unten kräftig dagegen, sodass das Mädchen erschrocken auffuhr, ehe sie ins Wasser purzelte.

Thomas drehte unter Wasser um und tauchte erst kurz vor seinen beiden Freunden wieder auf. Aus sicherer Entfernung beobachteten sie, wie das Mädchen verärgert nach dem Missetäter Ausschau hielt und sich dann wieder auf die Luftmatratze hievte.

Als nächstes schmiss Thomas einen älteren Herrn von seiner Luftmatratze, danach nahm er sich zwei junge Frauen vor, die gemeinsam mit ihren Luftmatratzen nebeneinander hertrieben.

Anschließend schwamm er weiter den Strand entlang auf der Suche nach neuen Opfern. Andreas und Philipp folgten ihm immer mit einem gewissen Abstand.

Jedes Mal, wenn Thomas wieder ein Opfer von seiner Luftmatratze beförderte, beobachteten die beiden, ob die betreffende Person auch wieder wohlbehalten auf die Matratze kam.

Nach dem zwölften Opfer wurde ein Rettungsschwimmer am Strand in seinem Hochsitz auf das Treiben aufmerksam. Er kletterte von seinem Posten herunter und lief ins Wasser. Zielgerichtet kraulte er mit schnellen Bewegungen auf Thomas zu, der so sehr in seine Aufgabe vertieft war, dass er ihn nicht bemerkte.

Gerade, als er Opfer Nummer dreizehn, einen Jungen in seinem Alter, ins Wasser beförderte, erreichte ihn die Schwimmaufsicht. Mit lauter Stimme hielt er Thomas im Wasser eine Standpauke darüber, dass solch ein Verhalten inakzeptabel wäre, er damit die anderen Badegäste belästigen und in Gefahr bringen würde und dies am Strand nicht geduldet sei. Anschließend geleitete er Thomas aus dem Wasser und verwies ihn des Strandes.

Mit hängenden Schultern ging Thomas durch den Sand auf die Landzunge zu, die die nächste Bucht vor den Blicken der Gäste an diesem Strand schützte.

Philipp und Andreas hatten ebenfalls das Wasser verlassen und liefen ihrem Freund nach. Als sie ihn erreicht hatten, sagte Philipp: »Du hast erst dreizehn Opfer und es sind bereits fünfundsiebzig Minuten vergangen. Du musst dich ran halten.«

»Ja«, antwortete Thomas, »aber hier darf ich nicht mehr ins Wasser, also geht es gleich in der Nachbarbucht weiter.«

»Du meinst die Bucht hinter der Landzunge da vorne?« fragte Andreas neugierig.

Thomas nickte, bemerkte dabei aber den Blick, den Philipp und Andreas wechselten und fragte nach: »Warum guckt ihr beiden euch so komisch an?«

»Das wirst du noch früh genug sehen«, antwortete Philipp.

Zwei Minuten später hatten die Freunde die Landzunge erreicht. Nun konnten sie Einblick in die Nachbarbucht nehmen. Der Strand hier hatte wesentlich mehr Dünen, als der, von dem sie gerade kamen, und war stellenweise mit hohem Gras bewachsen. Vereinzelt lagen nackte Menschen zwischen den Dünen.

»Ist das etwa ein FKK-Strand?«, fragte Thomas argwöhnisch. Die beiden anderen nickten.

»Dann müssen wir ja ziemlich weit vom Hotel weg sein, denn beim Schwimmen habe ich den nie gesehen«, stellte Thomas fest.

Erneut nickten die beiden anderen.

Mit einem Blick aufs Meer stellte Philipp fest: »Ich sehe hier nur eine Luftmatratze, die auf dem Wasser treibt.«

Thomas nickte und sagte: »Wo ich schon mal hier bin, schmeiße ich die eben um und dann sehen wir zu, dass wir wieder in Richtung Hotel kommen, damit ich da die restlichen Leute nass machen kann.«

Noch ehe ein weiteres Wort gesprochen wurde, lief Thomas, seine Shorts anbehaltend, ins Wasser.

Andreas und Philipp beobachteten von Strand aus, wie er die blassblaue Luftmatratze erreichte und den darauf treibenden älteren Herrn ins Wasser schmiss. Nach seiner vollrichteten Missetat kehrte er zu seinen Freunden am Strand zurück und die drei schritten zügig die Promenade entlang in Richtung ihres Hotels. Schließlich teilte Thomas den anderen mit, dass er der Meinung sei, außerhalb des Sichtfeldes des Bademeisters zu sein, der ihn des Strandes verwiesen hatte, und stürzte sich wieder ins Wasser.

Menschen von ihren Luftmatratzen stoßend näherte er sich wieder dem Club Dolce Vita.

Schließlich fehlten ihm nur noch sieben Personen, um die von Philipp gewünschten dreißig Leute zu erreichen.

»Er hat noch drei Minuten« sagte Philipp leise zu Andreas, »aber der Junge scheint so viel Spaß zu haben, dass ich es einfach nicht übers Herz bringe, ihm das zu sagen. Lassen wir ihn also noch ein paar Minuten weiter machen.«

Thomas sah sich nach Leuten um, die er noch nicht von ihren Luftmatratzen befördert hatte. Er entdeckte zu seiner Rechten eine Mutter, die ihr kleines Kind auf einer Luftmatratze vor sich her schob.

Mit Blick zum Himmel hob er flehentlich die Hände. Da sich jedoch keine höhere Macht meldete, kraulte er auf die Mutter zu. Zwei Meter hinter ihrem Rücken tauchte er ab, schwamm unter Wasser an ihr vorbei und stieß unter die Luftmatratze. Das Kind fiel ins Wasser und fing, als es wieder aufgetaucht war, ohne Umschweife an, zu schreien.

»Ich glaube, wir beenden das jetzt besser« sagte Philipp zu Andreas und schwamm auf Thomas zu.

»Hey, Thomas, deine Zeit ist abgelaufen!« rief Philipp, als er in Hörweite seines Freundes war.

Enttäuscht blickte dieser ihn an.

»Aber das macht nichts« ermunterte ihn Andreas, »da Philipp sowieso schon verloren hat.«

Thomas sah ihn ungläubig an, als er fragte: »Wie meinst du das?«

»Ich habe meine Aufgabe nicht bestanden, wir haben dich verarscht« erklärte Philipp niedergeschlagen.

Thomas war die Erleichterung deutlich anzusehen. Sein Gesicht strahlte vor Freude und seine eben noch hängenden Schultern hoben sich wieder.

Mit einem Blick an Thomas vorbei sagte Andreas: »Leute, wir sollten zusehen, dass wir hier weg kommen, da nähert sich die erboste Mutter.«

Schnell verließen die drei das Meer und kehrten über die Strandpromenade und die dahinter liegende Straße zurück in ihr Hotel.

»Was haltet ihr von einer letzten Runde Schwimmen im Pool?«, schlug Thomas vor.

Die anderen beiden willigten ein und so sprangen sie ein letztes Mal vom Beckenrand in das hoteleigene Schwimmbecken. Philipp imitierte dabei den Sprung, mit dem Marie zwei Abende zuvor in das Becken gesprungen war.

Nachdem sie ein paar Bahnen im Wasser gezogen hatten, begaben sie sich schließlich auf ihr Zimmer, um sich für das Abendessen fertig zu machen.

# Wiedersehen macht Freude

Beim Abendessen genossen Philipp und Thomas es sichtlich, nicht mehr an ihre Aufgaben gebunden zu sein:

Philipp verschlang Unmengen an Fleisch, wobei er keine Art von Tier oder Zubereitung, die an dem reichhaltigen Buffet angeboten wurde, ausließ, während Thomas extra wenig auf seinen Teller lud, um jeden weiteren Gang zum Buffet zu zelebrieren.

»Ich gehe mir dann nochmal einen Nachschlag holen«, kündigte er jedes Mal an, wenn er sich erneut erhob, um auf ein Neues das Buffet zu plündern.

Als er sich, mit seinem fünften Nachschlag auf dem Teller wiederkommend, gesetzt hatte, weiteten sich seine Augen plötzlich und er tauchte unter den Tisch ab.

Philipp hob den Blick und sah eine Frau wütend auf ihren Tisch zusteuern. Sie baute sich vor Andreas und ihm auf und stemmte wütend die Hände in die Hüften.

»Hat sie mich gesehen?«, drang Thomas' Stimme unter dem wallenden Tischtuch hervor. Die Frau antwortete: »Ja, hat sie!«

Mit schuldbewusster Miene krabbelte Thomas zu ihren Füßen unter dem Tisch hervor.

»Es tut mir wirklich leid«, versuchte er das drohende Unheil noch abzuwenden, doch kaum, dass er sich wieder aufgerichtet hatte, holte die Frau aus und gab ihm eine klatschende Ohrfeige.

Während er sich die Wange rieb, holte die Frau tief Luft und hielt Thomas einen langen Vortrag, bei dem sie sich nicht selten wiederholte, darüber, warum man keine kleinen Kinder von einer Luftmatratze wirft.

Nachdem er ihr zum sechsten Mal versprochen hatte, so etwas nie wieder zu tun, zog sie schließlich schwer atmend von dannen. Thomas setzte sich wieder an den Tisch und fischte seine Gabel, die er bei seinem Tauchgang auf den Teller fallen gelassen hatte, aus seiner Paella.

»So was macht man ja auch echt nicht« sagte Philipp vorwurfsvoll zu ihm. Thomas zuckte unbekümmert mit den Schultern, dann aß er weiter, als wäre nichts passiert.

Schließlich waren die drei gesättigt und erhoben sich von ihrem Tisch. Als sie auf die Ausgangstür des Speisesaals zusteuerten, fragte Thomas: »Wie sieht's aus, was machen wir heute Abend?«

»Also ich würde den Vorschlag von gestern Abend noch einmal aufgreifen« antwortete Andreas. »Wir gehen jetzt aufs Zimmer, packen unsere Koffer, geben uns anschließend an der Hotelbar ordentlich die Kante und machen dann bis morgen früh noch ein letztes Mal die Clubs unsicher.«

»Das finde ich gut« sagte Thomas, während Philipp zustimmend nickte.

Wieder auf ihrem Zimmer angekommen, fingen sie an, ihre Sachen wild in ihre Koffer zu schmeißen, wobei sie sich nicht selten gegenseitig mit getragenen Klamotten am Kopf trafen.

Philipp und Andreas räumten gerade ihre Sachen aus dem Badezimmer in ihre Koffer, als Thomas unter dem Bett einen Pappkarton hervor zog. Er räusperte sich und begann vorzulesen: »Die geile Uschi. Mit ihrer neuen elastischen Haut ist sie die lebensechteste Sexpuppe auf dem Markt. Ihre drei heißen Löcher warten nur darauf, von dir erforscht zu werden. Mit ihrem hübschen Gesicht, den verführerischen Augen und ihren prallen Brüsten ist sie ideal, um *IHM* alles zu bieten, was *Mann* sich nur wünschen kann.«

Dann legte er den Karton beiseite und fügte noch hinzu: »Wahlweise können Sie Uschi auch in Viktoria umbenennen und als Schwimmhilfe benutzen, dabei sollten Sie jedoch darauf achten, dass die echte Viktoria sie nicht in die Finger bekommt, denn bei einer körperlichen Auseinandersetzung zieht die geile Uschi den Kürzeren.«

Philipp streckte den Kopf aus dem Badezimmer und fragte: »Hast du was gesagt?«

Thomas schüttelte den Kopf.

Schließlich hatten die drei all ihre Habseligkeiten in ihren Koffern verstaut. Sie sahen sich noch einmal prüfend im Zimmer um, dann verließen sie es und begaben sich ohne Umwege an die Bar. Während sie jeder einen Gin-Lemon schlürften, trat ein Mann zu ihnen und sagte: »Entschuldigt bitte den Auftritt meiner Frau vorhin beim Abendessen, sie reagiert schnell über.«

»Ach kein Problem« sagte Philipp.

»Sie hatte ja auch recht« pflichtete ihm Andreas bei.

Thomas bestätigte: »Ich habe mich einfach daneben benommen.«

Sie forderten den Mann freundlich auf, ein Glas mit ihnen zu trinken, dieser lehnte jedoch mit der Begründung, dass seine Frau dies nicht gerne sehen würde, ab.

Als der Mann wieder gegangen war, blickte Andreas auf seine Armbanduhr.

»Wann wollen wir denn los?« fragte er die anderen.

»Ganz entspannt, wir sind doch nicht auf der Flucht« antwortete Philipp.

Thomas ergänzte: »Jetzt trinken wir erst mal noch einen und danach noch einen und danach dann noch ein paar und dann sehen wir weiter.«

»Wenn wir dann noch stehen können...« warf Philipp ein.

»Na dann«, sagte Andreas und orderte die nächste Runde Getränke.

Gute zwei Stunden später verließen die drei das Hotel und folgten den anderen jungen Menschen auf den Straßen zur nächsten Diskothek.

Sie stellten sich an das Ende der etwa zwanzig Meter langen Warteschlange vor dem Club.

Plötzlich tauchte ein junger Mann neben ihnen auf und sprach Thomas an: »Na, Süßer, bist du immer noch interessiert?«

Die drei Jungs sahen ihn verdutzt an. Philipp erkannte ihn als erstes wieder und sagte: »Hey, du bist doch einer der Kellner aus dem Hotel, oder?«

Der Mann nickte, dann sagte er zu Thomas: »Du hast mich vorgestern Abend angegraben, erinnerst du dich nicht mehr? Da musste ich arbeiten und konnte nicht darauf eingehen, aber heute habe ich meinen freien Tag und kann tun, was ich will und mit wem ich es will.«

Bei jedem Wort des Kellners hatte Thomas' Gesicht ein dunkleres Rot angenommen. Betreten auf den Boden guckend druckste er nun herum: »Also, weißt du, es ist so, dass ich...«

Er blickte hilfesuchend zu seinen Zimmergenossen, die jedoch nur schweigend zurückblickten.

»Es ist so, dass ich«, wiederholte sich Thomas, »dass ich seit gestern Abend mit Philipp hier zusammen bin.«

Bei dieser Erklärung kniff Thomas Philipp kräftig in den Hintern. Der Gekniffene schrie erschrocken auf, was in dem allgemeinen Lärm vor der Disko jedoch weniger erschrocken, als lüstern klang.

Mit enttäuschtem Gesichtsausdruck trabte der Kellner davon.

»Er hat uns gar nicht seinen Namen verraten«, stellte Andreas fest.

»Das ist alles, was dir dazu einfällt?«, fragte Philipp ungläubig.

Dann drehte er sich zu Thomas um und fragte entrüstet: »Was sollte das denn gerade?«

»Irgendwas musste ich ihm ja sagen«, antwortete Thomas abwehrend.

»Das kannst du ja von mir aus auch, aber ich verbitte mir, von dir in den Po gekniffen zu werden.«

Thomas zog die Augenbraue hoch, als er antwortete: »Klang aber gerade, als hätte es dir gefallen.«

Inzwischen waren sie am Anfang der Schlange angekommen. Der Türsteher erkannte sie und fragte: »Na, heute mal ohne die Mädels?«

Die drei nickten, als er sie hereinließ.

Im Club tanzten sie, wobei sie deutlich weniger aktiv waren, als an den vorherigen Tagen, an denen die Mädchen mit dabei waren.

Nach einiger Zeit traten sie vor die Tür, um sich in Ruhe unterhalten zu können, ohne über die laute Musik hinweg brüllen zu müssen.

»Irgendwie macht das heute nicht so viel Spaß wie sonst«, stellte Thomas fest.

»Du hattest doch vorhin schon deine Chance«, entgegnete Andreas.

Auf Thomas fragenden Blick hin ergänzte er: »Der Kellner.«

Thomas warf ihm einen verärgerten Blick zu, als die drei wieder im Club verschwanden.

Etwa eine halbe Stunde später fiel Philipps Blick auf ein Mädchen, das nicht weit von ihnen entfernt tanzte. Er stieß Andreas in die Seite und wies ihn auf das Mädchen hin. Andreas folgte mit seinem Blick Philipps ausgestrecktem Finger. Er sah erst sie, dann Philipp an. Schließlich hellte sich sein Blick auf und er nickte grinsend.

Langsam bewegten sich die beiden beim Tanzen in ihre Richtung. Thomas folgte ihnen. Als sie nah genug an sie heran gekommen waren, stießen Philipp und Andreas Thomas in die Richtung des Mädchens.

Thomas kam direkt vor ihr zum Stehen und sah der genauso überrascht wie er selbst dreinblickenden Diana in die Augen. Mit einem Kopfnicken bedeutete Diana ihm, ihr vor die Tür zu folgen. Thomas tat, wie ihm geheißen.

Im Freien sprach Diana: »Was sollte das denn neulich?«

Mit leicht sarkastischem Unterton antwortete Thomas: »Entschuldige bitte, dass mich dein Penis irritiert hat.«

»Irritation ist ja auch in Ordnung« entgegnete Diana, »aber wortlos feige abhauen geht gar nicht.«

»Und du meinst nicht, dass du mir das hättest eher sagen sollen?« fragte Thomas.

Schuldbewusst antwortete Diana: »Ja, vielleicht, aber ich fand dich süß und wollte dich nicht gleich in die Flucht schlagen. Ich dachte, wenn wir erst auf dem Zimmer sind, bleibst du auch. Ich habe mich wohl geirrt.«

Thomas versicherte ihr zum Trost, dass sie eine wirklich sympathische Person sei und er sie mit Sicherheit nicht einfach so hätte sitzen lassen, wenn sie ihn vorher über die Umstände aufgeklärt hätte.

Mit leuchtenden Augen sagte Diana: »Jetzt weißt du ja Bescheid. Wollen wir es nochmal versuchen?«

Kalt erwischt druckste Thomas herum: »Es tut mir leid, aber gestern Abend habe ich eine andere kennengelernt und wir sind jetzt zusammen. Ich würde sie nur ungern betrügen.«

Diana verpasste ihm unvermittelt eine Ohrfeige.

»Irgendwie habe ich ein Déjà-vu« sagte Thomas, als er sich an sein Gesicht fasste. Er ließ seine Hand wieder sinken und fragte: »Wofür war die nun wieder?«

»Ich stand draußen vor dem Club kurz hinter euch in der Schlange und habe euer Gespräch mit angehört«, erklärte Diana.

Thomas' ohnehin schon durch die Ohrfeige halbseitig rotes Gesicht färbte sich nun vollständig rot und schuldbewusst sagte er: »Entschuldigung.«

»Also hast du kein Interesse an mir. Aber dann hab wenigstens die Eier, das auch zuzugeben!« maßregelte ihn Diana.

»Reicht es nicht, dass du Eier hast?« fragte Thomas halblaut und bekam zur Antwort direkt noch eine Ohrfeige von Diana verpasst. Diesmal auf die andere Seite.

Thomas entschuldigte sich noch einmal, dann verschwand er wieder im Club und suchte seine beiden Freunde. Als er sie gefunden hatte, warf er ihnen einen bösen Blick zu, den sie breit grinsend erwiderten. Schließlich konnte auch Thomas ein leichtes Grinsen nicht mehr unterdrücken und die drei feierten gemeinsam weiter, als wäre nichts passiert.

Thomas und Andreas versuchten zwischendurch immer mal wieder, Mädchen anzusprechen oder anzutanzen, bekamen dabei aber jedes Mal eine Abfuhr und gaben es schließlich auf. Philipp hielt sich währenddessen zurück und beobachtete seine Freunde amüsiert bei ihren Fehlschlägen.

Mit fortschreitender Stunde leerte sich der Club. Gegen vier Uhr morgens waren neben den drei Jungs und dem Personal nur noch fünfzehn weitere Personen in dem Club. Sechs davon waren junge Mädchen, die von Thomas und Andreas interessiert gemustert wurden. Die neun männlichen Clubbesucher zeigten ebenfalls reges Interesse an den anwesenden Damen, sodass Philipp mit Blick auf die anderen Menschen im Club zu seinen Freunden sagte: »Los, ran an den Speck, Leute! Wenn ihr euch jetzt nicht ran macht, macht es jemand anders.«

Halbherzig ging Andreas auf eines der Mädchen zu, dass jedoch, als sie ihn sich nähern sah, fluchtartig den Club verließ. Andreas kehrte zu seinen Freunden zurück und sagte: »So, das war's. Für mich ist der Abend jetzt gelaufen.«

Als nächstes versuchte Thomas sein Glück. Er trat zu einem Mädchen und sagte: »Hey, ich bin Thomas.«

Das Mädchen musterte ihn kurz von oben bis unten, dann antwortete sie: »Und ich bin nicht interessiert.«

Mit hängenden Schultern schlich Thomas zu Philipp und Andreas zurück und erklärte, wie schon Andreas zuvor, den Abend für beendet.

»Dann lasst uns langsam zurück zum Hotel gehen, es gibt sowieso bald Frühstück«, sagte Philipp.

Die drei verließen den Club. Auf den Straßen zurück zu ihrem Hotel trafen sie vereinzelt auf andere Nachtschwärmer, die ebenfalls auf dem Weg in ihre Betten waren. Auch die Müllabfuhr und Straßenreinigung waren jetzt unterwegs.

Als sie ihr Hotel betraten, wurden sie vom schläfrig wirkenden Rezeptionisten begrüßt, der sie auch gleich darauf hinwies, dass ihr Frühstück schon für sie bereit stand.

Die drei aßen jeder zwei Brötchen, dann gingen sie auf ihr Zimmer, holten ihre Koffer und warteten vor dem Hoteleingang auf den Transferbus, der sie zum Flughafen bringen sollte.

Von der Bank vor dem Hotel aus konnten sie die Sonne aufgehen sehen. Die ersten Sonnenstrahlen schienen auf ihre Gesichter und während sie auf den Bus warteten, sagte Philipp zu seinen Freunden: »Das war ein toller Urlaub, wir sollten das wiederholen.«

Kopfnickend bestätigte Thomas: »Ich bin dabei.«

214

Andreas grinste ihn an, dann sagte er: »Und ich weiß auch schon, wo...«

# Mehr von Sebastian H. Tofall:

„**Schauermärchen**" (ISBN: 978-3-749-47200-0) ist eine Sammlung von sieben Kurzgeschichten, die lose auf Grimms Märchen beruhen und sich perfekt zum Vorlesen im Sommer am Lagerfeuer oder im Winter vor dem Kamin eignen.

„**Hemmungslos**" (ISBN: 978-3-750-40253-9) ist die Fortsetzung von „Schamlos". Gute neun Monate nach ihrer Rückkehr von Mallorca gehen Philipp, Thomas und Andreas erneut auf Reisen. Dieses Mal verschlägt es sie auf eine Kanaren-kreuzfahrt. An Bord eines der größte Kreuzfahrtschiffe der Welt geht der Wettbewerb der Jungs in die zweite Runde.

Weitere Texte von Sebastian H. Tofall können Sie außerdem im Podcast **SHT – Irgendwas mit Literatur** hören.

Instagram:     @SHTofall
Facebook:     @SHTofall